国家出版基金项目
NATIONAL PUBLICATION FOUNDATION

华北抗日根据地及解放区文艺大系

陈晋 郑恩兵 主编

《晋察冀日报》
文艺文献全编

文艺史料

第五卷

向回 梁晓晓 编

河北出版传媒集团
河北教育出版社

图书在版编目（CIP）数据

《晋察冀日报》文艺文献全编．文艺史料．第五卷／向回，梁晓晓编．——石家庄：河北教育出版社，2023.12

（华北抗日根据地及解放区文艺大系／陈晋，郑恩兵主编）

ISBN 978-7-5545-7654-0

Ⅰ．①晋… Ⅱ．①向… ②梁… Ⅲ．①文艺-作品综合集-世界-现代②晋察冀抗日根据地-文学史-史料③晋察冀抗日根据地-艺术史-史料 Ⅳ．①I11②I209.92

中国国家版本馆CIP数据核字（2023）第064051号

书　　名	《晋察冀日报》文艺文献全编·文艺史料·第五卷
	JINCHAJI RIBAO WENYI WENXIAN QUANBIAN WENYI SHILIAO DI-WU JUAN
编　　者	向　回　梁晓晓
责任编辑	李　楠
装帧设计	郝　旭
出　　版	河北出版传媒集团
	河北教育出版社　http://www.hbep.com
	（石家庄市联盟路705号，050061）
印　　制	石家庄众旺彩印有限公司
开　　本	787毫米×1092毫米　1/16
印　　张	19.25
字　　数	230千字
版　　次	2023年12月第1版
印　　次	2023年12月第1次印刷
书　　号	ISBN 978-7-5545-7654-0
定　　价	110.00元

版权所有，侵权必究

丛书编委会

顾 问

陈平原　刘跃进　王长华　李　扬

编委会主任

吕新斌

编委会副主任

彭建强　孟庆凯　刘　月

主　编

陈　晋　郑恩兵

副主编

董素山　向　回　汪雅瑛

编　委（按姓氏笔画排序）

马春香　王少军　田浩军　包来军　吉　喆　刘书芳　刘贵廷
关小彬　杨　程　杨春生　宋少净　张　辉　张川平　赵　华
高露洋　郭义强　阎晓宏　梁晓晓

编纂说明

在中国共产党百年发展历程中，文艺始终是党领导人民开展进步事业的有机组成部分，是党在各个历史时期的中心工作的实时反映和重要推动力量。"华北抗日根据地及解放区文艺大系"，是一部全面展示抗日战争和解放战争时期华北地区党的历史创造、奋斗风采和形象建构的大型革命历史文艺文献丛书，对于深入研究华北地区革命文艺史、红色新闻史，弘扬伟大建党精神、梳理中国共产党人精神谱系，是必不可少的第一手资料，是我们在新时代坚定树立文化自信的重要思想资源。

一、编纂缘起

抗日战争及解放战争时期，华北地处各方政治与文化力量激烈博弈的前沿，这种特殊政治、军事、文化、地理环境中产生的革命文艺，具有鲜明的地域性特征，是五四新文化运动以来的革命文艺发展史上的突出标识。

但一直以来，由于史料文献整理不足，对华北抗日根据地及解放区文艺的研究，始终未能深入，其独特的地域性实践价值和蕴含的文化创新意义被严重遮蔽。这些史料文献主要以党报党刊的形式呈现，梳理汇编这些党报党刊中的革命文艺史料，借之以探索华北革命文艺的发展路径、发展方向、创造机制和创新经验，是深入贯彻习近平总书记关于"把红色资源利用好、把红色传统发扬好、把红色基因传承好"，"用好红色资源、赓续红色血脉"等系列重要讲话精神的有力举措，也是新时代文艺研究者不可推卸的责任。

2017年6月左右，我们去中国社科院文学所拜访时任所长刘跃进先生，协商合作研究事宜，寻求中国社科院文学所的帮助。请教过程中，刘先生建议我们结合地方特色，做好地方红色文艺文献的搜集整理与编纂出版工作。经过一段时间筹备，2017年底，我们以"河北红色经典系列丛书"为名，正式申报"2018年度河北省省级宣传文化发展专项资金"项目并成功立项，旨在通过选定刊行河北红色经典作品、梳理汇编河北红色经典研究资料、系统阐述河北红色经典发展历史等基础性工作，打造一个集大成式的河北红色经典文献资料库。

项目最初设计共二十四卷，包括六大板块：《河北红色经典史》一卷、《河北红色文艺作品选》六卷、《河北红色经典作家作品索引》三卷、《河北红色经典研究资料汇编》四卷、《〈晋察冀日报〉副刊文学作品全编》六卷、《晋冀鲁豫抗日根据地文艺作品及〈新华日报〉太行版文艺作品汇编》四卷。但在项目实施过程中，我们充分吸收专家意见，认为网络时代和大数据背景下的科研活动有了很大变化，《河北红色经典作家作品索引》与《河北红色经典研究资料汇编》的编纂工作，在当前学术生态中价值不大，并予以取消。同时，在项目实施过程中我们发现，《晋察冀日报》《人民日报》等党报除刊发大量文艺作品外，还有大量记录边区文艺工作者行迹，反映边区戏剧、音乐、文学、美术、舞蹈、曲艺活动与报刊书籍出版发行等各方面情况的文艺史料，以及体现我党文艺方向、方针变化的政策文件与重要领导讲话，是华北地域党和人民对敌作战的重要宣传武器，更是飘扬在华北地区军民心中一面旗帜。这些史料是华北地域革命文艺发生、发展与壮大的真实记录，对我们正确认识革命文艺的特点与历史地位有重要的决定性作用。

为此，我们精心整理了《〈晋察冀日报〉文艺文献全编》《晋冀鲁豫〈人民日报〉文艺文献全编》《〈晋察冀画报〉文艺文献全编》《晋察冀日报社人物志》（共五十一卷），同时收入全国抗战时期和解放战争时期与河北地域相关且被广大群众所喜爱并广泛传唱的红色文艺作品，结集为《河北红色文艺作品选》（共六卷），至此形成丛书目前的五大板块，而且将名称由"河北红色经典系列丛书"改为"华北抗日根据地及解放区文艺大系"，方便以后在此基础上做进一步拓展。

二、地域范围及文艺特质

华北抗日根据地包括当时山东、河北、山西、察哈尔、绥远、热河全部及豫北、苏北、皖北部分地区，分晋绥、晋察冀、晋冀豫、冀鲁豫、山东五大块。1941年，冀鲁豫合并到晋冀豫，称晋冀鲁豫。其中晋察冀抗日根据地作为开辟最早、地域最大、人口最众的模范抗日根据地，是华北抗日根据地的坚强堡垒，牵制和抗击了三分之一以上的华北日军和二分之一的伪军。

在河北及其邻省周边地区开辟与创建华北抗日根据地，是红军长征到达陕北之后党中央迅速做出的重大战略决策。这些根据地地处对日武装斗争最前线，不仅打开了抗战的新局面，成为华北敌后抗战的主战场，而且进行了新民主主义社会的实践探索，对解放战争的历史进程产生了巨大影响，成为我党开辟东北解放区的前进基地和逐鹿中原的战略后方。随着抗日根据地的开辟，延安文艺工作团、西北战地服务团、东北促进纵队干部队、八路军总政治部前线记者团等大批文艺工作者，随同党政干部一道陆续抵达华北，东北、平津的青年学生也纷纷冒着生命危险来到边区。他们一手拿枪，一手拿笔，深入农村与抗战前线，切身体会工农兵的生活，深刻了解工农兵的需求，从而根本上克服了艺术至上主义思想倾向。所以，华北抗日根据地及解放区文艺，既响应了伟大的民族抗战对文学艺术提出的时代要求，亦充分兼顾到广大人民群众的接受习惯和欣赏水平，真实地反映了华北人民火热的战斗与生产生活。很多作者本身就是农民、战士或基层工作者，他们把自己的经历和熟悉的人和事，通过小说、戏剧、诗歌、报告文学、歌曲、绘画、舞蹈等文艺样式记录下来，语言通俗平实，富有生活气息。由于产生于特定时代、特定区域而又适应特定需要，故而无论是题材、语言还是风格，在体现革命大众文艺共性的同时，又具有强烈的华北地域特性。

华北抗日根据地及解放区文艺的繁荣发展，是专业文艺工作者与工农兵群众共同创造的结果。人民群众不仅是革命文艺运动的主导主体、推进主体、受益主体，还是一切成败得失的评判主体。华北抗日根据地及解放区文艺，归根结底，是"以人民为中心"的文艺。

三、学术价值

今天的河北在抗日战争、解放战争时期是晋察冀、晋冀鲁豫两大根据地的中心区域，有着悠久的革命历史传统和丰厚的红色文化底蕴。据不完全统计，抗日战争和解放战争期间，仅晋察冀边区专区以上就办有报刊四百余种，编印图书五百余万册。如果将这种统计扩大到环绕河北的整个华北抗日根据地及解放区，时间扩展至从中国共产党成立到中华人民共和国成立，数据更为可观。这些红色图书、报刊的出版发行，团结了一大批来自全国各地的著名革命文艺家和专业文艺工作者，其中有大量文艺相关信息，是研究近现代中国革命文艺的重要史料。但因受当时物质条件及复杂局势影响，它们传播范围有限，保存困难，如今已普遍出现老化或损毁现象，面临着消失、断层的危险。

　　长期以来，由于对抢救、整理和利用红色文艺文献的意义认识不足，现行的科研评价、出版机制亦难以有效刺激科研工作者积极从事老旧报刊等红色文艺文献的系统整理，大量有待整理的红色文艺文献尚未进入学界的视野。特别是华北抗日根据地及解放区的文艺文献，有很多甚至还是学术盲区。如《冀中导报》《救国报》《边政导报》《冀南日报》《团结报》《前进报》《新察哈尔报》《冀热察导报》等各类党报，以及《冀热辽画报》《冀中画报》《北方文化》《五十年代》《新长城》《新群众》《诗建设》《诗战线》等期刊，虽有部分学者对其办报（刊）历程、思想以及传播等方面予以研究，但均无系统的文艺文献整理本。"华北抗日根据地及解放区文艺大系"整理的《晋察冀日报》、晋冀鲁豫《人民日报》、《晋察冀画报》，是当时华北抗日根据地及解放区党报党刊的典型代表，是党的理论和实践同文艺结合的主要媒介和载体，是华北革命文艺重要的传播平台。这些报刊，既客观记录了华北革命文艺的传播与发展，也完整展现了华北革命文艺的特殊使命与风格特征，具有极其重要的史料价值。在此基础上，我们还会将视角延伸到《晋绥日报》《新华日报·太行版》《新华日报·太岳版》等党报，不断地充实这套大型文献史料丛书，以此来系统建构华北抗日根据地及解放区的"文艺史料学"。

四、丛书特色

这套丛书的编纂，主要以抗日战争及解放战争期间华北境内各根据地、解放区出版、发行、制作之图书、期刊、报纸等红色文献中的文艺资料为内容。编纂特色主要包括：

（一）抢救珍贵历史文献，弘扬伟大建党精神。

华北抗日根据地及解放区的红色文献发行于条件艰苦的战争年代，数量少，印制质量粗糙，历经岁月的洗礼，留存下来的品相完好者已经很少，有些到今天已成孤本。这些文献作为特定历史时期和区域的产物，见证了中国共产党领导华北人民争取民族独立和人民解放的伟大历程，反映了华北近代社会的巨大变化，蕴含着珍贵的史料价值和鉴往知来的现实意义，是中国共产党领导的文艺事业、新闻出版事业与意识形态建设发展的历史见证。它们诠释了党的初心和使命，蕴含着坚定的理想信念与崇高的革命精神，到今天仍然具有强大的感染力与说服力，是陶冶情操、磨炼意志、走好新时代长征路的有效精神资源。抢救性搜集、整理与研究这些珍贵历史文献，有利于增强党政干部政治信仰，弘扬伟大建党精神和践行社会主义核心价值观。

（二）文艺与党史密切融合，拓展革命文艺与党史研究的新视野。

革命文艺作品的创作、发表和传播，和党的历史任务和奋斗实践是分不开的。在艰苦卓绝的革命岁月，奋斗前行的中国共产党始终强调，既要拿"枪杆子"，也要拿"笔杆子"。革命的文艺工作者，一手拿枪，一手拿笔，深入农村与抗战前线，以人民大众易于接受和欣赏的形式，宣传党的政策，推行党的方针，为中国共产党顺利完成不同历史阶段的中心任务和伟大使命发挥了独特而重要的作用。本套丛书收入的文献史料，主要是抗日战争与解放战争时期党报党刊中的文艺作品与文艺史料，它们鲜明生动地体现了党的历史，党领导人民争取民族独立、人民解放的奋斗历程和精神面貌，从而为学界从文艺角度研究党史和从党史角度研究文艺提供了有力支撑。

（三）作品汇编与史料梳理并行，还原革命文艺的历史场域。

"华北抗日根据地及解放区文艺大系"的编纂，全面辑录华北抗日根据地及解放区党报党刊上刊登的诗歌、小说、戏剧、报告文学、散文、歌曲、版画等文艺作品，并系统梳理当时文艺发生、发展、传播以及社会各界文艺活动的各类消息和报导，同时选编了大量的河北红色文艺作品作为补充。这种文艺史料与文艺作品的配合整理，还原了革命文艺的历史场域，有利于构建对革命文艺的科学认识。

五、丛书内容

（一）《〈晋察冀日报〉文艺文献全编》共三十八卷：

诗歌三卷

戏剧一卷

小说二卷

文艺评论三卷

文艺史料九卷

外国文艺二卷

散文报告文学十七卷

歌曲版画一卷

（二）《晋冀鲁豫〈人民日报〉文艺文献全编》共十一卷：

诗歌一卷

戏剧、小说、文艺评论一卷

散文报告文学五卷

文艺史料四卷

（三）《〈晋察冀画报〉文艺文献全编》一卷

（四）《晋察冀日报社人物志》一卷

（五）《河北红色文艺作品选》共六卷：

诗歌一卷

戏剧一卷

散文一卷

小说三卷

六、编纂体例

（一）整套丛书题材丰富、门类众多，在体裁上不做强行统一。

（二）丛书中所录作品均为当年报刊发表的原文。为确保丛书的文献性、学术性、专业性和资料性，丛书编辑加工的总原则为保持文献原貌，内容上不做改动。

（三）文字的使用

1. 丛书中文字的使用以2013年教育部、国家语言文字工作委员会公布的《通用规范汉字表》为准。

2. 丛书中的古体字、通假字、俗体字，以及所涉及姓名字号、职官地理等专用字，均予保留。

3. 丛书原文字迹模糊残损，但仍可辨认或可依上下文校正，以字外加方框"□"表示；原文缺字或无法辨识，且无法校补，每字以一个方框"□"表示；如无法统计所缺字数，则以"☒"表示。

4. 丛书中数字的使用，保持原貌。

（四）标点符号及其他符号的使用

1. 丛书在不改变原文意义的情况下，将旧式标点改作现行标点符号。

2. 丛书原文中出现代表文字的符号，如"×""△""○""▲"等，保持原貌。

3. 丛书原文中的着重号、专名号等不再保留。

（五）其他

1. 丛书原文中的注释，保持原貌；编者亦出部分注释，供读者参考。

2. 因为原始文献本身产生于战争年代，保存不易，漫漶不清处较多，丛书疏误之处在所难免，希望专家读者批评指正。

七、鸣谢

本套丛书得以顺利面世，要特别感谢中共河北省委宣传部、河北省社会科学院、河北教育出版社的资金支持，以及北京大学陈平原教授、中国社科院文学所刘跃进研究员、南开大学文学院李扬教授、河北师范大学文学院王长华教授等，为丛书编纂提供了多方面的学术支撑；晋察冀日报社老报人及报史研究会诸位老师，中国社科院文学所现代室、中国丁玲研究会、中国现代文学馆各位专家，也在丛书编纂过程中提出了许多建设性意见；院内外的数十位年轻科研工作者，在原文录入和校对方面付出了艰辛劳动，确保了项目的顺利进行。在此一并致谢。

把艺术交给大众（代序）
——祝贺"华北抗日根据地及解放区文艺大系"结集问世

中国社会科学院　刘跃进

由河北省社会科学院文学研究所编纂、河北教育出版社出版的"华北抗日根据地及解放区文艺大系"结集问世，值得庆贺。

文艺是时代前进的号角。1937年7月7日，卢沟桥事变爆发，全面抗战由此而起。广大的爱国知识分子和青年学生，表现出同仇敌忾的民族气节，走出书斋，走出校园，用知识，用智慧，用不屈的精神力量唤醒民众，用实际行动担负起抗日救亡的历史重任。在此后的岁月里，延安文艺和华北抗日根据地及解放区文艺，是中国共产党领导下的两大主体，双峰并峙，展示着那个时代的风貌，引领了那个时代的风气。

随着抗日根据地的开辟，延安文艺工作团、西北战地服务团、东北促进纵队干部队、八路军总政治部前线记者团等大批文艺工作者，随同党政干部一道陆续抵达华北，东北、平津的青年学生也纷纷冒着生命危险来到边区。他们一方面积极创作大量街头剧、活报剧、街头诗、墙头小说、木刻版画、歌曲、舞蹈等革命文艺，开展抗日救亡宣传运动；一方面也通过开办文艺干训班，开展各行业、各阶层甚至全民的文艺创作与评选活动，吸引工农兵群众加入文艺队伍，掀起了"晋察冀一周""冀中一日"等具有深化性质的群众写作运动，以及"创造模范村剧团""穷人乐"等群众戏剧运动，为晋察冀文艺史添上了浓墨重彩的一笔。

说到这里，我想起2009年参加《北平学生移动剧团团体日记》捐赠仪式的一段往事。从1937年到1938年，在中国抗战史上唯一以大学生组成的"北平学生移动剧团"在长达一年半的时间里，历尽艰难，转辗于国民党第五战区的各个战场，演出话剧，创办报纸，宣传抗日，鼓舞斗志，谱写出响彻云霄的时代赞歌。移动剧团的成员每人一周轮流记述，用日记形式记录了那段不平凡的岁月，《北平学生移动剧团团体日记》就是这部历史的记录。它不是写给个人看的私密记录，也不是为将来面世扬名。作者完全出于一种历史责任，真实客观地记录了那段鲜为人知的历史，体现出强烈的史家意识。日记封面上有这样一段题记，"北平学生移动剧团·愿我永恒·中华民国二十七年二月二十三日始·璧华"。孤立地看这部日记，也许没有什么轰轰烈烈的战斗业绩，也没有什么感人肺腑的情感纠结。客观、平实是它的本色，正是这种本色，为那个历史年代留下一段真实。"北平学生移动剧团"的抗日活动，是文艺工作者投身抗日洪流中的一个历史缩影。

随着抗战的胜利，察哈尔省会张家口解放，晋察冀文协、晋察冀剧协、晋察冀音协、晋察冀美协、晋察冀通讯社、晋察冀边区剧社、晋察冀日报社、晋察冀画报社等文化团体随中共晋察冀中央局和军区领导先后开赴华北根据地，一大批文艺工作者也随之来到华北，开展丰富多彩的文艺活动。他们坚持毛泽东《在延安文艺座谈会上的讲话》中指出的方向，一手拿枪，一手拿笔，深入农村与抗战前线，既为切身体会工农兵的生活，也为深刻了解工农兵的需求，从而在根本上克服了自身相当普遍和严重的艺术至上主义思想倾向,为工农兵而创作,为工农兵所利用,以人民大众易于接受和欣赏的形式,普遍写人民大众的生产战斗故事。譬如左翼作家邵子南,于1938年10月随西战团到晋察冀,主持战地社日常工作,主编《诗建设》;1943年整风运动后,他到阜平任小学教员,在反"扫荡"中与群众、民兵一起转移、战斗,还直接在五丈湾跟随李勇的游击组对日寇展开地雷战;1944年5月随团回延安,在鲁艺任教,后调陕甘宁文协搞专业创作,开始大量创作反映晋察冀边区生活的小说。他以亲身体验为基础创作的短篇小说《李勇大摆地雷阵》(后改为《地雷阵》),运用阜平农民群众的语言,以口语化方式讲述了爆炸英雄李勇的抗日故事,明显吸取了民间说唱文学的优点,特别是在白话叙述中还插入不少快板式的韵白,更适合群众的喜好,因而在当时广为流传,家喻户晓,起到了很大的宣传鼓动作用。其他作品,如《荷花淀》《太阳照在桑干河上》《漳河水》《赶车传》《王九诉苦》《孟祥英翻身》《新儿女英雄传》《白求恩大夫》《我的两家房东》《穷人乐》《李殿冰》《戎冠秀》《没有共产党就没有中国》《团结就是力量》《没有土地的人们》《白毛女》等,都是成功的文艺典范,在现代中国文学史上占据比较重要的位置。

在华北抗日根据地及解放区的文艺创作成果中,还有数以万计的文艺作品和极具研究价值的文艺史料刊发在根据地及解放区所办的报刊上。很多作者,本身就是农民、战士或基层工作者。他们把自己的经历和熟悉的人和事,通过小说、戏剧、诗歌、报告文学、歌曲、绘画、舞蹈等文艺样式记录下来,语言通俗,富有生活气息。人民既是历史的创造者,也是历史的见证者;既是历史的"剧中人",也是历史的"剧作者"。让故事中的人物自己编词、自己表演的创作方式,很好地反映出人民的心声,并让人民群众从生动活泼的艺术作品中得到教育，这确实是一个成功的尝试。

配合党的中心工作，"把艺术交给大众"，通过文艺唤醒大众，这已成为华北文艺工作者的自觉意识。他们积极响应伟大的民族抗战对文学艺术提出的时代要求，充分兼顾到广大人民群众的接受习惯和欣赏水平，创作了大量的作品，真实地反映了燕赵儿女火热的战斗与生产生活，起到了良好的宣传教育与鼓动激励效果。刘萧无编排新闻报道剧《李殿冰》，编剧与演员一起住到李殿冰家里，以便于熟悉主人公的生活，搜集真实生动的群众语言，还模仿他们的动作，理解他们的心理，甚至还让主人公李殿冰等直接参与剧本的修改和编排。描写群众的生活，邀请群众参与创作，这是当时文艺工作者走群众路线的生动体现。该剧演出后获得当地老百姓的极大赞赏，鲁中实验剧团还专门学习该剧的创作方法，创编了三幕五场话剧《过关》。艾思奇《前方文艺运动的新范例》更是誉其开创了前方文艺的新范例。抗敌剧社的《王老三减租小唱》、冀中火线剧社的话剧《我们的母亲》，也都具有这种特色。

这些文艺作品，可能略显仓促，有的甚至急就于战火中，所以在素材提炼、人物形象塑造以及语言的使用、细节的刻画等方面还有很多不足。但是，这不是一般意义上的创作，而是燕赵大地为争取民族独立、人民解放的集体记忆和行动号角，是中国革命事业的重要组成部分。华北抗日根据地及解放区的文艺，有很多这样未经沉淀的纪实作品，不管其艺术性如何，但在发动群众、组织群众、铸就抗击日寇和国民党反动派铜墙铁壁方面，发挥了无可替代的作用。20世纪五六十年代，河北地区涌现出大量的红色经典，便是华北抗日根据地及解放区文艺的传承和发展。

2017年6月，河北省社科院文学所郑恩兵所长来京与我们协商合作研究事宜。我根据所了解的信息，建议他们结合地方特色，做好地方红色文艺文献的搜集整理与编纂出版工作。"华北抗日根据地及解放区文艺大系"就是那次商讨的成果。全书由五个部分组成：第一部分为《晋察冀日报》文艺文献全编，第二部分为晋冀鲁豫《人民日报》文艺文献全编，第三部分为《晋察冀画报》文艺文献全编，第四部分为晋察冀日报社人物志，第五部分为河北红色文艺作品选。全书收录各种文体的作品六千余种，包括小说、诗歌、文艺评论、戏剧、报告文学、散文、文艺通讯、美术、书法和音乐、文艺史料，还有文艺信息、文艺广告，基本涵盖了华北抗日根据地及解放区的文艺创作情况，具有很高的研究价值。

  时值中华人民共和国成立七十五周年之际，我们有机会阅读这部皇皇五十余册的"华北抗日根据地及解放区文艺大系"，更加深切地感受到新中国的建立真是来之不易，她是无数条战线的可歌可泣的人们不懈奋斗的结果。在这样一个特殊的日子里，我们感念当年那些有名无名的作者，感谢参与整理工作的学者，当然，更要感激我们这个伟大的时代。

目 录

灵寿三区召开文娱宣传大会 ……………………… 1
法文豪罗曼·罗兰逝世 ……………………………… 1
误解了民办公助 结果把冬学搞垮 ……………… 2
盂平布置举行全县学习代表大会 ………………… 2
活跃的云彪 ………………………………………… 3
讲里村的黑板报 …………………………………… 6
曲阳、灵寿新年文娱活动红火 …………………… 6
张友池和三连的文化学习 ………………………… 8
四专区抗联检查冬学乡艺工作 …………………… 16
继高街《穷人乐》后 定唐某村演出《血债》 … 18
灵丘召开文艺代表大会 进一步组织群众文艺活动 … 20
定唐文艺座谈会上批评村剧团偏向 ……………… 26
关于开展拥政爱民与拥军优抗运动的宣传要点 … 27
正定樊家庄民办民校获得初步成功 ……………… 30
阜平八区的文化娱乐 ……………………………… 31
阜平的桑元坪剧团 ………………………………… 33
冀晋冀察各地普遍开展文娱工作 ………………… 35
行唐村剧团开会揭发偏向 ………………………… 41
从李国瑞的转变说起 ……………………………… 42
平山北庄完小开办冬春随习班 …………………… 44
完县新解放区集市黑板报搞起来了 ……………… 44
平山创造新型村剧团运动报道 …………………… 45
唐县通讯工作检查 ………………………………… 49

一个办得很好的集市黑板报 ……………………………………… 51
文娱简讯 …………………………………………………………… 51
分局宣传部通知 …………………………………………………… 52
工厂 文教 气节 ………………………………………………… 52
边区举行首届展览会 ……………………………………………… 55
灵寿三区乡艺运动存在严重偏向 ………………………………… 62
四分区火线剧社巡回演出《血泪仇》…………………………… 63
分局发表决定表扬高街《穷人乐》……………………………… 64
在国民党专制高压下大后方学潮蜂起 …………………………… 65
皂火峪村剧团演出《群众大合作》……………………………… 66
行唐西石邱黑板报采用了通俗歌谣 ……………………………… 67
平山南庄黑板报为本村群众服务 ………………………………… 68
孟平合河口黑板报与读报组结合 ………………………………… 69
改进黑板报 ………………………………………………………… 70
郭苏怎样把黑板报办好的 ………………………………………… 71
苏联著名作家小托尔斯泰逝世 …………………………………… 73
唐县通讯工作检查 ………………………………………………… 73
中共十一分区地委总结通讯工作 ………………………………… 76
二分区线外盂寿文艺开展 ………………………………………… 77
平山十二区村剧团创作四十多个剧本 …………………………… 78
边区抗联会关于一九四五年出版工作的决定 …………………… 79
曲阳城近郊公演　城内商民出来看戏 …………………………… 80
生活教育社十八周年　延安文化界举行纪念 …………………… 80
曲阳春节文娱的收获 ……………………………………………… 81
国民党肆行文化专制　大后方文化界横遭摧残 ………………… 84
中共中央晋察冀分局关于贯彻全党办报方针的第二次指示…… 86
边区抗联召开"三八"节妇女座谈会 …………………………… 88

各地妇女热烈纪念"三八"节 91
平山西黄泥等村演出新秧歌舞 92
雁北群众艺术运动 93
随便调村剧团演戏 定唐县抗联指出纠正 94
易县剧运中的严重浪费现象 95
新华社山东分社的工农通讯员运动 95
灵寿总结乡艺创作 反映本村生活太少 97
吴满有乡办秧歌队的经验 98
平西乡艺大开展 99
扭秧歌传到重庆 100
云彪六区剧团庙会演出的经验 101
曲阳三区具体布置大生产中的宣教工作 101
龙华葛存区的歌谣黑板报 102
太岳文教出版事业年来有很大发展 107
加强新闻通讯工作 107
乡艺简讯 108
重庆文化界发表《对时局进言》 109
"战争用不着文化" 113
一年来平定的通讯工作 115
五台行唐中心通讯小组检讨通讯工作 116
南故张的屋顶广播 118
繁峙试办流动报 119
完县北下邑冬学转为新型春学 120
誓为诸先生后盾 反对中国法西斯 121
庙会宣传工作点滴 122
一分区战线剧社年节下乡一月余 文艺工作一直开展到沟外 123
晋察冀边区抗联会关于通讯报道工作的通知 124

敌伪在沦陷区摧毁一切进步文化 125
军区部队半年来连队的墙报摸到新方向 126
曲阳立台村剧团演员拨工生产过人 129
阜平城厢剧团创作努力宣传方式多 130
中华抗日文艺协会要求保证写作自由 130
昆明文化界对时局宣言 130
张玉秀办村报经验 134
平山柴庄村剧团宣传工作活跃 135
刘家庄剧团垮台的原因 135
北进剧社活跃在新解放区 136
重庆成都文化界纪念今年文艺节 137
苏北公演《甲申三百年祭》 138
三分区×团四连创造《行军报》 139
《冀中导报》复刊 140
新华社晋察冀分社正式成立 140
"全军办报"的三十团 141
龙华乡艺运动的几个问题 147
深县大队四中队俱乐部工作活跃 151
《华西日报》被迫停刊 152
抗敌剧社分小组下乡　边区各单位文娱活跃 152
开展七月爱护党报文艺创作运动 153
冀中新闻界同意成立解放区新联会 155
中国作家函苏作家致敬 155
文抗延安分会、陕甘宁文化协会联电庆贺茅盾五十寿辰 155
下平阳的山头广播与黑板报 156
高街剧团举行欢迎仪式　接受分局奖励的幕布 158
山东新闻界同意成立解放区新联 158

太行新华书店业务大为发达	159
《冀热辽画报》创刊	160
冀察新闻界赞同成立解放区新联	160
庙会宣传的几点经验	161
晋察冀分局党校学员编演《李自成》颇得好评	163
《再生》杂志改组	164
高街村的读报经验	165
宣传保卫陕甘宁 独一旅创制连环画	166
三分区通讯工作者对党报批评与建议	167
完县村俱乐部相继建立	169
《晋察冀日报》印刷厂七月节的文艺活动	169
延安文抗决定文艺工作者到敌后解放区来	171
帮助学习《论联合政府》 晋绥组织文艺活动	172
看报纸做工作 做了工作写通讯	172
北进剧社在繁应两川	174
从盂平培养工农通讯员看到的几个问题	176
《冀中导报》出版《城镇增刊》	177
张垣广播电台决定充实内容改进工作	178
本报启事	179
张垣日报社启事	179
解放了的宣化戏剧院	179
边区文协召开文艺界座谈会	182
本报启事	182
本报编辑部启事	183
国际文化零讯	183
涞源新解放区的文艺活动	185
重庆出版业一落千丈	187

为征求各种音乐专门技术人才及各种乐器启事 …… 188
冀察军区政治部文艺工作干部训练班招生简章 …… 188
张市庆丰戏院恢复营业收入大增 …… 189
重庆成都文化界的"拒检运动" …… 190
冀晋四支队一面作战一面写稿 …… 193
张垣音乐工作者发起成立音乐研究会 …… 195
群众剧社在宣化公演《血泪仇》 …… 196
张垣音乐研究会筹备会启事 …… 196
加强军事报道 分区组织前线采访工作 …… 197
泰兴文化教育活跃 …… 197
抗敌剧社宣传卡车业已开始进行宣传 …… 198
宣传卡车的第一日 …… 199
本报启事 …… 201
张市游艺界今日演戏劳军 …… 202
抗敌剧社举办星期歌咏训练班 …… 203
宣传卡车和市民们认识了 …… 203
一区宣传队普遍出发街头活动 …… 205
冀察军区政治部文艺工作干部训练班通知 …… 206
《工人报》复刊启事 …… 206
大会宣传卡车 …… 207
张市庆丰戏院经历三个时代 …… 209
六区工人热烈庆祝斗争胜利 …… 212
冀中前哨剧社继续公演《王秀鸾》 …… 214
挺进剧社在宣化首次公演 …… 214
《血泪仇》演出盛况 …… 215
九月以来冀察区通讯工作 …… 216
双十节前后张市宣传活动 …… 219

延安广播电台增播歌咏成绩良好 …………………… 220
关于提高稿件质量问题 ……………………………… 221
边区及张市文化界明日举行鲁迅纪念会 …………… 223
新的战斗的开始 ……………………………………… 224
边区暨张市文化界隆重纪念鲁迅逝世九周年 ……… 225
本市第一电影院改组为人民剧场 …………………… 231
边区暨张市文化界纪念鲁迅逝世九周年致全国文化界电 ………… 232
附逆文化人调查委会成立 …………………………… 233
本市简讯 ……………………………………………… 234
张市艺曲协会举行选举大会 ………………………… 234
介绍 XNCR …………………………………………… 235
本市青联会开办霸王鞭训练班 ……………………… 237
《救亡日报》移沪出版 ……………………………… 238
本市艺术活动简讯 …………………………………… 238
本市儿童学习霸王鞭很踊跃 ………………………… 239
伦敦举行近代英国文学讨论会 ……………………… 240
十五分区前线上演《血泪仇》 ……………………… 240
星期歌咏训练班明日举行第三次 …………………… 241
新华书店晋察冀分店营业简章 ……………………… 241
庆祝十月革命节本市各工会首批表演 ……………… 243
群众剧社、挺进剧社为代表会议连续公演 ………… 243
抗敌剧社去陆军医院慰问伤病员 …………………… 244
张市霸王鞭训练班结束 ……………………………… 245
张市旧剧界联合会第一分会正式成立 ……………… 246
大同成立文化协会 …………………………………… 247
边区文艺界大集会　欢迎华北文艺工作团 ………… 248
冀晋开通讯工作会议 ………………………………… 250

大后方文化新闻团体联名致书美国人民 …………………… 251
中国名音乐家冼星海在苏病逝 ………………………… 252
张北将成立文化补习学校 ……………………………… 253
延安各界举行冼星海同志追悼会 ………………………… 254
张市八、九区青联会召开霸王鞭训练班 ………………… 255
芦家庄的黑板报 ………………………………………… 255
六区成立通讯小组 ……………………………………… 257
给张市本社通讯员的一封信 …………………………… 258
新形势下的阜平通讯工作 ……………………………… 259
边区青联、文联发布关于纪念"一二·九"运动十周年的通知 …………………………………………………………… 262
美报著文抨击赫尔利对华政策 ………………………… 265
边区青联与张市青联联合出版《民主青年月刊》 ……… 266
陕甘宁文讯 ……………………………………………… 266
《民主青年》征稿启事 ………………………………… 267
张市各界开会追悼人民歌手——冼星海 ……………… 268
清理处干部开座谈会 批判"李自成"检查自己 ……… 274
重庆东北文协呼吁立即停止进攻东北 ………………… 275
新新戏院成立旧剧界联合会三分会 …………………… 276

灵寿三区召开文娱宣传大会

王力

【灵寿讯】十二月六日到八日，三区在南燕川举行了全区的文化娱乐宣传大会。头一天，因为是唱的旧秧歌，观众不很多，第二天、第三天就不同了，特别是第三天正碰上赶集，可闹了个红火。大街小巷人山人海，个个兴高采烈，表现出获得解放后的喜悦。这次大会出现了各种各样的娱乐方式，使大家交换了经验，互相学习了优点。其中高跷腿、扇鼓、扭扇子舞、街头剧、大鼓□、撒拉鸡，最受欢迎，老一套的霸王鞭、秧歌舞，老百姓则说"永久是这么闹"，感到厌烦。汇演的内容，都与目前的中心工作密切地结合着。

(《晋察冀日报》1945年1月5日)

法文豪罗曼·罗兰逝世

【新华社延安四日电】据法新闻处讯，法国大文豪罗曼·罗兰业于十二月三十日在法中部约内省维齐叶城逝世。

(《晋察冀日报》1945年1月6日)

灵寿东庄窝

误解了民办公助　结果把冬学搞垮

柴夫

【灵寿讯】区里布置冬运的第二天，东庄窝的群众大会就召开了。区里布置的那一套自由组合学习小组的办法，除"自由"两个字丢了以外，原封地传达了一遍，接着宣布了干部们事先编制好的小组。小组的编制，是以文化水平高低分的，程度高的和程度高的在一起，文盲和文盲在一起，结果文盲组里人们想识字没人教，问干部，干部说："自家找吧！"大家情绪很低，时间长总办不起来。本月九日，□才又借着上政治课的名义，召集了二十五六个人，重新分配小组，当时几个青年组要求他们的组不要□，一部分人又要求集体上课，说"这样能识字也省灯油"，但都让干部们"民办就是划小组学习，没教员所以要公助，要再划小组"，这一套道理给批□了。不高兴的怨言在人群里议论着，干部最后作了结论："从这天起，哪组不上学，组长负责，今年谁识不了二百字，要罚铅笔、罚纸。"会议开过了，干部的公助又完了，既不检查又不过问，具体的组织人们更没人去干，所以直到现在，东庄窝的冬学始终还没有上过一黑夜。

(《晋察冀日报》1945年1月9日)

盂平布置举行全县学习代表大会

兵

【盂平讯】继群英大会之后，最近盂平各界已决定于新年前后，全县各村举行普选教育，学习代表，参加县学习代表大会。其选举法与群众选举法稍有不同，如小学教员参加该村选举，如分个人代表与集体代表等。为接受群英选举各种经验，在决定中特别强调加强村选与发扬民主以及在选举中要与举行测验、总结教育、学习工作、订计划，以及与新年文娱工作很好结合。政府区长会议正在研究这一决定以便执行。

（《晋察冀日报》1945年1月9日）

活跃的云彪①村剧团

巴克

一

云彪县党政民于十二月二十一日召开了全县村剧团干部会，到会村剧团干部、县区干部七十余人。首由刘县长讲话，他把云彪村剧团工作做了一个检查，提出了今后的方向，接着六个村剧团作了典型报告。大会上展开了热烈讨论，特别尖锐揭发了风头主义，各村剧团干部都以整风精神进行自我批评，对如何改造旧形式与打破旧形式的内容限制，大会上分工作了专题结论，号召大家大量创作群众的材料，提出模范村剧团的条件，全体干部信心都很高，说："今后一定要给群众服务，出风头吃不开了。"并且要普遍开展文娱工作，在四天会议中，有七个村剧团参加演出，出演了《血泪仇》《巫婆自述》《愉

---

① 云彪县，1942年6月为纪念逝世的晋察冀骑兵团团长刘云彪，晓峰县改称云彪县，云彪县辖望都县寺庄、黑堡、山阳及完县的下属4个区153个村。1946年云彪县撤销。

快的纺纱组》《杨玉山逃难》《李国梁回家》等十四个节目，有梆子、二黄、秧歌、话剧、歌剧、小调等。特别是×村剧团干部一点多钟突击出来的《我们的救命人》，暴露了敌人的凶恶残忍，真实反映了我民兵游击队为保卫人民利益而战的精神，打下了敌人掠走的粮食，交还给了群众。这一话剧，给大家的感动很大。在座谈会上，特别表扬了三个剧的演出：第一个是《高昌堡垒的毁灭》，真实地反映了高昌人民的斗争的发展和胜利。起初是以围困为主，当演出后堡垒被云彪军民攻克了，又写成了《攻克炮台》，由于仓促演出较乱，群众犹感不足，又添上了修炮台后，敌人对高昌人民的统治、压榨情形，整个反映了炮台的新修到毁灭，一切人物、动作、事实完全逼真。看了这个剧，人们就想到是怎样地从痛苦到自由，是真实地反映人民斗争的一个典型。第二个是《巫婆自述》，真实地揭露了巫婆如何骗人钱财，害人儿女，最后巫婆的儿女病了为医生治好，结果不揭自破，忏悔地说出了骗人的办法。在郭村演出两次，影响很大。这剧演出后，××村一个巫婆垮了台，从此门前冷落再没人去了。这是反映人民反封建迷信斗争的创作，对群众教育意义很大，特别在游击区。第三个是李各庄演出的《愉快的纺纱组》，充分表现了解放区人民愉快自由，真实地反映了李各庄妇女纺纱情形，一个组像亲姊妹一样亲热，在纺纱中快乐地谈笑、唱歌、识字、讨论民办学校。它反映边区妇女的愉快自由和高度生产学习热情是最真实与深刻的。这三个剧共同特点都是集体创作反映本村故事，一切动作、情感、人物、过程都是真实的，没有任何形式的局限。表扬后对于全体干部在思想上有很大启示。

二

云彪县村剧团工作，随整个局面的打开、解放区的扩大而活跃起来。半年前全县不过三两个剧团,自麦收以后逐渐开展起来,现在全县已有固定组织的村剧团二十四个,团员五百五十一人,半年内演出一百六十一次(本村演一〇六次),演出节目一百六十五个,其中以对敌斗争最多,达四十五个,其他生产三十三个,时事二十一个,拥军参军二十五个。形式以歌剧话剧最多,共达九十三个,秧歌梆子三十余个。在半年演出中观众达七万二千五百余人。村剧团自己创作剧本一百四十九个,其中完全反映本村实事的十六个,群众创作中除经文艺座谈会表扬的《高昌堡垒的毁灭》《巫婆自述》《愉快的纺纱组》以外,还有《打》《懒汉》《奸头户》《村落战》等较好,反映本村实际斗争,但检查起来仍存着严重缺点:第一,风头主义严重,不为群众着想,愿在外村演,不愿在本村演,互相闹别扭争锦标,不愿受批评。第二,真正为群众服务不够,有的参加剧团是为不负担抗战勤务,创作大部分是少数人创作,反映本村的事很少。第三,客观上存在着艺术至上思想,内容受形式的限制,好多不会旧形式的也要学梆子,要演《血泪仇》,不注意反映本村人民实际斗争,好多村剧团向着旧形式发展。第四,县区干部在思想上的模糊,单纯为娱乐而娱乐的观点很浓厚,看戏就愿看二黄、梆子,不愿看话剧,开大会时单纯叫剧团来,为的"看戏",而没积极帮助村剧团向群众路线发展。过去干部对剧团"为干部"的观点不轻,这些错误观念,这次文艺座谈会上都得到了解决,着重指出干部要纠正错误思想,向群众学习,充分发扬群众创作,对村剧团□特别明确指出:主要是为本村人民服务。

(《晋察冀日报》1945年1月10日)

讲里村的黑板报

康旭

平山讲里村干部,近来对黑板报很重视。大家办理,大家写稿子,主要写村中的生产情形,短小、通俗、说老百姓话,很受到群众欢迎与称赞,黑板报面目一新。从下面的一段稿,就可了解它情形的一斑:

"全村老乡抬头看,民主幸福生活得改善,这快乐全靠大生产,共产党领导人民干,如果有人不劳动,坐吃山空受饥寒,不信请看黄金秀,今年秋冬活不干,现在天寒下大雪,身无棉衣着破单,冻得连门不敢出,你看可叹不可叹!……"

他们的墙报是带有表扬与批评的精神:妇女劳动英雄梁连秀每听到她上报了,拨工包工干得更起劲;二流子封二庆怕上墙报找村干部请求不要给他登报,下决心作营生,现在农闲他还继续作副业——织洋袜子。群众对墙报的评论说:"现在会过光景生活改善的人要上报,吊儿郎当的人也上报,这种人改好了,报上就把名勾了。"

由于他们的报写得通俗,顺口溜,孩子们都把它当作童谣唱。

(《晋察冀日报》1945 年 1 月 10 日)

曲阳、灵寿新年文娱活动红火

《血泪仇》极受群众欢迎

【曲阳讯】群众文娱活动现已全面展开。自专区召开的村剧团会议以后,本县各村剧团即开始整顿组织,排演新剧。郎家庄、下河、伏城等五个村的剧团，先后演出《血泪仇》。在排演中，演员和乐队都流出了泪。在郎家庄首次演出此剧时，吹笛子地说："下次我可不吹了，光落泪。"演员们真哭了。正当下河排演此剧时，从东北煤矿上逃出来了河南的难民，他们说："国民党就是这样，那算一点不假！"他们哭得最伤心。《李国良回家》《八月十五》，也有几个村剧团演唱了。南庄村剧团把《李国良回家》用大秧歌唱出，收效和梆子差不多。在村剧团演唱的节目中，以自己编的为最多数，这些节目很受欢迎。

【又讯】为着开展春节群众文娱活动，本县于十二月二十五日召开文艺座谈会，共开四天。在会上根据专区指出的演大戏只求过瘾不管政治内容的偏向，进行了深入检查，一致认为上级指示得非常正确，直到今天，此种观点在某些干部中仍然存在。会议计划在春节文艺活动中做到人人唱起新歌，人人看上新戏，每个行政村里有一种"玩艺儿"（秧歌舞、细乐会、霸王鞭等形式）。县宣教委员会并发起英雄故事创作运动，号召村剧团编演英雄故事剧、歌、舞。（席水林）

灵寿抗联乡艺工作经验

【灵寿讯】新年来临，本县各区都在一二两日召开了军民联欢大会。会前会后，各村文化娱乐表演极为活跃，形式上有高跷、秧歌舞、霸王鞭、快板、大鼓、拉洋片、街头剧、新秧歌剧、新梆子等，内容上多是反映今年大生产运动的伟大收获，"今年闹了大生产，家家户户多打粮"的歌词，几乎每个节目里都有。各节目中尤以一区东柏峪大会上，灵寿支队的刺枪表演和刘家沟大会上芝麻沟村剧团演出《血泪仇》，最为群众所欢迎。灵寿抗联青宣部在会后对乡艺工作进行了初步检讨，经验是：（一）新年文化娱乐能很活跃，秋后就抓紧开展和组织了创作运动是起了很大作用。各村演出大多数是自己创作的，截至新年，只县抗联已收到了五十多件创作，各区收到未寄县者还有很多。（二）县及各区青宣部干部，一般地做到了有重点地帮助某几个村剧团。（三）县抗联及时地印刷了两本乡艺材料，这些材料都很适合村剧团演出，广泛被各村剧团采用了。（四）有个别单位演出只着重了出洋相，把事□前的"扭"和"斗"都弄出来了，使正当的文化娱乐□□受了很大影响，这是非常值得引起注意的。（永森）

【灵寿讯】新年元旦，灵寿人民欢腾鼓舞，锣鼓喧天，歌唱我们一年的胜利，迎接新的任务。县级党政军民相互拜年祝贺，闹了整一天的文化娱乐，群众异常兴奋。一天演出的节目很多，其中最精彩的是政府的《撒拉机》、支队的《霸王鞭》、一完小的《问路》。这一天的午饭，和往年大不同，差不多家家户户都是白面，有的还有猪羊肉，新开一个老头说："往年过新年是机关部队的事，今年人们粮食肥实啦，都过起年来啦。抗属更光荣，全村群众都请吃饭。"刘家沟在元旦日，召开了庆祝新年的大会，军民到了二千多。东柏峪二日的军民联欢会，达三千人，县区支队各部门代表都有精彩简练的讲话，报告了目前形势，指出了我们今后的任务。关于拥军优抗和拥政爱民方面，双方都作了检讨，区长提出拥军中的三好——使部队吃得好、住得好、抗属照顾（土地等）得好，来号召群众。"拥护八路军，保证实行三好"，是群众的呼声。入晚陈庄剧团以梆子演出《血泪仇》。（柴夫）

（《晋察冀日报》1945年1月11日）

张友池和三连的文化学习

总政宣传部

这个材料是骑兵旅文化学习调查组的调查所得，曾在连政

《部队生活》报上发表过，我们认为很好，有许多新的东西值得我们注意，又找该旅宣教股长赖其正同志座谈一下，稍加整理补充，特再把它发表，希望大家研究它，把这些新的创造和经验更好发挥，更进一步来改进我们部队的文化学习。

——总政宣传部

张友池是骑兵旅三连一班的战士，山西兴县人，今年二十七岁。他九岁学时就拦牛，十二岁就开始跟父亲下地受苦，直到一九四〇年因无法忍受日本鬼子的迫害才参加了八路军——他是一个从没念过一天书的穷孩子。

下定决心学习文化

一九四〇年七月，张友池参加部队不久，在瓦窑堡整训时，一天读报组长读到敌人在晋西北进行"扫荡"，曾在兴县以机枪向数千老百姓扫射。他听了这个消息，非常担心家人的安全，拿起报来看看，黑密密的什么也不认识，想写封信回家去问问，自己又拿不起笔杆子，请人代写吧，又怕人家讥笑自己"家庭观念"重。他第一次尝到没有文化的苦头。

当年冬天顽固分子闹摩擦越闹越凶了，连部就命令哨兵要特别严密检查。一天正值他在城门上放哨，来了四个商人要通过城门。张问："你们一共几个人？"商人答复："你看路条。"但张友池认不得路条上大写的"肆"字，内心就发生两难：回去问人吧，不能离开岗位；放过去吧，又怕是坏人。他想换哨的人快来了，就叫商人在旁边等着。商人不愿意，就吵闹起来了。

张友池接二连三地碰了几个大钉子后，就下定决心学习文化。

吃过冬烘先生的苦

不久，文化学习在他们队上展开了。教员就按字典部位编了一本

《生字一千个》。课本四字一句,八字一行,比如"鹦鹉鸳鸯,喜鹊乌鸦"之类,同一个课本,按甲乙丙三个组,每天教二句三句四句,教的方法是先讲后读,再将其中稍难记的生字选出几个,叫大家牢记。在这种填鸭式的教学方法下,许多战士对文化学习都发生了悲观情绪,有的说:"念完了,不会写。"有的说:"学得快,忘得快,学了用不上,不顶事儿。"文化教员对于战士的这种呼声置若罔闻,反而责备大家"不用心","哪里能够学了就会用,没听说过'十年寒窗'吗?"张友池因为受过几次刺激,就特别专心地天天照着课本念,不敢叫苦,以致每句、每课都背会了,只有一些笔画复杂的默写不出来。文化教员称他为"学习模范"。四二年,骑兵大队到晋西北游击活动中,张友池还找了一本古旧的《三字经》来念。四三年部队回到边区,整编为骑兵旅,环境较为安定,他以为自己学的字很多,一定可以看书报了。这时《部队生活》和许多小册子大批地涌到战士手中。张友池拿起这些东西一看,才发现报上许多字他都不认识,虽然那些字的笔画很简单。而他所认识的一些字,报纸上却又找不到,但那些字却是他费了九牛二虎之力还描画不上来的,结果报纸小册子都念不下去。到文化学习编组时,因为他连报纸上的一句话也读不通,许多简单的字都不认识,只得到丙组去学习。张友池可伤心极了,两年的苦学,原来是走错了路。

新的学习方法

但张友池是细心人,又是下定决心学习文化的人,就开始改变过去的学习方法,从书报上去学。他从《部队生活》上选择了两篇短文,由字到句,由句到全文,逐字、逐句、逐段学习下去,不认识的字,他就随时问人,随时记写,用心苦学。经过一番硬功夫,他发现了那两篇文章只在用词用句上有所不同,意义上有所不同,而所用的字却大体上都是那些字，重复得很多，他就决定以这两篇文章的单字为基础，继续在读报中扩大认字与提高阅读能力。这样，更坚定了他学习的信心，再不以学习为畏途。去年冬训中，他集中全部精力向书报上钻。开始每天要从书报上记学十几个生字，后来就逐渐减少了。因他在书报上学到很多东西，对书报发生了兴趣。晚上轮他值班喂马时，他还抱着书报在炉灰前的火光下学习，或在月光下划字。

除了这个学习办法外，他还创造了一种要啥学啥的学习办法。起先是练习写家信，将自己肚子里想说的话，都用文字一句一句在纸上写出来，哪一个字不会写就随时问人。从写一封家信中，他学到了三四十个生字，并把写好的信三番五次地去阅读，使这些生字很自然地记在肚子里。后来，他又应用这个办法，在桦树皮本子上练写日记，把自己的感情、思想都在日记上写下，并从写日记中去学习生字。这种学与用紧相结合的学习方法，照张友池同志的说法，就是"做啥写啥，要啥学啥，学啥用啥"。以学用一致的学习方法，加上百折不挠的学习精神，张友池同志从去年生产到冬训结束的一年中，由丙组到甲组，连升了三级。他在走过一段冤枉路之后，摸到了一个正确的门路。

帮助别人学习

张友池同志还用自己的学习心得和方法，热心地去帮助别人学习文化。

一天张友池在菜园子里和老马夫王平厚一起生产，闲谈时他从口袋里拿出一张五十元的边区关金票子说："老王，现在出了一种新票子啦，五十元就当一千元使用。"王平厚说："哎呀，让我看一看，我因为认不得票子，还吃过大亏呢！"张说："认票子容易嘛，你只要把壹贰叁……百千万……几个字学会就认得了。"于是，王学张教，马上就在地下划起来了。伙夫杨德有也是不愿学文化的一个，张友池同志就利用下午游戏时间，从感情上和他接近拉话："咱们八路军现在可发展啦，将来反攻到大城市里，房子都是一模一样，挤得紧紧的，不好区别，除非你认识门头上的门牌，不然你出去挑水弄柴，都会吃亏啦。"杨问："门牌好不好认？"张友池说："只要把一二三……几个洋码子学会就可以了。"说着就划给杨看，杨说："这好学嘛。"于是，就从阿拉伯字学起，到水、木、米、火，至今学会一二百字了。这是他对于不识字的人们的帮助办法。

张友池有个老乡叫李富，写过一封信回家，好久没接到回信，张便劝他再写封信回去。李说："自己不会写，求人又难，不写了。"张友池说："来来来，咱们学着写，你哪一个字不会写，我就告诉你。"李拿笔就写，张友池在一旁教。李说："庄稼的'庄'字怎么写？"张说："就是村庄的'庄'"。李说："哎呀！这字我学过嘛，原来还有这个用处。"结果，不但李的家信写好了，还学到了二十几个生字，并把从前学下的字也温了个滚儿，联系起来了。张友池就告诉他这个办法好，以后就这样学下去，不久保管你会看书报。这是他对于认得三几百字，但因不会用而感到没有兴趣的人的帮助办法。

张友池同志自己摸索地写好了一篇稿子，但看来看去，总觉得不好。一天他看见旅的《铁骑报》上登出了班长谢士和同志的一篇文章，就问班长说："你的文章怎样写的，给我说一说里面的窍儿，为什么我写得总是不通顺呢？"班长说："还不是照原事，一句一句写出来的。"张友池就把自己写的稿子拿给班长看，旁边又围拢来几个人看，大家念一句、评一句、修改一句，就这样你一言、我一语的大家把那篇文章修改好了，后来送给《铁骑报》发表。张友池高兴地说："真是三个臭皮匠合成诸葛亮。"这就成为一种稍有自学能力的人的一种集体研究的好办法。

发现了学习文化的英雄，推动了全连的学习

今年五月，旅政治部派人到各连检查春耕时，发现了张友池同志在文化学习上一年连升三级的惊人事实，发现了三连在没有文化教员而又异常紧张的开荒期间，竟能造成自力的学习热潮，其进步远较关起门来大上文化课的时代更大、更速，就引起了旅政对这个问题的重视，一面把张友池文化学习的进步写成一则新闻寄给《部队生活》，一面组织文化调查组到三连向张友池去学习。

文化调查组到三连后，和战士们在一起除草并挤出时间找张友池同志拉话，找直接或间接在文化学习上曾受张友池帮助过的同志拉话，才发现了张友池同志的自学方法以及他帮助不同程度的人的各种不同办法。正在这时，登载着张友池同志在文化学习上一年连升三级的消息的《部队生活》第六十九期，已经发到了连队。这消息震动了全连的战士和干部，张成和同志说："我是三七年入伍的，并且是班长，在瓦市又是和友池同志在丙组学习，现在人家升到甲组能看报了，我还是老在丙组，真是有些羞人！"贾庆林同志说："我在家念过五六年书，名字都还没上报，人家没念过书，现在却上报了。"刘福喜同志说："他以前也和我一样，是一字不识的老粗，人家现在成了文化人了，咱还是老粗呵！"总之，全连的战士和干部都被这消息所鼓舞，有了学习文化的自信心和上进心，学习文化的竞赛空气遂弥漫了三连。

向张友池学习，以他的办法改造连队文化学习的组织和方法

文化调查组和连的领导就抓紧群众情绪，要把大家组织起来进行文化学习，就首先向张友池同志学习，征求他对于全连文化学习的意见。张友池同志就提议每个排能看《部队生活》的人，组织一个文

化中心组,选出组长一人,每周负责领导阅读书报、讨论问题、集体写稿、修改日记、编排墙报等实际的文化活动。中心组的组员又具体分工,负责二个至三个乙丙组组员,程度高的中心组员分工负责高的乙组组员,程度低的中心组员,负责低的丙组组员。而分组时最好还能照顾到战士们相互的感情关系,使之成为自愿的结合。对于中心组的学习方法,是以自习为基础的集体研究。对于认识数百单字的乙组组员,教学方法是说话,要以写哪一个字不会写,或者笔画写错了,就当场教给他。如果普通话语练得能用文字表达出来,无疑问的通俗的书报就可以看了。到能看报纸的时候,就可以升至中心组去集体学习。对于不识字或识字甚少的丙组组员,就不能用这种"联句扩大生字"的办法去教,应该从他自己周围切身有关的生活中,选择笔画简单的字教起,慢慢地由简至繁、由近及远,如果教到四五百字就可以升到乙组,用联句学字的方法继续提高。

张友池对于学习组织及学习方法的意见,全被采纳了,三个中心小组组织起来了。第一排的中心组长谢士和,八个组员;第二排的中心组长贾庆林,六个组员;第三排的中心组长封吉咎,七个组员。一有空闲时间,中心组组员不是各自看报,就是到群众中去谈话读报;不是集体讨论报上的问题,就是各人在修改乙丙组组员的学习本子。连上发生一件比较动人的事情,大家就集体研究写稿。在这些实际的文化活动中,中心组员都一致地感觉到这个办法很好,进步快。在中心组员的积极推动下,八月二十日前后,二十几个连环组也组织起来了。每个中心组员任连环组长,不论在什么时候、什么角落里,都可以看到三三两两地蹲在一起,每个人拿着一根木枝笔杆,一个口里说话,一个手中就照着去写,大家都是兴致勃勃的。刘福喜同志是一个最好的战士,过去学八路军三个字,教了七八次都没学会,他说"路军"两个字曲曲岔岔太多了,写不成,于是就教给他容易学的字,他很快就学会了。我们还看见一蹲人在那里研究"德"字。甲说总司令朱德就是这个"德"字，乙说和苏军打仗的德国也是这个"德"字，丙又说道德的德也是这个"德"字。如果说发动小先生们，怕他们对字义和讲解不够的话，这样群众性讨论字义的办法就很好。小先生也会利用各种时机、各种方式，以进行常识教育。比如张治忠在蹓马闲玩中，摸摸自己的马说："我的这匹好马，一点钟能走三十里。"李庆生接着就问："七点钟又能走多少里呢？"诸如此类的办法与实际生活相结合，才能把文化学习变成战士生活的一部分，才能无时、无地、无事不是从事文化学习。

自学与领导

【新华社延安七日电】没有群众自学的积极性，文化学习就不能收得良好的效果。三连发动了每个战士定自己的学习计划，规定自己的学习目标。如张成和等十七个现识五六百字的同志，计划今年冬训结束时，要达到初步能看《部队生活》上的简单文章。个人学习计划是自己手订的，自己就要负责去完成它。战士们说："不能用自己的手打自己的嘴巴。"为了保证个人计划的实现，各班排更进一步开过战士会议，共同议定了学习公约，学的人有学的责任，教的人有教的责任，相互帮助，相互督促，保证不使计划落空。

有了群众自学的积极性和适当的学习组织，领导上的责任就在于经常注意群众的创造，研究学习的方法，纠正运动中的偏向，以便事半功倍。三连经常召开中心组长会议，检讨各排的学习情况和进度，从而发现了谢士和同志领导的模范中心组，张友池同志领导的模范连环组，把他们的好的经验介绍到全连去。而对于初期学习中为了完成学习计划，就一天去认十个生字的偏向，也采用了群众性讨论字义和提倡能写能用的办法，去加以纠正。此外，更着重于对中心组员的常识教育，以便通过他们灌输给乙丙两组组员。

张友池的文化学习组织及学习方法，自觉地在三连中的推行还不久，因而经验还不够丰富，但是从张友池自己学习及帮助别人学习的成果，以及现在三连文化学习的热潮看来，他的创造一定是成功的。

(《晋察冀日报》1945年1月11日)

四专区抗联检查冬学乡艺工作

四专区抗联青宣部

四专区抗联于十二月二十一日召开各县抗联青宣部正副部长联席会，除传达边区抗联《群众报》会议外，并检查了冬学乡艺工作。关于冬学工作，巩固区都开学了，游击区也有部分村庄已经开学，"民办公助"的方针在群众中受到欢迎，如平定岭底村、灵寿玉泉村等，都有五十多岁的老人自动参加学习。平山下卸甲河、井陉北鸽子等村，一个月成绩最好的已识二百字，少的也写会四五十个字，同时做到四会。在动员群众入学的方式上有了新的创造，如平定岭底村，最先由县干部找到几个积极分子（本村战斗英雄杨培基也在内），说明了"民办公助"的方针后，由他们在群众中进行宣传。酝酿成熟后，再由他们分别号召参加学习，自由结组，完全未用行政力量，把全村的群众组织到学习热潮中来了。又如岳家庄，先召集全体干部进行传达后，整讨论了两天，又在一个闾里作了试验，成功后，干部们才分开领导各闾，自愿报名进行学习。再如马家庄先将政民干部动员好，组织成两组开始学习，让群众看见实际办法和成绩后，群众自动组织起来了。一般的经验证明想单用一次群众大会就动员起来是不能成功的。以上是好的一方面。另一方面，大部分村庄虽然开学了，可是因为对今年冬学方针没有透彻了解，所以自流与强迫的现象还相当普遍。有的区村干部认为"今年是民办，群众不愿上学，不能强迫"，平山东黄泥、夹峪等大村庄，至今还未能很好动员起来。领导上的自流，还表现在有些村庄无原则地听从群众自愿，巩固区有念百家姓的，不少村庄至今一次政治课尚未上过。在强制"民办"方面，如灵寿某干部说："民办是民办，不办就不沾。"所以在灵寿东庄窝村，有"识不了字罚铅笔"的规定，平定有按中队的班编识的。又有的地方将"民办公助"了解成私办脱离了公助。如平山西回舍有一老年人，将他本家的男女年幼的人们在自己家里进行教育，一开始便以"咱们家里世世代代都是念书人"来勉励其子孙，这是旧私塾性质的而非群众的民办学校。在各县报告中，还可看出大部分村庄里，村干部还没有成为冬学运动的中心，有不少干部还只动员别人学习，他自己不学习。在做到四会一点上，有不少村庄还有急于要数量，不重熟识牢记。如平山下西峪青年模范学习组一个青年能写出路条来，但从他写出的路条上抽出一个字来，放在别的地方，他就认不得。会议上对如何纠正偏向克服缺点，亦作了具体的讨论。

关于乡艺工作，今年的乡艺工作有了不少新的开展，特别是平山后半年来在几个重点上做出了显著的成绩；但存在的问题也还不少。首先是地区上开展得不普遍，一般山沟小村要成立剧团是比较困难的，大家认为应普遍发展大鼓、评书及儿童的秧歌舞、霸王鞭等小文艺活动；另一方面已经活跃起来的个别剧团，又须注意防止脱离群众的倾向。如平山南庄剧团一部分团员上了师范，可是他们的学习还要服从剧团活动。有另一女团员（好演员）要出嫁到外村去，剧团尚不同意。行唐丁家庄童子军为给英雄大会准备霸王鞭，耽误了将近一个月的学习。大剧团化、愿演大剧、愿大规模地合演，平山岗南双十二惨案周年纪念时集中十个村剧团演了三天。有的村剧团经常利用白天排戏，行唐有一村剧团，每次演出要给村公所开一大单子化妆品让村公所买。村剧团应当是群众劳动闲余时进行文艺活动的组织，如果超出生产学习之上，就得不到广大群众的参加，而变为少数人的组织，这是值得及早注意的。另外在演出上，内容和形式不调和的现象还在普遍发生。平定英雄大会上出演的《民族英雄》，一个穿大红袍戴大胡子的人和一个拿童子军棍站岗的儿童装束上相差了八百年，平山朱毫扮演武装部干部，拿着一个马鞭，去到炮楼之下，拔出刀来与鬼子杀了几个回合，这样乱用旧形式，当场就受到了群众的批评。目前群众的创作运动正在开展，预料旧历新年将有一场大的活动。

（《晋察冀日报》1945年1月11日）

继高街《穷人乐》后　定唐某村演出《血债》

萧无

定唐游击区某村派代表参加专区乡村文艺座谈会，回来之后更进一步巩固了剧团的组织，在全体团员大会上讨论了高街的《穷人乐》，大家都说：我们也把本村的事编个剧吧！他们把本村受过敌人屠杀殴打的人家和几年来始终坚持抗日工作的干部都找来，报告自己亲身经历的事情，由大家讨论，冲锋剧社下乡的同志担任记录和整理，编成一个十五场的综合各种形式的剧。第一场《惊慌》，是敌人开始建立据点，群众惊慌逃散。第二场《回探》，是逃到黄金峪之后，又派人回村打听情况。第三场《被抓》，是敌人在村里拆房，正好碰上回探的人，被伪奸抓住。第四场《审讯》，敌酋荒井拷问被抓的老百姓，村里托人求情，敌人要挟建立伪组织，要伕要款，要大车。第五场《建立伪组织》。第六场《派伕》，一方面是敌人的压榨，要伕、要粮、要款，一方面是地主趁机反攻，无理收地，逼得穷苦老百姓无法生活。第七场《挖沟》，在冬天，把群众衣服脱光，活埋挖沟的老头，强奸当伕的妇女。第八场《遇险》，区干部进村工作被特务告密，敌人搜查。第九场《吃信》，联络员给区干部到温家庄送信被敌人搜查出来，联络员情急吃信。第十场《烧杀》，敌人进村搜查，屠杀无辜的老百姓。第十一场《探监》。第十二场《见面》，被捕青壮年赎回。第十三场《打开局面》，区干部下来领导群众进行斗争，贯彻政策。第十四场《大家忙》，全村开展挖洞、民校、生产。第十五场《大报仇》，捉住特务，打退敌人。

这个剧第一次在本村演出时，演到第六场《派伕》与第十场《烧杀》时，很多观众啼哭得抬不起头来，也有很多观众愤恨得骂不绝口，也有很多观众向剧团提意见："为什么没有我们那回事儿呀？"

县里开座谈会，这个剧又演出了一次，所有到会的代表都认为这个剧是值得所有村剧团学习的。在剧的内容方面，在创作方法上，如果说《穷人乐》是由群众创作反映了巩固区的生产斗争，《血债》这个剧则是发动群众集体创作，反映了游击区的对敌斗争。同时在座谈会上，也有人对这个剧提出了意见和批评，感觉到表现群众对敌恐惧的分量重，对敌顽强反抗的分量轻。同时表现上级领导作用也不够明确。

该村代表回村之后，就召集了全村各部门会员大会，共同讨论修改，又增加了《敌人勒索》《合法斗争》《破交埋雷》《补军》等四场，准备新年在本村作修改后的首次演出。

(《晋察冀日报》1945年1月12日)

灵丘召开文艺代表大会　进一步组织群众文艺活动

灵丘县宣教委员会

　　县宣教委员会主持下的全县文艺代表大会，历时五日，于上月二十六号宣告结束。这一次大会，参加人数一百七十余名，代表六十六个村庄，有各村村剧团代表，有技艺很好的农村男女演员，有村黑板报的主编人，有农村新旧艺人，有红白喜事用的吹鼓手，有热心乡村文艺的小学教师，有不少志在学习乡村文艺的男女青年和童子军干部，都是自带食粮，于冰天雪地中赶来参加大会，其盛况不下于历次的生产代表大会。一年来文艺工作情景介绍，各种典型报告（典型剧团、剧本、黑板报等），戏剧创作实习（全体代表分四个组，创作四个剧本，当场演出），订计划发动竞赛，为大会的主要日程。其他如戏剧讲座、歌舞教练、各种文艺小形式（如大鼓、说书、拉洋片儿、双簧等）的示范，穿插于其间。大会情绪之热烈，使人们忘却置身于雁北凛冽的寒冬。这是一年来生产运动的成果在群众精神生活上的集中反映。

　　灵丘自一九四〇年大水灾，遭了饥馑年头。一九四一年敌人又深入内地安设据点，群众的文化文艺生活历年来处于沉寂状态，几乎可以说：没有什么文艺活动。然而，一年来的生产运动，基本上结束了这种状态。大会首先证实这种情况：即一年来的文艺工作已经造成群众运动，成为群众文教运动的重要一翼。群众戏剧是其中最活跃的一项。据统计，根据地内已有二十二村庄演剧，共演出剧本七十八个，都是群众自己的创作，最多的村子曾演剧十三个，最好的剧本曾翻覆出演六七回之多。这些剧本，如串岭的《家庭会议》，雁翅的《姬记海拔工组》《大战黄崖角》，龙玉池的《上冬学》《减租》，祁家庄的

《失河南》《改造懒汉》，上寨的《懒汉回头成英雄》，甘河沟的《小放哨》《王落后和边进步》，王巨村的《合作大修滩》，大辛庄的《张大嫂参加合作社》《迷信的结果》《跑回边区去》，上关的《反对婆婆虐待媳妇》，岸底的《李老太太》，徐家台的《战斗生产结合起》，都是脍炙人口的农村戏剧脚本。正式成立起来的村剧团有十三个，拥有一百四十名基本农村演员。有五个村子办起黑板报，二个村子出版墙报，一个村子出版□报。几个村子联合起来到集上去进行文艺活动，他们给取个名字，叫"文艺赶集"。霸王鞭的开展是普遍的，新式跳舞也有四五个村子搞起来了。群众一年内学会新歌子十五个，还自己利用民间小调填入新歌词，一唱就流传个遍。利用旧形式的工作，群众自己也开始了，如祁〔家〕庄的《失河南》，是利用旧形式的，红日朗的《走南山》，是旧戏《走雪山》的改造等。其他文艺小形式如拉洋片、快板、单唱、大鼓、双簧等，也已开始在乡村流行。这些东西在雁北乡村出现是一件大事情，是群众发动的又一个标志。总结这些东西，以及在这些东西的基础上进一步普遍组织群众文艺生活，成为这次大会的主要目的。

我们是用什么方法来达到这个目的的呢？

普遍组织群众文艺生活

首先解决一个思想问题。即对文艺工作的认识与信心问题。经过典型报告、戏剧创作，□一年来乡村文艺发展的规律，又从这规律本身摘引出三个问题来让大家讨论认识（用各种实际材料证实）：

第一，文艺工作是推动工作教育群众激励情绪的武器，不是单纯为了玩乐、出风头。大会上二十一个典型村剧团（包括垮了台的），三十来个典型剧本，三个典型黑板报的报告材料全部证实这一点。如大辛庄村剧团，是在今年反特务斗争中成立起来的，这个剧团的建设史就是群众和法西斯的斗争史。许多剧本都尽了推动工作的任务，如雁翅村剧团演出《劝神婆》和《劝顽固》，演出后，三个神婆不敢再胡闹，几个顽固也不敢再□灰了；祁〔家〕庄演出《改造懒婆》，果然改造了两个懒婆；上关演出《反对婆婆虐待媳妇》，把一个过去区村干部历次教育也教育不过来的婆婆，这次教育过来了；大辛庄村剧团演出《张大嫂参加合作社》，第二天进行扩股工作，一天扩大股金四万元，收存粮一百三十二石；甘河沟边××（女）亲自上台演出本家公公的顽固落后（剧名叫《王落后和边进步》），更给大家一个深刻的印象。尤其难得的是大家互相交换了掌握运用这个武器经验，怎样编剧，怎样办报，怎样表扬模范，怎样批评落后，都谈出了具体的意见。一些同志说："过去我不敢上台演戏，因为是一家村，怕羞、惜情面，今后可不了，我也要上台演戏，演戏是为了工作。"在认识了这一点以后，就有不少同志控诉顽固落后分子对文艺工作的造谣破坏："他们认识了这武器掌握在群众手中，对他们十分不利，所以要来破坏。"如雁翅几个落后分子说，这比开个斗争会还厉害。因此，他们也很率直地批评上级，过去对于这一工作领导不够，说有些上级干部过去对文艺工作也抱单纯的娱乐观点，是不应该的，不然，我们的成绩要更大些。

第二，老百姓自己有能耐搞文艺，老百姓自己有文艺创造天才。过去好多同志不这样认识，以为这是非常繁难的工作，非有这样的才干不行；庄稼汉不能搞，非有大剧团大知识分子来领导不行，自己不能干。这回经过大家互相介绍成绩，交流经验，有的人就很惊奇："你看，这七十几个剧本都是咱们自己编出来的，而且演得很不错。"甚至有的剧团里面没有识字的人，连《群众报》也看不下去，但是他们能编出很好的剧本，演很好的戏，老百姓看了又看，看不厌。姬记海、刘文斌都自己上台演出自己的英雄故事，姬记海演《游击小队怎样引诱敌人》《大战黄崖角》，刘文斌演《沙崖头战斗》，出台的都是他们带领的游击队员；上寨的杜因来和龙玉池的孙瑞，也都是自己亲自上台演出自己懒汉转变的过程，受大家的喝彩欢迎。王巨村闹修滩，就演出《合作大修滩》；龙玉池闹冬学，就演出《上冬学》；冉庄村听见别的村子有国民党的特务打黑枪，就演出《捉拿特务》；红日朗村里有一家从川下逃来的难民，就演出《走南山》。觉得演戏并不难，都是老百姓自己的生活和事儿，大家开个会，商量一番，你凑一句，我凑一句，就把一个剧本凑成了。有的人上台去还能随机应变，装什么像什么，该夸张就夸张，逗人地笑，比得上大剧团里最好的演员。讨论会上大家信心十分高涨，于是要求当场学习，全体代表分四个组，各编一个剧，在大会晚会上演出。结果，一天半时间，就把四个规模颇大的剧编排出来了，一个《反抢粮》，二个《贯彻减租》，一个《反对特务刘××》，都是和当前中心工作密切结合的。晚会上演出，大家都说好，于是信心和情绪倍加高涨。石繁村的代表说："以前咱们光知道依靠上级，不发扬老百姓自己的创造性，所以咱们的村剧团垮台了，回去一定得再搞起来。"串岭村的代表说："咱们村剧团里有的是人才，也演过很好的戏，可是过去咱们只依靠小学教师，自己不创造剧本，后来小学教师一调，旧的走了，新的不会文艺，也不帮助，村剧团就垮台了。回去一定要好好整理一番，咱们自己能够搞起来。"有的人是这样说："咱们老百姓能够打日本，还不能够演一个戏？"□□，大辛庄的剧团就被大家选出来作为榜样：这个剧团成立不过二三个月，没有别人帮助，自己编演了十三个戏，都受到老百姓的欢迎，上级也称赞，现在成为模范剧团之一，他们的村子还是刚从落后村转变过来的。

第三，要想搞好文艺，必须发动群众来搞，一个二个人不行；而且要想发动群众，文艺就首先必须为群众谋利益，走群众路线。根据群众的需要与自愿，从本村的实际情形出发，否则也搞不成功。如这次大家检讨出来，红日朗的黑板报虽然办得不错，可是只是一个人二个人搞，编戏也只是一个人二个人编，不征求大家伙的意见，这就是没有发动起群众来，所以，成绩和基础都还单薄。石繁村剧团垮台，是因为演得不是村里的实际情形，是空的一套，不合群众需要，群众看着乏味，演得也不感兴趣，所以垮台了。道八村剧团硬要演整本《血泪仇》，村里没有这个条件，光为演给上级看，叫上级说好，显一显自己，硬来，就来不成，群众也不同意，所以失败了。其实，灵丘本地的《血泪仇》也不少：刘庄惨案，孙安逼死佃户，特务杀战士，伤害干部，编成剧本演出，又容易，群众又待看。这回大家提出今后不管搞什么，都要从本村实际情形出发，根据本村条件和群众需要。如群众要求减租，我们就演减租；村里冬学垮台，马上就演上冬学得好；如群众不愿演戏而愿扭秧歌舞，我们就领导秧歌舞队，不一定非搞剧团不行。排戏时也要群众自己说：我愿意任什么角色，愿意扮老婆子的不要强迫他扮青年媳妇。红日朗村代表说："过去我们编戏演戏都是少数人，今后要接受群众意见，他们不会编可供给材料，我们编好了再让他们审查。"有的村剧团代表说："群众说好的村剧团才是好剧团；群众说好，就是上级不表扬，我们也不要泄气。"

把上面三个问题弄清以后，基本上，对文艺工作的认识与信心问题是解决了，就是说，打下了今后进行普及工作的思想基础。大会为使这个基础更坚实一些，并当场进行奖励，以一千元奖金分赠过去成绩比较好最受群众欢迎的五个剧本和一个黑板报。

紧接着就是组织力量做计划。大家的信心有了，就都自动地做出计划（各区各村）。如六区到会的四个村剧团，除各村自订计划外，还订出一个联合计划：旧历新年，四个村剧团联合演出一个十三场的大剧——《解放乐》，表现敌占北泉时六区人民生活的痛苦，及至今年敌人被逼退出北泉，六区人民获得解放后，人民生活又如何愉快；大辛庄村剧团计划演出《大辛庄的转变》，表现大辛庄这个落后村如何（在去年）转变成模范村，主要说明如何进行反特务斗争；崖底计划演出《模范家属李老太太》；龙玉池村剧团计划排演《敌占区人民生活与根据地人民生活的比较》一剧，预计新年下川给敌占区老百姓拜年去。靠近集市的村子计划"文艺赶集"，一个月里边，各村一定去一次或两次；靠近川下的边缘村庄，也计划"文艺下川"，有的是联合，有的单独进行，特别对行将到来的新年文艺工作，大家一致重视，连细小的节目也计划出来。大会上，各区各村根据自己的计划，开展了热烈的竞赛。这里的一个特点是，有不少村与村的文艺竞赛，如青羊口与道八、上寨与下关、红日朗与雁翅，都是继续了一年来的生产竞赛。有的是生产竞赛失败了（如红日朗）不服气，现在要在文艺工作上来打胜仗；有的是生产竞赛打个平手（如上寨与下关）也不服气，现在要在文艺工作上来决一胜负，所以大家的情绪异常紧张。

普及与提高

对于今后的普及与提高工作，大会作出了这样的决议：普及是主要的。怎样普及法呢？（一）只要内容正确，群众待看，什么样儿都行，根据各村条件"搞起来"。（二）已经搞起来的村庄帮助没有搞起来的村庄，不要自私；没有搞起来的村庄向已经搞起来的村庄学习，不要自甘落后。（三）提倡多种多样的形式，尽量利用小形式，说书、大鼓、单唱、双簧、钉缸、拉洋片等，这是文艺上的游击战，适合于高度分散的农村环境。（四）尽量利用旧形式。（五）做到"文艺赶集"。（六）搞起来的要起示范作用，注意影响问题。但普及工作必须在提高工作指导之下，忽视提高工作也是不对。因此，大会重新整理文艺分站，强调文艺分站对其他村庄的指导推动作用，而文艺分站本身是培养提高重点的工作，可以建立必要的会议与汇报制度，借以供给材料指导技术，提高其质量，对普及工作起更好的指导作用。

组织乡村文艺运动，组织小学教师的力量也是极其重要的工作。这次大会上，小学教师同志们讨论了：过去多注意领导儿童文艺工作，今后更该怎样多注意帮助成年人的文艺工作。这个工作上，我们必须承认：群众自己有深远的艺术创造才能，有许多杰出的文艺创作家和文艺组织者，我们（一切知识分子，小学教师在内）应该向他们学习，同时成为他们的有力帮手，积极提出意见，协助组织这个运动。自高自大、包办代替是不对的，过去的教训应该接受。

(《晋察冀日报》1945年1月13日)

定唐文艺座谈会上批评村剧团偏向

里侠

【定唐讯】十二月二十五日，本县抗联及政府召开了文艺座谈会，参加人除各区青宣部长并有村剧团干部。会上以阜平高街《穷人乐》之演出及本县×村演出《血债》为基础，展开了深刻的自我检讨，对过去区县领导亦进行了尖锐批评。在反省中检查出以下的思想毛病：（一）成立剧团演戏是为了单纯的乐一乐，出风头，表现在自己爱见什么就演什么，唱二黄，闹旧形式，不管群众看懂看不懂，愿演了便突击，不愿演了干部群众要求也不演。演戏是为了叫人家说好，提出批评即不高兴；愿意到区里去演戏，不愿演给本村人看。排戏时不叫人家看，恐怕不稀罕了，愿演些稀奇古怪的东西，嫉妒别人,不愿帮助别的剧团,怕他们演好了露不出自己来。(二)参加了剧团便想闹特殊,要求免勤务,不上民校,不愿意做别的工作;自高自大,看不起群众,认为他们不懂艺术,不会演戏;不叫广大群众参加村剧团,认为演戏是特殊技能,一般老百姓不能干这个。演戏是为了少数人看,所谓"货卖识家",不与生产联系,硬要团员利益服从剧团"利益",大吃大喝,"演不演一顿面"等错误思想。

经过检查后,大家一致认为今后一定要为群众服务,演老百姓熟习的事和需要的事情,大家编戏,大家演戏,大家看。

(《晋察冀日报》1945年1月13日)

关于开展拥政爱民与拥军优抗运动的宣传要点

中共中央晋察冀分局宣传部

一九四五年一月七日

第一,为了把今年的拥政爱民与拥军优抗造成广泛的群众运动,获得应有的实际效果,必须进行普遍深入的宣传动员,使军队全体指战员,党政民干部及广大群众彻底认识:

(一)拥政爱民与拥军优抗是党在解放区行之有效极其重要的一个政策,是毛泽东同志指示的一九四五年解放区十五大任务之一。目前由于中国战场军事形势的巨大变化,我解放区已经成了抗日救国的重心。全国人民都希望我们能够救中国,我们也有这样的决心和力量。为着完成一九四五年的各项任务,必须进一步加强解放区军民之间的团结。如果我们进一步从政治上铁一般地团结起来了,我们就能够胜利地进行对敌斗争,开展大生产运动和解放区的各种建设,有效地帮助大后方与组织沦陷区人民以争取抗战迅速胜利,也就是给全国作出一个很好的榜样。

（二）开展拥政爱民与拥军优抗运动，二者不可偏废，但中心环节是军队。应使每个指战员彻底了解：军队能够做到每个指战员都更好地拥护政权爱护老百姓，则政权和老百姓没有不更加积极拥军之理。以为在战争环境中，只应责备（或应多责备）党政民对军队照顾不够，不应责备（或应少责备）军队对党政民的不良行为，是错误的。应指出，这是过分夸大军事力量的重要性，忽视群众力量的重要性，这种单纯军事观点，就是军阀主义思想的表现。应再三再四地教育全体指战员，我们是人民的子弟兵，我们来自人民，属于人民，为了人民，并且要处处依靠人民，像鱼离不了水一样。拥政爱民是我们神圣的天职，但同时应指出地方党政民对军队的关心爱护不足，也是不对的，认真实行拥军优抗，也是我们神圣的天职。

（三）在群众中普遍深入地宣传我八路军、新四军一九四四年在敌后战场的伟大胜利，宣传部队为减轻人民负担而开展生产运动的成绩。指出，在中国，只有共产党领导的军队，才能这样以无比的忠诚和英勇，保卫祖国，解放人民。没有八路军、新四军和敌后人民的团结奋斗，八年来在敌后坚持与发展闻所未闻的艰苦战争，国民党的正面战场，早已不堪设想了，就是同盟国在太平洋上的胜利反攻，也是不可能的。指出不但今天坚持抗战的力量主要是依靠八路军、新四军，而且将来配合盟国，驱逐日寇出中国，也只有依靠八路军、新四军。为了保卫我们已得的利益，争取中华民族和中国人民的彻底解放，必须坚决拥护军队，帮助荣誉军人、退伍军人，特别是从各方面帮助抗属，使子弟兵在前方安心地勇敢作战，这是我们每一个抗日人民的光荣义务。

（四）要高度发扬群众的英雄主义，在部队与地方上普遍宣传今年选出的战斗英雄、劳动英雄、模范工作者的英雄业绩。特别应在拥政爱民与拥军优抗运动中，经过民主选举方式，选出拥政爱民和拥军优抗的英雄模范，把他们当作旗帜，广泛宣传他们的英雄模范事迹，号召广大群众向他们看齐。

（五）应指出：一般说来，我们的军民关系，历来就是好的，因此我们能够战胜敌人，巩固与发展解放区，我们现在的缺点，是完全可以克服的。这不但敌伪军与敌占区老百姓之间的关系，与我们绝对不同，就是国民党军队与大后方老百姓之间的关系，也绝不能与我们相比。应指出：国民党的军阀独裁，他的法西斯主义的政令和失败主义的军令，造成大后方军事、政治、经济和文化的深刻危机，延长了抗战胜利的时间，加深了人民的灾难，必须使全体军民明白，用人民的力量，促成由国民党、共产党、其他抗日党派及无党无派人士，在民主基础上召集国事会议，组织联合政府，才能统一中国一切抗日力量，阻止日本侵略者的进攻，并配合盟国，迅速驱逐日寇出中国。我们解放区军民，一定要多方努力，为建立民主的联合政府而奋斗。

第二，在宣传方式方法上，应力求实际有效。经过干部会、军人大会、群众大会、座谈会等，讨论文件，根据文件及拥政爱民公约、拥军公约逐条逐句深入检查，开展自我批评与批评领导，并制定适合本单位具体要求的新的拥政爱民与拥军公约，在进行赔偿、道歉及各种联欢等活动时，都应进行活泼的宣传工作。文化娱乐活动也须围绕这一中心，并应使宣传工作与制定本机关部队的生产计划及帮助抗属、荣军、退伍军人建立家务的计划等相结合，以防止形式主义的偏向。

第三，党报通讯报道组织，应根据分局指示及当地具体情况制定采访计划，采访方针根据上述宣传要点执行，不另发。

（《晋察冀日报》1945年1月14日）

正定樊家庄民办民校获得初步成功

凌霄

【正定讯】樊家庄民办民校在开学后，入校人数已达全村应入校人数的百分之百。全村共男女学员一〇二人，除五个病人外，按五至八人男女分编了十六个低级学习组，三个高级组，另外还有工人组。

据开学十天的调查，各组长编出了各组今冬的识字课本，不识字的人已学会写自己的村名姓名，及眼前的生产用字（如：针、线、纺棉花、大车、牛、骡、耕地、犁等）。男组中丑子、江来二人每人已识会四十五个字。妇女组中保珠、金兰两组每人平均已学会二十五个字，并且写得很好。高级组已会写信件，还创造了一个冬学歌。站岗放哨和作运销的人则领字自学。现在全村已被学习热潮笼罩了，到处歌唱着有关冬学的歌曲，尤其妇女们学习情绪更高，每天早晨她们一见面劈头就问："昨晚你学会了几个字？"推碾时她们在面粉上用指头画字，烧火做饭时她们用烧火棍在地上画。最可赞的是十二月八日敌人合击"清剿"一区时，全村群众转移到野外去躲避时，妇女学员蹲在地上还互相写生字。总之，在人们做活的每个场所，到处出现着这些努力学习的事迹。现该村教委会正以现有基础动员老年男女参加学习，根据这些老年人的意见，分成不同形式的宣讲班按期宣讲。还打算根据群众需要，做到小学教育彻底民办。

（《晋察冀日报》1945 年 1 月 14 日）

阜平八区的文化娱乐

——村剧团演戏反映本村实事

贾□夫 □□魁 胡海珠集体讨论□

阜平八区有十个以上的村子开了庆祝新年的娱乐晚会，各村群众听说村剧团要演戏，打霸王鞭，都锁了门子远道赶到主村来看戏。由于村剧团贯彻了"反映本村斗争，为本村服务"的精神，二三十幕戏的内容，绝大部分都真实地反映了□村的实际斗争。群众都说："这一马剧团可像是咱们村里的剧团了，以往村剧团尽演那些日里歪怪的事，出个老洋鬼子，闹个字眼的，咱听不下，也不待看，这一回的戏可是越看越着迷了。"戏演至深夜，群众才冒着寒冷赶回家。例如平石头的《劝锩子》（锩子是个抽大烟不干件的懒汉，家里本来是好光景，土地、骡、马、牛、羊一切财产都由于他的抽大烟而倾家荡产了。到现在时冬腊月，老婆孩子连棉衣也穿不上，成天穿着单衣打抖抖）。演出后，锩子全家深受感动，老婆女儿啼哭成一条声，锩子也羞地躲在窖里一天不敢出来□□□□□□□□□□□□□□□群众就自动拿出十七亩地来给抗属。龙泉关的《破除迷信》演出后，揭露了当村师婆的阴谋诡计，而使神婆再不敢活动了。这一些都说明了高街村剧团所指出的方向是正确的，村剧团只有为本村服务，剧团工作才能开展、进步，并得到群众的拥护。

各村剧团新年在自己村演出后，二号三号两天就有整整十个村剧团到区来表演，他们一面庆祝新年，一面还为了互助学习。由于这一次村剧团能真正为群众服务，也就得到了群众对村剧团的热爱。顾家台剧团到区来时，群众恐怕团员们道上累着了，晚上戏演不好，特派了四个骡子，驮背包、粮食、病号，把演员们送到区。朱家营剧团到区时，干部们背着十包大黄，挣了一千块钱，给剧团买白面烙饼吃。教场、朱家营两村群众，各拿出一千五百元给剧团各买了一面新鼓。其他各村也都一样，给剧团制乐器，买白面□□□□□□□□□□□□□□□□□"这往后更得好好干了。"

十个剧团整整演了两夜戏，还有跑旱船、高跷、霸王鞭、拉洋片等，观众达千余人。村剧团表演的节目，群众和区干部第一次这样满意，各村剧团演出的成绩，使许多区干部非常惊讶，区干部都反省了自己过去对文娱工作的领导，不管不问、不相信群众有艺术创造的才能的错误观点。

从这次村剧团的演出中，又一次认识了下面的几个问题：

第一，任何一个村子都能建立剧团，开展文娱工作。教场、黑崖沟是八区文娱工作最不活跃的村子，区干部都说那儿不能开展文娱工作，甚至这次这两村剧团都到区来了，有的区干部还不相信地说："来也是个来，怎也比不上别处。"可是事实证明这次教场演的《二黑子》，在观众脑子里留下了极深刻的印象，他们打的霸王鞭也被群众评议为最好的。

第二，群众对文化艺术有迫切的要求和有高度的艺术创造才能。艺术不一定非靠知识分子，知识分子搞出来的东西往往脱离实际，□□□这次演的《两家乐》，而工农群众创造□也最能感动老百姓的心（例如群众都喜欢看桑园坪村剧团演的戏）。

第三，群众有尖锐的政治眼光，他们能抓取最尖锐的斗争反映到艺术里。这次村剧团演出的二十幕戏和霸王鞭的内容，都跟当前的政治任务紧紧结合着，二十幕戏有五幕是关于优抗给抗属借地的，有五幕是反法西斯、要求成立联合政府的，有三幕是反迷信的（八区迷信道教很严重）。至于群众恳挚地拥护共产党毛主席的歌声，在每剧戏和各种不同的形式里（高跷、拉洋片、霸王鞭等）都可以听到。

从这次村剧团演出的成绩里，教育了区村干部，使区村干部在思想上认识了村剧团工作的重要性和群众的艺术创造才能。在各村剧团演出后，又开了一个演出检讨会，会上各村剧团互相批评、互相学习，又检讨了过去好得第一、得锦标，光想自己搞好不管别人垮台等错误思想。各村提出要向桑园坪村剧团学习，今后要更贯彻为群众服务的精神。各村并在会上挑了战，发动竞赛。

(《晋察冀日报》1945 年 1 月 20 日)

阜平的桑元坪剧团

胡海珠 侯金镜

桑元坪在阜平八区，靠近五台一个老山沟里。在县里开村剧团座谈会的时候，这村的剧团下来了，九个人都是又黑又高的个子，穿着补了好几次的蓝棉袄，钉了钉子的双梁鞋，在会上他们演了戏，报告了经验。大家都奇怪，怎么离沙梁炮楼六里地，由八九十来个子游击组组织起来的村剧团，又没有看过大剧团的戏，没人帮助过，恰坚持了五年工作，在村里还得到那样大的成绩呢？

敌人占了沙梁，抓夫、抢粮、修炮楼，老百姓成天藏在崖堂里不敢出来，游击组就守在山头上，拿地雷把敌人封锁住。为了打击敌人的狡猾，游击组就扎了个草人，草人手里拿着手榴弹，摆在大道上，下边埋了雷，敌人看见就打起枪来，费了不知道有多少颗子弹，草人也不倒下。敌人火上来了，下山拨了那草人，雷响了，老百姓在山上看得显显的，都笑了，对游击组说："编个戏，怎么做的怎么编。"有装埋雷的、装草人的就演起来了。老百姓看了夸奖那装洋鬼子的："和沙梁上的鬼子一样样的。"以后每打个胜仗，就向游击组——也是村剧团建议:"你们天天打胜仗,地雷把鬼子崩得不知多少,你们看见的心里解恨了,俺们看不着的干着急,照实事再编个戏,让大家伙高兴高兴吧!"他们就白天在山上瞭哨,夜里回来在草棚里编戏。

慢慢地老百姓上了瘾了,过半月二十天剧团不演戏就问"为什么不演戏哩,咱们心里闷得慌了"。鬼子听见村里敲锣打鼓的,知道又演戏了,急得在炮楼上直蹦乱跳,就往村里打炮,老百姓知道狗×的们不敢下来,就还演自己的。敌人在沙梁待了两年多,修炮楼、抢粮、烧杀,老百姓经历了千辛万苦,可是听见锣鼓一敲,游击组又演戏,心里就亮堂堂的,有了劲了。这个由拿枪保卫家乡,又演戏鼓励了父老的情绪的游击组组织起来的村剧团,也一天天地壮大了。

这几个游击组,乡村的艺术战士都是贫苦的佃农,村干部、群众爱护他们像关心自己的眼珠子一样。贷粮贷款的时候,总是先想着贷给剧团的团员,谷子熟了也派人给他们收秋。为了使剧团少一些困难,就多演几回戏,多打几回胜仗。剧团也听群众的意见,要什么时候演就什么时候演。这两年多,他们编了一百多种戏,一个月至少也演两回戏。

最能代表他们的创作天才的是去年演出的《敌占区人民痛苦》,在这戏里透露了敌人在炮楼上的荒淫生活,拷打压榨群众,群众怎样过着熬煎的日子,同时反映出游击组的英勇斗争。用旧戏的手法,表现敌人把群众吊在梁上拷打,用讽刺的夸张的动作,表现敌人凶恶和狡猾,更用了本地《光棍哭妻》的民歌,唱出了群众的悲愤和沉痛。演员在台上哭了,观众也跟着一起痛哭。收尾以游击小组埋雷伏击了敌人,鼓励了群众斗争的信心,看了戏的人,谁都能很生动地看出这几年他们是怎样斗争过来的。

他们不识字,只有副团长认识四五百字,剧本只有个提纲和唱词,里面画着歪歪斜斜的三八大盖、双梁鞋,都是不会写的字用画代替的。到今天，正副团长已经学了一千多字。

"今年敌人退了就没了戏了。"他们说："也有，咱们因为不识字，写不上剧本，受了痛苦，就编了个《不识字的害处》，演了个《反迷信》，叫人思摩思摩，别净叫巫婆打瞎瞎，还编了个反对包办婚姻自主的《劝妇女》。"看了《穷人乐》演出以后，他们计划着反映一下几年的斗争，反映一下村里的生产情形。

（《晋察冀日报》1945年1月24日）

冀晋冀察各地普遍开展文娱工作

冀晋军区举行军民联欢

【冀晋讯】一九四五年元旦，冀晋军区直属各单位，与驻地附近群众共同举行庆祝新年联欢大会。会上，军区王政委谈到国民党在大后方丧权失地，祸国殃民之罪恶，与人民饥寒交迫饮泣血泪的惨痛，全场数千军民一致掀起改组国民政府与统帅部的呼喊。接着，王政委举出冀晋军区一年来军事斗争中的胜利，与国民党日失一城的败绩恰成鲜明的对比。他说："仅仅在冀晋军区一年来根据不完全的统计，我们部队作战一一八九次，毙伤敌伪四二一一人，攻克逼退敌伪点四二九五个，缴获轻重机枪三十四挺，长短枪二五〇六支，……"在共产党领导下，有着许许多多的根据地，那里像冀晋一样，天天在打敌人，天天在胜利，天天在□□□□最后，王政委把毛主席提的"一九四五年的任务"作了简明扼要的说明与动员，并指出"国民党腐败无能，全国人民对他失望了，全国人民都把希望寄托在我们解放区的军民身上，我们的任务是无限重大了，我们因此而感到光荣，但也必须因此而百倍努力"。

模范抗属王□□□：政府的优待与村里的代耕，解决了抗属的困难，我越来越觉着抗属实在光荣，但是我们不要光靠政府优待，要组织一家人努力生产，他号召所有抗属给自己的当兵的人写信慰问，叫他抗战到底，不要惦念家里人。

会上，群众提议由大会作出慰问毛主席、朱彭总副司令及晋察冀军区诸首长的新年贺电，祝他们健康。（赵南）

曲阳文娱工作存在下列缺点

【曲阳讯】曲阳文娱工作在领导上存在着不少的缺点，如：（一）单纯为娱乐而娱乐，忽视群众的需要。具体的表现，就是无原则地唱旧戏，县里在去年春节及七月节，即演唱过《柜中缘》《拜杆》一类毫无政治意义的东西，区里同样有这种现象，甚至更厉害。二区于去年春节□不但自己演旧戏，而且请□区的大戏班唱了好几天，四区于去年夏天同样闹过。九区在开区群众会时也请旧戏班唱大戏。内容多不加选择，宣传封建迷信的戏也演出来了。对上级的指示不加注意，有些干部，对于旧戏嘴里反对，心里总觉得唱唱过瘾。（二）对于村剧团存在着单纯的使用观点，具体的帮助很少，甚至助长唱旧戏。如四区在一次联合演出中，□奖唱旧戏的即有一百斤馒头，和十个大西瓜，因此更刺激村剧团大搞起旧戏来。去年春节时，一区郎家庄曾演唱过十八个旧戏节目，六区牛堡沟到保定、石家庄请戏园子的来唱戏《还愿》，四区下河也准备买"行头"。这些现象，已在文艺座谈会上遭到清算，今后曲阳的文娱工作，将有新的转变。（长晴）

完县新年文化娱乐活跃

【完县讯】完县各地的文化娱乐工作，在新年中蓬勃开展。较大的村子，差不多都搞剧团演戏。一般的村子也都有文化娱乐组织，如一区的一个小山庄——龙王水也排演秧歌，这是多少年来不曾有过的。新解放区里也打破了敌人统治时的死寂沉闷气象，如曾有过堡垒的峨山，就利用了旧戏《采桑》的形式，演出一个伪军回家，遭到老婆白眼的故事。下庄用《训子》旧形式，描写了母亲教育儿子参加八路军。有些村子离敌人的堡垒不过四五里地，也都搞起《十不闲》《霸王鞭》来，整日价锣鼓喧天，气的敌人在堡垒里干瞪眼没法儿。桑园在劳动英雄李三女推动下，和纺织、学习结合，排演《十不闲》和《地平跷》结合的文化娱乐形式。各区在过年时都普遍演戏，一区北神南等村演出《李国良回家》，二区司仓村、康关等村演出《血泪仇》，三区西朝阳演出《改组国民党政府与统帅部》，五区辛庄等村并举行了文娱大竞赛，刘各庄、北清醒演出《游击小组》，都是拿当地反"扫荡"时的实事编剧并由当时参加斗争的真正人物扮演。西大悲演出《王桂仙》，真实反映了劳动英雄王桂仙的故事。新解放区的群众已有两三年不敢闹玩意儿了，现在都是尽情欢唱着。（老滕、赵俊卿、阳）

灵邱村剧团普遍演出 川下同胞赶来看戏

【灵邱讯】本县自从去年十二月二十日，召开全县各村的文艺大会后，群众都认识了自己有能力□□□干文艺工作，并且也亲眼看到龙浴池、大兴庄、雁翅等村剧团的演出。这样，老百姓都说："不难，大家能演，咱们也能演！"于是，先后成立了五十多个村剧团，（群众自己发动起来的）都根据本村的事实来编剧本，发扬模范，批评落后，演起来又实际，又不费事，还能推动本村工作。在这次元旦日的前后三天，四区二十五个村剧团都演了戏，连从来也没演过戏的村子□庄子沟、大高石也演了两幕戏，村里老百姓都说："咱们早就该这样高兴了。"在上寨各店铺贴上了大红对联，上寨村剧团一连演了三夜戏（连上寨秧歌班活动也在内）。初一集上有雁翅姬记海剧团跟南坡村剧团作了新年文艺赶集，高跷、霸王鞭、秧歌舞各样都有，得到一千五百多观众的赞许。在二区煤矿，工人们也组织了一个文艺晚会，他们是从没搞过这样工作的。在三区有区干部亲自登台演出话剧，浑源县政民干部也远道赶来联欢，演出《血泪仇》，村与村还举行了新年文艺大竞赛，很多村子给抗属演戏拜年。一区龙玉池剧团到各村给抗属唱歌扭舞、拜年，又和驻军联合召开了一个更大的军政民联合晚会，演出《迷信的结果》《反抢粮》等话剧。川下老百姓听说山上过年这样红火，一下子跑到南山上来过新年的就有不少。六区红石榴村的新秧歌剧团，也从很远的地方赶来，给大家演出新内容旧形式的秧歌，真是军民同欢，把川下的老乡们也乐开了。但当川下的老乡们看到《反抢粮》这幕戏的时候，都含着眼泪说："这是真事儿，一点也不假！""你们看看，咱们在川下就是这么受罪的！看边区多快乐。"虽然灵邱乡村文艺工作已经普遍地开展起来了，可是有些区干部还没有好好注意这一工作，所以有些村子里的旧秧歌班还在唱那封建旧戏，更有某些吹鼓班趁机挣几个钱，这些现象是急需纠正的。

（周力）

易县各区准备群众艺术大比赛

【易县讯】本县群众文化娱乐已广泛的活跃起来，各村都有剧团秧歌队出现，儿童团霸王鞭更是红火，一区已组织起九个剧团。八区四个剧团，连游击区的好些村庄也成立了团。□□县里给各区村发下《血泪仇》的剧本，并派干部亲自帮助排演，规定白堡、邢家庄、管头、山北四个剧团，在新年节到县比赛。其他秧歌队，民间各种小玩意，准备集中到区比赛。现各区村正在积极创作和排演。（杜唐）

唐县各村剧团新年演出新剧

【唐县讯】在新年中，已有九个村剧团演出了《血泪仇》，有二十多个村剧团演出了《李国良回家》，还有许多村正在排演着。四区迷城剧团演出《战斗英雄赵顺昌》，杨庵村剧团正在编排《劳动英雄张银花》，西大洋演出了《五百八十三天》，反映了大洋在敌蹂躏下的群众斗争与解放后的群众生活，村剧团新创造颇为感人。（赵伟）

边二师帮助驻村开展新年文娱活动

【边二师讯】二师配合龙村开展文化娱乐，活跃了群众生活。元旦晚上，演出《彻底改组国民政府和统帅部》秧歌剧，反映了国民党反动派祸国殃民的真实情形和大后方国民党一党专政下人民苦难生活，接着演出《打花鼓》《新编小放牛》《霸王鞭》《国际形势新洋片》等节目，本村"聚乐会"也演出大秧歌和旧戏，全村充满新年的欢愉气象。（雪黎）

灵寿各区干部检查对待党报态度

【灵寿讯】灵寿各区干部进行思想检查追究对全党办报方针的错误认识。一二区检查较为深刻，各个干部都作了坦白反省，从这里了解我们干部对全党办报方针认识仍然不足。好比一部分工农同志说："写通讯是文化程度高的人们的事，和自己没关系，所以虽然说全党办报，咱总以为这也不包括自己。"一些过去写通讯的同志反省说："过去写通讯是对兴趣哩！没有把它看成是自己的工作任务，所以有空就写，一忙就忘了他了。"有的认为"写通讯是为了自己的学习"，有的认识更错误，以为"写通讯是吹大气，不写是埋头苦干"。领导干部根本没把通讯工作列入工作日程内。正因为认识的不足，虽然规定每月每人写两篇通讯，结果平时不注意材料，月底凑数目，粗枝大叶登不出来，这样几次写稿不登就灰心不再写了。另外一些同志爱面子，写的时候光愿意套人家的新闻架子，套不成写半截就又扯了；写成以后怕人看，不和别人研究，偷着发出去。从这次检查后，重新划分小组，制订会议学习写稿等制度，更重要地解决了写通讯和领导工作矛盾的问题，一个中心工作除工作总结外，领导干部还必须具体组织人们写作，使材料及时全面地反映出去。（柴夫）

阜平辛庄村剧团检讨失败教训　确定今后做法

阜平一区辛庄在一九三九年即组织过村剧团，以后垮了。去年冬天由西战团同志帮助恢复，因为未能适合群众要求，也没有坚持下去。今年由于大生产提高了群众的生活水平，群众对文化娱乐要求很迫切，在这些情形下，村剧团又恢复起来。为使工作作好，由村干部和全体团员开了一个会，检讨了过去失败的教训，确定今后的做法。过去，一搞戏就动经济（买锣鼓、幕布、汽灯），花销大，负担不起，干部对此甚感头疼，不知村剧团要搞些什么花样。去年闹旧秧歌，没有新词，配合不上村里的工作，喜欢□□人不多。加之白日黑夜地排戏，耽误了冬季生产，大家作得很勉强，自然不会持久。今后的做法：（一）小打小闹，编"小出戏"演。（二）配合村工作，演庄户主的事情。（三）自己来编，自己来演。（四）除灯油外，先不动经济，把工作做起来再说。（五）为了不妨碍冬季生产，白天不排戏。晚上排戏要和冬学配合，调整时间。万不能为了娱乐把冬学拖垮了。（该村冬学为阜平一区最好的冬学之一）确定了以上做法，干部和团员都非常高兴，目前该区的文艺工作已经活跃起来。（胡可）

（《晋察冀日报》1945年1月27日）

行唐村剧团开会揭发偏向

【行唐讯】县抗联为了改进乡艺活动，推动全县村剧团工作，并活跃新年文化娱乐，特通知全县最好的北桥、玉亭、东羊庄三个村剧团来县公演，并通知全县八十三个村剧团及三个高小各派代表参加，一方面观摩学习，一方面又是短期剧团训练班。四日，□□庆祝□年军民□□大会，参加□□□□□代表外，附近村庄群众及行唐支队共三千余人，老乡们兴奋地说："自撤了堡垒以后，还没这样红火哩！"家家户户招待客人，吃好的，看戏，好像过庙会。三个村剧团两天共演大小二十一个节目，最受群众欢迎的是东羊庄与北桥的霸王鞭，各种乐器也配合很好，内容故事性，表现手法接近歌舞剧。玉亭的《血泪仇》，十分逼真，情节凄楚，观众无不掉泪。

北桥《八路好》对□曲及《兄妹开荒》《问路》等剧，都是群众啧啧称赞的。六日，全县剧团代表举行整风反省大会，对□□的公演节目详细检讨以后，即讨论了北桥自编的大《拨工》，根据县抗联乡艺工作报告的精神，对本村现有的偏向作了无情的揭发：

（一）缺乏群众观点，演剧是为了叫上级看，露一鼻子，压倒别人，看不起小戏，欢喜演大剧，想一鸣惊人。特别严重的，是有些剧团干部，不注意吸收工农群众参加编导工作，认为工农土气，搞不了。（二）有的区领导上很乱，村级各部分乱抓一把，"大剧团"倾向仍很严重，组织庞大复杂，开支过大（如××剧团制舞衣买化妆品，化洋万余元），与生产脱节（如××剧团不□白天□□，三天两头出演），因而引起家庭不满。还有参加剧团后借口排剧，□□冬学、□□战斗勤务等。（三）创造剧本上，随便仿编《血泪仇》，混乱真假，追笑取乐，闲话过多，甚至太粉，流为庸俗；有的剧本前后与事实不符，如《反迷信》中区关了巫婆禁闭，师婆就翻新觉悟；《改造懒汉》仅仅一个会议，就改造了八个懒汉；《劝人上冬学》中说"万般皆下品，惟有读书高"等。（四）作风上，有些剧团要求过严格军事生活，出操上课，团员见了团长立正敬礼，剧团干部随便呵责团员；还有许多人参加剧团以后，穿衣戴帽都学洋气，满口京腔，好似高人一等。（五）新成立的剧团团员害羞，不敢出演，特别是女演员，扭捏妮妮，不很大方□于大会讨论中，并解决□□、创作、组织等具体问题。

（《晋察冀日报》1945年1月27日）

从李国瑞的转变说起

去年军区部队所开展的连队坦白运动，是部队的一个整风运动，对于转变领导作风、改进管理教育方法，和克服离队观念、改造落后分子思想，以进一步团结军队内部、巩固与提高部队有着重大的意义，并且也得到不少的成就。其中以"胜利"部侦察连所得成绩较为显著，他们由于领导作风的转变，改造了众所公认的"顽固不化"的落后战士李国瑞，而李国瑞的转变，大大地刺激了全连干部战士不甘落后力求进步的上进心。李国瑞所提出的"不打走鬼子不回家"的挑战口号，当场得到全连的争先恐后的热烈响应，立即变成群众的自觉的誓言。接着就掀起了互相激励互相监督追求进步的群众运动，基本上克服了落后现象，进步空气旺盛了，战斗力也提高了。该连在西寇村歼灭在数量上相当于自己兵力的敌军，就是明显的例证。

落后战士李国瑞的转变，告诉我们一个重要问题，要发动起群众的积极性，扶植正气，肃清邪气，转变领导作风改进教育方法，是决定的关键。该连指导员王竞生同志，在整风以前，"爱摆干部架子"，对战士的错误缺点，常常采用处罚与打击的方法。但在整风中，他坦白反省了自己这种官僚主义和军阀主义的错误，并在整风回连以后，实际行动上有了很大的转变，放下了架子去接近与关心战士。特别对落后的战士，采取了耐心说服、关心帮助、多鼓励少批评的方法，这种感化教育收到了极大的效果，李国瑞便是在他直接帮助下得到转变的。

检查我们的领导，存在着一个相当普遍的毛病，就是对于落后分子常常采取了错误的方针。有不少领导干部鄙视和讨厌落后分子，对他们采取打击、孤立、讽刺、斗争、处罚等办法，认为落后分子的落后是天生的，因此就不去检查领导上的责任，不去研究这些落后现象的社会根源；认为落后分子是无法改造的，不相信革命能够改造一切的力量，不相信受压迫剥削的人们是要求解放并为此而奋不顾身的，因此就不去研究改进领导方法和教育方法。这正是官僚主义和军阀主义的具体表现之一。这不仅表现在一个连队或一个工作部门，而是相当普遍严重存在的。由于领导上采取了这种错误方针，常常使领导与群众脱节，而在它的影响下，积极分子容易发生脱离群众的先锋主义，党与非党的关系不够团结融洽，落后分子在打击下失去上进的信心，并且某些落后分子针对的领导上的错误和缺点而发的怪话，常常能得到一部分中间分子和所有落后分子的同情，破坏分子常常从中找到掩护自己的"死角"，这样就使得正气不能得到正确的扶植与发扬，邪气不能得到及时的克服与肃清，要想把工作搞好，是困难的。

事实证明，落后分子是可以改造的，问题在于领导上能否采用新的领导方法和教育方法，认真地关心和帮助落后分子的进步，了解他们所以落后的原因，想出帮助他们克服的具体办法，采取多鼓励少批评、耐心说服（领导干部个别谈话收效很大）的感化政策。一旦众所公认的最落后的分子能够转变，对于刺激广大群众的革命上进心所起的作用是很大的。因为他的标准容易为广大群众所接受，而他勇于改过的生动事例，对于任何人都有着深刻的教育意义。

从转变领导作风着手，来开展改造落后分子（生产中的懒汉懒婆及一切工作中的落后分子）的运动，并把这一运动同英模运动结合起来，团结广大群众，激发起广大群众的积极性，来更好地完成毛主席所指示给我们的《一九四五年的任务》。

（《晋察冀日报》1945年1月31日）

平山北庄完小开办冬春随习班

杨复俊

【平山讯】北庄完小趁冬季农闲时，决定开办一个适合群众要求的学习组织，名之曰冬春随习班。该班就学的有二八名，年龄大小不同，文化程度不同，学习要求亦不同。该班为了适应农村文化学习的教学方式，决定把附近各村的男女青壮年，尤其是青年的文化水平，逐渐提高到高小程度的水准，年限和学期不规定，只要他们愿学习，达到高小程度，会写能算就算毕业。如果他们愿意继续学习，还是照常地教下去。

（《晋察冀日报》1945年2月1日）

完县新解放区集市黑板报搞起来了

石杰

【完县讯】新解放区集市上的黑板报搞起来了。集市所在村是

一个四五百户的大村子,在今年夏天我们拿下村里的堡垒后,村里的积极干部和教员们,就商量着搞起了黑板报。办法是用一块大教板,上写国内外大事、当地消息和简单的歌谣等,现在出了十次,已引起人们的注意。××村十天四个集,赶集的人上千,且有敌人据点的老乡们,因为黑板报上写的都是老乡们心眼儿里想知道的事情(如盟军打入德国,美军在菲律宾本岛登陆,我军拿下高昌据点等)。所以赶集的人们很爱看,从集上有人起到散集止(傍晚)大半天的工夫,黑板报前总是不断围满着人,常有人这么说:"我从黑板报上知道了鬼子在太平洋打败仗的消息。"有的说:"我不赶集也不会知道德国鬼子快玩完。"现在已有的人单为看黑板报来赶集。

(《晋察冀日报》1945年2月1日)

平山创造新型村剧团运动报道

平山抗联

在平山三十二个新型村剧团代表会议上,总结和检查了平山村剧团发展现状,兹报道于后:

一百零二个村剧团一百卅八个霸王鞭队

平山村剧团的恢复和发展,是从七月节以后,当时发展的主要原因是:(一)麦子丰收,大生产初步获得胜利;(二)回舍区两河区全部解放,胜利战果鼓舞群众;(三)县区的领导。这种发展情形较之一九四〇年一年尤为可喜,而且有了崭新内容。到一九四五年一月五日止,半年来已经成立剧团一百零二个,霸王鞭和其他文化娱乐组织一百三十八个,现全县除游击区外只三分之一村庄没有搞起剧团和文化娱乐。半年里边，演出很多，如北庄剧团演了二十三次，柴庄剧团演了二十一次，平均每月三四次，最多的如南庄剧团去年出演七十几次，平均每月六次以上。演出内容如南庄的《地头会》，柴庄的《两个天下》，反映全国人民改组国民政府和统帅部的要求。《血泪仇》一剧全县已有十五个村剧团排演，形式上有的用梆子，有的用秧歌（如南古月），有的用蹦蹦（如西回舍），普遍在群众心里增长了对国民党罪恶的憎恨。

为政治服务，和中心工作结合，为群众为本村服务

各个中心工作中，如生产、拥军、优抗、冬学，各地普遍宣传。即冬学工作开始以后，如通家口的《冬学中》，东港南的《上冬学》，北庄的《冬学》，秘家会的《冬学》，都是以宣传"民办公助"而且相当优先的演出；而如洪子店的《战时拨工组》《牛村长》，郭苏的《反国特》《缴收公粮》，东港南的《岗南惨案》《竞选》，都是本村实事，具体指导和教育群众怎样当一个好公民。蒿田剧团一九四五年新年中演出《过新年》，老百姓反映："没有共产党八路军哪有今天，过年该着大伙乐一乐哩！"蒿田剧团二十一个演员中除两个外全是贫农，所以更亲切地反映了工农群众的喜悦和感情。下卸甲河演出的戏，全是根据本村事编，从没演过外面的剧，村里老头老婆也开心，村长说："剧团是咱们村里的开路先锋。"另外一些剧团如西回舍剧团，敌人占着的时候，在地洞里排戏，进行演出，配合村里的斗争；东岗南剧团教育群众不忘被屠杀的仇恨。柴庄过去一年前曾是无人区，解放后很快成立剧团，鼓舞群众斗争情绪，回舍区全部解放后，演出反映回舍人民继续斗争的戏剧，给人们强烈的印象。

街头集市，最好的舞台

这些戏剧的演出，大都是街头和白天，集市宣传在郭苏、洪子店，平均每月有一次以上，如郭苏集上募给冀中八九分区救济水灾的宣传，西岗南和韩庄两个村剧团分成快板、打花鼓（妇女）几组逐摊宣传，一集募得三千六百多元。又如一次配合区干部宣传，装卖布、买布争执起来，扭到区里，区干部出来讲演。洪子店集上，有一次由村剧团化装卖锅子的、卖砂壶的、牵驴的，都像真买卖一样，混在群众里教育群众注意偷盗等。

在一般创作中，都用集体方式，你一句我一句，凑合起来就是剧本，全县村剧团大部是自编剧本，演出外来的只《血泪仇》《兄妹开荒》《两方便》较多，其他寥寥。自编的创作在台词里编了真名真事，曹秀花、康永馥这些劳动英雄都自己演过自己，有的剧本演出后经过群众意见，一再修改，如东岗南演出的《竞选》。

剧团成分大变，这是牢固村剧团的基本环节

村的主要干部，村长、抗联主任、中队长、治安员，参加剧团的很多，一百零二个村剧团中，没有一个村子没有主要干部参加，政治上领导有了切实保障，有的还参加编导工作，劳动英雄和小学教员出的力量不小。青年是骨干，基本群众踊跃参加剧团。□□和柴庄是最显著的例子。特务分子除小部已经坦白悔过纠正自□之外，都已清除出去。过去洪子店东黄泥国特把剧团当作特务机关，危害边区，已被彻底摧毁。另外在剧团里一部分封建人物和流氓，如郭苏、温塘，有的搞男女关系，有的成天在饭馆里吃喝拉胡胡唱大戏，别事不管，现已洗刷和改造。《血泪仇》一剧启示了戏剧团的发展和演出方向。

村剧团是民校

在下刘家坪、柴庄、东岗南、下卸甲河，村剧团是全村学习骨干。下卸甲河剧团团员在下雪天曾每人一天识过十一个生字，其他则成立了一□子民校，抄剧词连自己带别人的，成为最好学习方法，青年们则把剧团看成一种最好学组织形式。蒿田剧团一个青年，从不识字到能够认下《兄妹开荒》歌词，而且在剧团宣传中心工作和政治任务的时候，剧团团员政治和文化上得到了提高，下卸甲河剧团团员经常能给群众解释时事和中心工作，实际上则起了"小先生"的作用。

主要缺点是思想问题

村剧团的思想建设，已在南庄剧团举行的坦白运动为其开始，□□全县三十二个剧团代表会议上大部作了反省，严重的宗派主义自高自大为村剧团脱离群众的主要现象，县区领导上主要是忽视文化水平和经济生活低下的山沟小村，这在思想上检查应是□□工农为群众的文化要求和潜在的创造力。

今后方向

经过对各村剧团□□原因的详细检查，大家的决议："（一）村剧团必须与中心工作结合，为政治服务，为群众服务，为本村服务，村剧团应该服从战斗生产教育。这些服务，不能闹独立性，受村的政民领导，个别和中队部对立是错误的。（二）村剧团要成为一所民校，特别是青年最好学习组织。（三）村剧团的演出以话剧快板剧新形式为主，□□□□□□了，□□□□□□儿乐闻的小形式，旧形式□□□□，但必须清除封建毒素，不能□□落后□□，充实新内容，反映群众斗争生活，但不提倡大量恢复民戏班。街头、集市、广场是我们的台子，白天演最好，提倡不买幕布，创作内容以反映本村群众斗争生活为主。（四）多做小的活动和经常活动，少往十里地外远处演，征求群众意见要诚恳，成为一种制度，对的意见照着办。"

今年旧历新春，平山村剧团还要大活跃，现在已在准备一个创作运动，到那时要办一个"大家乐运动"，发动群众男女老少组织秧歌队联欢，大秧歌队正在某村积极组织。

一九四五年一月十日

（《晋察冀日报》1945年2月3日）

唐县通讯工作检查

林漫

唐县通讯工作，一直没有很好地搞起来。单就稿件数量来看，去年一年内，每月从来没有超过三十篇，而且时热时冷，时升时降，表现很不平衡。如十月份二十八篇，十一月反减少至十篇，十二月更减至九篇。在写稿单位和地区上，也表现了极大的不平衡，如司法、公安、商店等部门一年中从未写过稿，有些区写稿也非常少。究其原因，是由于干部在思想上没有搞通，对全党办报未作深刻了解。为此，县委特于一月十二日召开扩大通讯会议，到县级各部门主要干部和部门主要领导近二十人，用整风精神检讨了个人对全党办报的认识。如有一个干部反省："这是认识上的问题，思想里总想偷懒，不愿费脑筋。关于党报方面的文件都懒得看，总觉得写稿不如其他工作重要，其他工作都完不成，还写什么稿呢？"又一个干部反省："以前思想上总觉得'全党办报'，全党人多着呢，咱一个人不写没啥关系，咱不写，别人也会写，记者也会写。"又一个干部的反省："自己也想写，可是怕过时，怕不登，写出来总不如人家写得好，觉得写稿真神妙得不行，写稿上就失去信心了。"又一个干部这样反省："并不是没有材料，可写的好材料实在太多了，但是都放过了，放弃了不知道多少好材料呀。"领导上也自我检讨到因为过去对通讯工作重视得不够，所以没有成为组织的推动，没有真正的发动起大家来写稿，平时具体地组织大家写稿和有重点地培养工农通讯员做得不够。总结起来，干部思想上存在的问题是：（一）有些干部工作情绪、政治情绪不□□，工作都不待干，党报都不看不研究，自然谈不上写稿，把写稿认为额外负担了；（二）兴趣主义，高兴写了就写几篇，不高兴写就一篇也不写；（三）偷懒依赖，"全党办报，我不办报"；（四）老想一鸣惊人，借口材料没找全，结果材料老没个找全的时候。一鸣惊人的稿子永远写不出来；（五）登了才写，不登就不写；（六）信心不高，总觉得写不好（如董鸿同志把材料什么的都调查得好好的，写了几篇，结果一看，总认为不行，就烧了）。（七）部队同志只给《子弟兵》写而不向日报写稿。根据这种情形，在会上决定全县（首先是县一级）要用大力开展通讯工作，在党员干部中贯彻"全党办报"的精神，打通思想，各部门的党团与支部要把通讯工作提到工作日程上，会议上要讨论布置，教育动员所有党员和广大群众保证写稿任务，并列为工作报告的一项。在组织上重新健全通讯小组，决定每一个部门成立一个通讯小组，实行分工写稿。县委在领导上经常抓紧，经常检查，具体帮助组织稿件，有重点地培养工农通讯员，加强改稿退稿回信制度，以教育指导通讯员写作。会后，县委并指示各区，在区党员干部中贯彻"全党办报"的精神。

（《晋察冀日报》1945年2月4日）

一个办得很好的集市黑板报

朱田顺

十一专区某公营商店,在管理集市中创造了一种黑板报,每集出一期,内容包括三项:(一)报道附近各市场行情,并对行情变化原因趋势等加以判断。重要的敌伪经济动态,也加以刊登。(二)刊登商店及政府重要启示与通知。(三)摘登些重要国际国内与当地消息。施行以来,每集都有许多人围看,并交头接耳互相议论。因为报道了各地行情,使群众(或守关部队)可以选择便宜销场购货,免受奸商欺骗,也可以适当地大胆地进行运销。在评判物资与稳定物价上,有很大作用,所以人人称便。又因为报道行情适合群众需要,所以第二、第三项的内容,也便被人注意,不致成为形式。这种黑板报不但是管理集市的一个好办法,而且是黑板报中一个成功的范例。

(《晋察冀日报》1945年2月6日)

文娱简讯

△冀晋军区供给部工作同志没有演过戏,大家也不相信自己会演戏。这次由于二十三位同志的努力排演,全体同志帮助,一月二日的军民联欢晚会上,演出了《血泪仇》,还演得很不错。(冯福祥)

△平定某区举行新年文化娱乐竞赛大会,分东、西半区两个地区召开。参加竞赛的村剧团共二十二个,演出节目三十个,计有山西梆子演出的《血泪仇》,话剧《反特务》《优抗拥军拥政爱民》《运输》等,还有霸王鞭、秧歌舞、哑鼓等精彩表演。观众共达二千余人。竞

赛优胜的两村剧团各奖锦旗一面，模范演员杨然顺等十五名，分别赠给毛巾、日记本等奖品。现各村剧团正排演新的节目，准备在旧历新年大演出。（刘介之　任贵生）

（《晋察冀日报》1945 年 2 月 6 日）

分局宣传部通知

今天日报发表的《解放日报》纪念"二七"社论，深刻地分析了当前的局势，提出了中国工人运动的明确方针和任务，各级党委、城工部、政府抗联党团、部队政治机关，除应在工人中进行深入地传达和讨论外，并应在全党进行热烈讨论，求得贯彻了解。

讨论情形，应随时向日报报道。

（二月十日）

（《晋察冀日报》1945 年 2 月 10 日）

工厂　文教　气节

报告内容丰富生动

仓夷

工厂英雄在作典型报告中，介绍了边区公营工厂工人在历年来的发明创造、提高数质量、团结互助、吃苦耐劳、保卫工厂等各方面的英雄事迹，工人阶级英雄们以自我牺牲支援前线的劳动热忱，博得全场的□□。文教英雄模范报告了在大生产和对敌斗争胜利下，怎样开创民办小学、民校，怎样进行村干部教育，把创办的过程和教学的经验都介绍出来。医药方面只有龙华模范医生张明远作典型报告，他在团结医生、采办药材、改造医生、处处为群众谋福利上，有许多值得大大表扬的事迹和创造。关于医药卫生工作，在杨明甫的报告中，也介绍过很宝贵的材料。他在去年秋天，根据群众的要求，在合作社里添设了医药股。因为病号太多，一个医生忙不过来，而且每家有了病人，挤在一起，容易传染，家家户户都得留人照顾，很费劳力，他就设法把一些病号集中到九龙庙，成立起群众的医疗所，由村里站岗的担水做饭，组织了儿童负责看护，病人吃饭吃药全由所里供给，穷苦人家和抗属荣军都免费，医生脱离生产，由所供饭，挣下药钱还可分红，工作积极，这医疗所给群众的影响极好。这个群众医疗所的创办，也给英雄们一个很大的启示，都愿意回去根据需要情形，也要试办一下。模范护士张喆，在"五一"以后长期坚持平原残酷战争环境中的护理工作，她那对于自己革命职责的忠诚，更使人钦敬。在拥军与民族气节模范的报告中，也感人很深。像拥军模范老太太李杏格、贾洛峰，把伤员当成自己亲人一样来看护。气节模范温三郁，他才十三岁，报告时，他伸出少了五只手指的两只手掌说："敌人砍了我的五只指头，我也没有告诉藏着八路军的洞口。"部队气节模范侯松坡，被敌人灌凉水、压杠子、电刑，他都不屈服，最后还组织了许多被敌人监禁的同志一起越狱。涞水县民族气节女英雄杨怀英，在小组报告时用一天半的时间才把她被敌人惨痛鞭打的血泪事实报告完。在大会上她扼要地报告着她的丈夫怎样被反动地主勾结敌人杀害，反动地主又怎样叫敌人捉她，要她供出八路军的去处来，毒打她，叫狗咬她，撕割她的皮肉，用香烧她，刺刀刺她，绳子吊她，千般的折磨，她都没有屈服。她没家没业，过着苦不堪言的日子，但是她决心为自己丈夫和牺牲了的抗日同志们报仇，她顽强地相信：八路军会来的，与敌人、汉奸、反动地主搏斗了数年，终于在八路军迫退敌据点，恢复了抗日工作后，她获得翻身。英雄们听着她的报告，许多人都哭得抬不起头来了，都说："伟大！真是民族的好儿女！"杨怀英说："我的男人抗日死了，他走的道儿没有错，我要照着他的道儿走！我公开地要求加入共产党，要反动派看看到底是共产党八路军的力量大，还是日本人的力量大！"我们民族气节英雄的光辉指明中华民族是不可屈服的。

大会趁这次众英雄集合一处的便利，还组织了各区专门问题的经验介绍。像平山介绍去年的灭蝗经验，龙华介绍植树英雄的造林经验，还有关于种靛、毛织、除虫害、榨油、战时坚壁牲口等经验介绍。

在各种典型报告之后，各英雄小组就利用夜间进行深入讨论，根据典型的报告，联系到自己的工作环境，研究如何具体运用，以及各典型报告的特点所在。像拨工问题中有劳力组织形式，一般拨工的发展过程，怎样才能巩固，哪个地区哪个季节需要哪种拨工等问题，还有合作社工作，游击区怎样开展生产，这些问题也都有热烈的讨论。大家对于每个典型报告，都认识到不仅是听取他的英雄故事或工作方法，而且要从他们的思想方法、群众观点、工作精神上去领会这些工作经验。这七十多个典型报告，内容都是很丰富的，本报已陆续发表他们报告全文，未发表的也将继续发表，此处因篇幅所限，不能详细介绍。

听完了所有的典型报告，大家好像上了一次大学校，每个人都得到生动具体的教育，准备回到自己的岗位，照着别的英雄的标准，在今年的战斗、生产中创造出新的成绩来。同时大家也一致想到，我们的英雄事业都是毛主席的领导下创造出来的，没有共产党毛主席就没有英雄模范。只要我们继续努力，我们一定能创造出更大的成绩来，正像葛存说的："有毛主席当总当家的，我们一定能胜利。"

（《晋察冀日报》1945年2月11日）

检阅战斗生产胜利成果

边区举行首届展览会

展览品是形形色色，显示边区军民战胜困难的创造才能

【本报□□□】边区首届展览会，于元旦日正式闭幕。首先是到会英雄分批参观，然后各机关、部队、学校和附近群众轮看，二□□天中□参观者在五千人以上。

战斗馆
用敌人的枪炮消灭敌人

展览品分战斗、生产、文教三馆陈列。进入战斗馆，敌人新式的轻重武器，立即呈现眼前，好像到了敌人的军火储藏库，而所有陈列品，只是北岳区各地缴获的极小部分，仅仅作为一个样式而已。一挺重机枪旁边，纸标上写着：一九三七——一九四四年九月，缴获重机枪一四一挺。在同一时间，我们缴获了一千一百五十七挺轻机枪。被称为"土八路"的民兵，虽然武器低劣，也从近代武器武装了的日本人手里，夺过来两挺轻机枪。几个民兵英雄，端详着"歪把子"不忍离去，要求展览管理员当场试一试装退子弹，他们说："要不，缴到枪就扒瞎了。"一支捷克式轻机枪是很引人注目的，因为机身上面很鲜明的刻画着国民党的党徽，原来是国民党军队送给日本人的。在去年盂县一次歼灭战中，被我英勇的十九团战士，又从敌人手里缴获过来了。难怪老乡们看了生气地说："国民党不给八路军发枪发饷，光知道送日本！"几支"三八大盖"，很端正地靠在枪架上，色彩很新鲜，其中有一九四二年以后的产品，枪上附设的皮革换成了从南阳掠夺来的胶皮。另一枪架，陈列着敌人石门造兰式步枪，伪军称之为

"打一□四脚蹬拴"。敌人用这些枪武装伪军，表现出军火工业的不足与敌伪之间的矛盾。兰式步枪中有一支是很有趣味的，标签上写道：行唐五区一游击队员，用镰刀俘虏伪军两名，得步枪两支，子弹四十发。显示了边区人民的英勇机智。各种步马枪缴获的数字是更大的，光是北岳区，从抗战开始到去年九月，共缴获五万五千六百五十五支，民兵缴获一千零三十七支。手榴弹达九万五千余枚。在我们还没有来得及建立兵工厂的时候，我们的武装，几乎全部是夺自敌人，用敌人的武器来武装自己，消灭敌人。在被服具的陈列品中，很尖锐地反映了敌人一年不如一年的贫困，比如军毯吧，开始是毛织的呢子或者是毛绒制成，一九四〇年以后，逐渐改用线织品，而近一二年来，有一条"没毛的光板货"——线毯子，已经算不错的了。毒瓦斯弹和毒瓦斯筒，铁一般地向世界证明，日本法西斯强盗，对于中国人民的屠杀，采取了一切最惨绝人寰的手段。另一个图表上，记载着日寇毒杀边区各地人民的经过和死难同胞统计数字。血债是必须用血来偿还的！我们缴获了敌人的黄色炸药，却正好帮助了我们对敌人的爆炸。观众也从这些很清楚地看到边区民兵地壮大和战斗力地提高，民兵不但能很有效地配合部队作战，掩护群众转移，单独作战的数字也逐年增多了，并且大量杀伤了敌人，获得辉煌战果。如去年平山某区民兵围点打援中，单独攻克和逼退敌伪堡垒十九座，缴获步枪七十多支，活捉伪军八十名。又如馆内陈列的抽水机，重三百多斤，橡皮管都很齐全，我民兵竟深入井陉煤矿把它抬出来了；龙华民兵炸毁敌人电灯公司，缴获很多贵重的电灯器材。这一电灯公司，以后再也没有修成。许多照片，使山地的老乡看到了冀中平原上的军民，他们怎样和敌人进行了顽强的斗争。

军工在困难条件下制造出各种武器

我们的枪械弹药，除向敌人夺取以外，同时还必须自己来制造，因为国民党政府从来没有给边区发过一枪一弹。这次军工室陈列了军区工业部自制的各种武器，观众看了，没有一个不兴奋异常。我们的捷克式步枪、□□、手枪、枪榴弹、掷弹筒、手榴弹等等，各种各样的地雷，都引起观众的欢喜。在敌后战争环境，技术这样落后，军需原料又如此□□，工厂设备简陋，而制造出来的枪支弹药却达到这样优异的程度，所有参观的□□、战士、老乡，对军火工人这种□□创造和□□□□□□□均☑有各的特色，巧妙非凡，且做法简单，埋设方便，许多参观的人差不多一学就会，大家很满意，都说回去也多多做上些个。军火工业的技师和工人，究竟怎样想法子制造代用品，子弹到底怎样做法，展览室用实物标本告诉了我们。战斗英雄们边看边说，浪费子弹真对不起军工同志们。

生产馆

纺纱织布也有发展

生产馆第一室是军事工业，以下按群众工业、农业、野兽、农具室，分别陈列。工业展览品以棉织物最多，其中以花布最为观众注意。曲阳十六岁女孩马国平织的三羊布，细匀平整，观众赞不绝口。□□□□布坚实耐用，销路很广，现已经销到陕甘宁边区。行唐浆熏布为什么失去了市场呢？原来由于："磺熏又刮浆，冒充曲阳布，假充灵寿庄，表面虽漂亮，若经水洗染，不如原布强。"经过合作社帮助改进，业已还□质量的"新唐布"，给了很好的对照。观众从这里学得了一个道理，布的质量必须不断改进，投机取巧，表面漂亮的办法都是不行的。同时，若要把布织好，纱纺的好坏是先决条件。平山十四岁女孩康云云利用本地棉纺土纱，每天能纺六两，可做纬线，虽然质量不算最强，但从一个女孩手里纺出来，确是十分难得，因此受到观众的好评。五台、定襄过去是不会纺织的，而现在纺织业也开始发展起来了，这次陈列品中有他们用小籽棉织成的布匹。今后，这些地区的纺织业，还可以开展，逐渐解决穿衣问题。近几年由于染料的缺乏，群众感到染布困难，马梨籽和□□□布□，特别受到观众欢迎，很多识字的人把它抄写在□□上，准备回去试验。

在毛织物方面□毛衣、毛裤□一批必需物品，同时又刺激了边区的养羊业，对边区经济建设意义很大。但毛织品的质量必须提高，为了增大产量，节省劳力，应该提倡用纺车纺毛线。盂平吴秀英用纺毛车一天能纺一斤线，用□十度温水加千分之一的卤漂洗后，毛线洁白柔软，品质很好。妇女副业中最出色的有阜平高街鞋，鞋□前五后四，中三道，鞋口□针线，鞋底净布无草纸，针脚一千八百，结实耐穿，式样也很好看。每一个观众，都拿起鞋来仔细地看个不停。高街合作社在劳动英雄陈福全领导下，组织妇女做卖鞋，贷款贷布，分工合作，评定优劣，分红奖励，□□□□，因而开展了家庭创业，增加了贫户收入，这是很值得各地学习的。平山两望□村社出产透明肥皂，亦受到好评。

由于精耕细作 庄稼获得丰收

农作物展览品以粮食为最多，劳动英雄聂荣福说："多半辈子也没见过那么样数多的种籽……"颗粒饱满的黄玉角，由于品种优良，精耕细作，平山张积成一亩地里产了四十市斗。他曾经锄了五次，上了一百三十五担粪。龙华劳动英雄葛存杂交种大黄玉角，一棵结了五穗，老乡们看了感到新奇，想带些籽种回去。但这不光是由于品种好，它和葛存同志的勤劳和养种得法是分不开的。标签上这样写着：在一亩地里，葛存同志收了两大斗大□，一千多斤山药蛋，点上玉角后，锄了□次，浇水五次，上粪一百多驮，收获玉米二石二斗五升。多打粮食的原因就在这里。劳动英雄对各种籽种都是看得很详细的，有些人还要挖下一粒玉米往嘴里尝尝，研究它的粉质怎么样。在各种玉角中，一般产量最大的算白马牙，这要经过边区农场几次试验，并且在涞水、龙华、涞源等地种植而证明了的。龙华白马牙一般产量均在十四至十五大斗。各种长短不同，有毛无毛，颜色黄、白、青、红、黑不一的谷穗，多是粗大饱满，惹人喜爱。尤其"八一一"谷和"燕十五号"谷最为出色，"八一一"谷耐旱，产量大，出米多；"十五号"谷单亩产量也在二石四斗（市斗）左右，去年在冀晋、冀察地区已开始推广，极受群众欢迎。高粱展览品里，人们看到牛心红高粱，很为赞赏，标签上指明：每亩产一石三斗。平山黄高粱也长得很好。还有抗旱高粱，色白，主要特色是耐旱，产量也很高。此外，麦子、稻、黍稷、豆类等展览品不下一百种。

正定的紫花美棉，许多人没见过，它和驼绒棉具优异的品质，每亩能摘棉三百斤。推广植棉，这是开展纺织业，解决边区军民穿衣问题的基础。怎样选择棉花的品种，哪种地土适宜以及培植方法，都需要很好宣传。边远地区和游击区人民怕敌人抢棉花，部队、民兵和合作社，必须和敌人进行坚决的斗争。游击区英雄有这样的意见。当观众走到瓜果蔬菜陈列室时，肥大可爱的大北瓜，诱引着人们不得不用快步过去，有的同志双手抱起瓜来，大笑起来。很多人研究瓜的颜色，形态和皮子，判断它的味道甜或者是面。最大的瓜有二十八斤，据说阜平刘风仙去年种了一个四十斤重的北瓜，可惜没有拿来。灵寿赵荣同的金瓜，一棵长三十八个，每个五斤左右。龙华□满的西葫芦，一棵长七十多个，共有三百来斤。□□国同志的冬瓜重二十余斤，很罕见。徐水白菜有尺半高，每棵二十斤，细嫩好吃。红薯以行唐姜英春的出品最大，一棵长三块，计十一斤，一亩地产量达四千斤。日本人在五台一手制造了"无人区"，肥美的土地荒芜了，农村一片凄凉。去年抗日工作开展，武力和劳力结合，进行了大生产，秋后葡萄蔓菁□□丰收，蔓菁一个四斤以上，好像一块石□。前几年，无人区人民吃树叶，刨野菜，就是这样还断不了闹饥荒，如今他们吃到了玉角饼，生活得到了改善。好些老乡看了几种树叶，又看了玉角饼，很奇怪，"这干粮咱们家家都吃，有啥特殊？"当职员给他们说明原因以后，他们立即回忆到过去自己的生活，而沉思起来了。

病虫害野兽展览室的统计数字是很使人注意的，像去年全边区因稻蚕虫害损失了一万一千八百三十三石的稻子，蝗□□步曲，许多地区遭受了严重的灾害，眼看就将收割的□□□□□，吃得只剩下的光棍，□平等地□效果，并且□□□□□对于蝗虫的□千多意见时，普遍要求把它印成小册，广泛宣传。黑疸病某些地区仍很严重，平山南庄治安员去年种麦十一亩，全生黑疸，结果只收几□斗，损失百分之九十以上，实在可怕。怎样防治黑疸，给观众印象极深。

从野兽室看到孟平徐书获成绩最大，计打死：豹二只，狼十二只，狐狸十四只，獾、兔二百余，□狸、松鼠等二万零九百多。除害兽这成了群众运动。害禽害兽对于人民的害处，究竟多大，这里有可靠数字记载着，许多为一般人们意想不到。

此外，各种肥料、农具、药材都有实物陈列，山阴的英雄看了肥料陈列品，很后悔地说："咱种了几十年庄稼，不懂的大粪□不该和灰，□炭能当粪用。"一个老太太说："是的，牲口□施在大□□上真好。""糠若是单独施用恐怕生虫子。"这些意见，都是从实践中证明了的。农具水利有模型和图表数据，指明开渠修滩的好处，筑坝和造林的重要，和它对照的，那就是开荒后不修梯田的害处。一个水利建设图表上指出，根据十几县的统计，六年来，新开和整理旧道的水渠，六千余道，可浇地八十万亩，修滩三十万亩，滩地里放淤泥播种者二十三万六千余亩，扩大了耕地面积，增加了产量，对边区的贡献是很大的。

农具展览品一般观众都感到太少，除打稻机，□□发明的一个独角□模型，□□纺毛车和平定制造的滑轮□模型外，其他如杈、簸箕、□篮等均为一般农具，没有什么特色。定襄工农兵合作社出产的铁锹，为边区工农兵克服困难的范例：定襄敌占区铁匠数人不愿受敌寇压迫，逃来该县解放区，当地政府即设法子以救济，并帮助他们开铁匠炉。可是没有铁怎么办？那里驻军就去破同蒲路，运回铁轨来。民兵们、农民们看了眼红，也去抬铁轨，于是成立了工农兵合作社。从此，铁匠的生活解决了，军队和老百姓的农具解决了，大家有利，大家欢喜，陈列的铁锹，只是合作社出品的一种。

减轻人民负担准备反攻 部队机关展开大生产

当第二次展览时，盂平生产战斗连环画，英雄画像，龙华的各种图表，有画有文字，如组织劳动力，改造懒汉等，都很醒目。机关、部队、学校的生产品单独陈列了一次，部队展览品以二、四分区最多。人们看到了子弟兵在敌后频繁的战斗中为减轻人民负担，改善部队给养，而真正做到战斗生产结合。□□统计数字告诉我们：去年机关生产了小米十七万四千三百斤；四分区部队共生产了七十三万多斤小米。部队还积极给群众做"义务工"，如二分区帮助群众生产计一万二千六百多工。机关学校去年一般的都完成了一月以上的粮食自给，伙食有很大改善。除农业以外，机关、部队都进行了手工业生产，并经营小□作坊。这里政府机关合作社出产的麦草纸，成绩显著。这是原料不缺，制法简单，可以普遍推广的一种工业，阜平□火□村社已有经营，品质也很好。分局党校出的毛线品，都很出色。四分区供给处自织毛巾，一个人十五分钟出产一条，质量也很不错。四区出的剃刀、菜刀、顶针等日用物品，军民两利。但一般地说，去年机关部队的手工业，发展得极不平衡，今年很需要有计划地有组织地来进行。

文教馆
教育、卫生公益事业开始走向民办

文教馆的展览品征求比较仓促，但还不难看出边区文化建设的发展状况。小学、民校普遍建立，群众识字水平是在逐年提高。去年一年来，各地开始执行了"民办公助"新教育方针，教育开始更密切地和战斗生产结合，如龙华模范小学教师桑文义和阜平模范民校教师陈继和的连环画，很生动地说明了他们怎样为群众服务。各种课本、教材、文具也都有了好些新的创造，如□龙华编的识字课本□□□□□□□□需要；赵仲瑚自□□□，品质不坏，□□□小□□□□□□□算盘，□□□□□珠算盘，都是克服困难□。

（《晋察冀日报》1945年2月17日）

灵寿三区乡艺运动存在严重偏向

肖苗

【灵寿讯】三区今冬的乡艺运动是蓬勃地开展起来了，每村都组织了各种类型的村剧团，工作上虽收到很大成绩，但在这个运动中也有很多严重的偏向。（一）耽误了生产：南燕川村剧团的演员们，在秋耕时就组织起来，但每天光学演戏，耽误了生产。他们在集上演出反懒汉街头剧，来教育群众积极秋耕，可是演员们家里的地，都没有耕，反懒汉的人们，结果都成了懒汉。（二）为过瘾唱旧戏：中霍营村剧团的演员们过去爱唱秧歌，过阳历年时，其他村剧团都很活跃，他们的瘾上来了，因没有新剧可演，就搭起戏台，唱旧戏。别村的新玩意儿到他村表演，他们不但不欢迎，并且连油灯也不叫点。（三）演的没有意义：北霍营的村剧团创作了一个剧本，内容是"一个男人怕老婆子，妇女叫男人给她啃后脚跟"。老乡们反映说："这净瞎胡闹哩！"的确，这种戏与事实大反了过，我们正要发动妇女向封建落后势力开展反虐待斗争（三区现已发现好几宗虐待妇女的事件）的时候，他们演出的这个男人受女人压迫的戏，这是违反了宣传的目的。（四）为了出个风头：各村的村剧团学会了一些玩意儿，不是经常给本村的群众表演，光好到集上去，到外区外县去，至少每个村剧团也平均外出去过三次以上，北谭庄村剧团到外边去宣传有十几回，但在本村给群众演出却不过三四回。东湖社村剧团的演员在本村出演时不使劲，但一到外村就把演员使坏了。（五）没有发动群众，领导不民主：各村剧团没有很好吸收各式样的乡艺人才，结果村剧团只是一小部分人的活动，如南燕川村剧团很长时间净一把子青少年的知识分子，石坎、中霍营净一起子唱旧秧歌的，东西柏山等村净是一起童子军。有些村剧团领导上不民主，几个剧团干部独断独行，谁也管不起（有的村干部根本不负责），如南燕川村剧团个别区干部说什么都不待听，村剧团刚成立时，演员服从领导差，还把演员关过禁闭。这些错误偏向，曾经相当严重，现在虽已克服了些，但还须加强领导发动群众，及时纠正和防范。

（《晋察冀日报》1945年2月18日）

四分区火线剧社巡回演出《血泪仇》

□炎

【四分区讯】去年年底，四分区火线剧社曾巡回演出《血泪仇》，五十八天的时间，走遍四分区所有主力团、支队以及六个县的中心区，来往行军五百余里，共开晚会二十三次，观众达六万余人。从根据地到新解放区，看戏的人都为大后方的受难同胞流下了热泪。在平定演出，当地群众带三天干粮翻山越岭赶到，很多小脚妇女也从二三十里赶来看戏，她们看了《血泪仇》，不禁想起了阎锡山统治所给予的痛苦，对大后方受压迫的妇女表示深切同情。平山回舍区被敌人践踏了七年之久，去年子弟兵把这块土地解放出来以后，人民重见天日，心情特别喜悦，但当他们还没有看完《血泪仇》，已经止不住激愤而呼叫了："不要这样的政府和军队，把中国的法西斯打扫干净，不然中国人没有活路！"有的老乡在叹气："唉，抗战七八年，想不到这会儿大后方人民生活痛苦到这种地步！"

（《晋察冀日报》1945年2月24日）

分局发表决定表扬高街《穷人乐》

【本报特讯】阜平高街村剧团创作和演出的《穷人乐》一剧，历次上演，都博得观众好评，在边区二届群英大会上连演四天，更得到众英雄高度的赞扬。分局曾设宴招待全体演员，程子华同志亲临接待，在群英大会上颇致嘉勉。临行时，大会秘书处组织送行晚会，分局胡锡奎同志、边府宋主任、边参会于副议长、边区抗联主任王文兴同志都讲了话，大会主席团并决定给予奖金万元，头等奖状一。分局为表扬高街村剧团的创造才能和对边区文艺运动的巨大贡献，特发表决定，号召沿着高街《穷人乐》的方向，发展边区群众文艺运动，决定原文如下：

中共中央晋察冀分局关于阜平高街村剧团创作《穷人乐》的决定

阜平高街村剧团创作和演出的《穷人乐》一剧，真实地反映了边区群众的翻身过程，不但在内容上异常丰富动人，歌颂了群众的英雄主义，形式是群众自己选择的综合性的形式，而表演得活泼熟练，表现劳动人民思想感情的深刻真实。这是我们执行毛主席所指示文艺为工农兵服务的新成就。同时他们所采用的真人演真事，把创作过程和演出过程相结合的方法，他们表现本村群众斗争生活，歌颂自己爱戴的劳动英雄陈丽珍，为本村群众服务的方向，实为我们发展群众文艺运动的新方向和新方法。各个乡村、连队、工厂、机关、学校，都应沿着这个方向，采用这种方法，根据本单位的具体情况，开展本单位的文艺运动。对此，专业剧社应多加辅助，并在群众文艺普及的基础上进一步地提高。因此分局决定：

（一）将《穷人乐》剧本编入文艺丛刊第一册，由报社出版。

（二）赠高街村剧团布幕一套。

（三）各系统各级宣教部门及剧团等文艺组织，特别是领导机关，应根据本决定及今天《晋察冀日报》关于《穷人乐》社论，进行检查反省，贯彻执行党的文艺政策，沿着《穷人乐》的方向，发展群众文艺运动，组织群众的文化生活。

(《晋察冀日报》1945年2月25日)

在国民党专制高压下大后方学潮蜂起

【新华社延安二十三日电】大后方在国民党专制高压下，最近不断发生学潮。上月初旬，成都齐鲁大学发生学潮，迄月尾还未解决。据该校学生会代表向报界谈话，学潮原因系反对校长汤吉禾，该校长：（一）贪污，每学期吞食学生平价米共值五十五万元以上。（二）强迫学生抽签参加青年志愿军。（三）假名奖学金一期八千元，用以收买爪牙，排斥异己，对于敢说话的学生随意开除。（四）绝对独裁，谓学生不得干涉校务。（五）对从□学生之参加"政工"者多给路费，并提前发给毕业文凭。齐大学生全体罢课后，该校教职员会数度会商，主张汤离校，学生们表示在汤未离校前不复课。

又川省武胜县立师范学生，因校长贪污，教员品行不端，教务主任朱某×谎骗女生，引起学□□不满罢课，检举校长弊端五条：（一）虚报学生百名。（二）擅征学生食米及伙食补助费，盗款肥私。（三）公办中渔利。（四）滥聘教员。（五）教员品行不端。学生们说，全校学生在校方高压之下屈服已久，此次学潮实因激愤所致。

又陕南汉中学潮亦起伏未已，汉中战区学生进修班及国立第七中学，因吃不饱饭罢课游行，向校方请愿，但是两校负责人却在纪念周上大骂学生，更加激起学生公愤，该校校长遂于深夜潜逃。

此外，东北大学去冬发生学潮将近一月，该校法商学院院长与校务处长均离职，□授□训导长杨丙炎辞所□训导长职。国学专科学校校长孔德□学生□□。

（《晋察冀日报》1945年2月25日）

皂火峪村剧团演出《群众大合作》

韩冀　王孝民

【又讯】皂火峪村此次学习高街《穷人乐》方向，演出《群众大合作》。反映了村社如何在反"扫荡"中解决群众困难，敌人惨杀后如何救济，大生产中怎样开展全村大拨工，五大副业，家庭合作组等。内容完全是根据实际情形，自己编自己排，而且是原来那些人演出。全剧共分五场，有歌剧、快板、话剧、秧歌舞等形式。演出后，观众极为兴奋，一致反映："真不错，全是实事。"有的说："今天过年又热闹，又得到群众拥护。"现在该村正继续排演《反迷信斗争》。

（《晋察冀日报》1945年2月25日）

行唐西石邱黑板报采用了通俗歌谣

【行唐讯】西石邱村的黑板报，在冬校开始后的第一个星期就出版，虽然所发的也是冬校的各小组所写，但大家还是不爱看。原因：第一，文章太长，不等看完就腻烦了；第二，句子不通俗，不适合群众的口味；第三，地点选择的不适当，都不高兴去看。这些原因，经过冬校委员会检讨之后，从第二期开始便逐渐改变过来，现在村里黑板报已成了激励冬校的有力武器。它不仅表扬好的，而且也批评坏的，比如第三期《怪人》一文中写道：

"这个人，真奇怪，上冬校，他不爱，有时虽然到校里，钻在黑影待一待。冬校开学两个月，每天晚上课都开，总共学了一个字，他还觉着学得快。

晚饭后，更稀罕，东家串，西家坐，找个人谈谈天，大麻秸拢火烤，一黑夜一个全烤了，半升豆，笊篱炒，咯砸咯砸吃得好，等到冬校下了课，好回家去睡大觉。他组校址在他家，气得他心里闹抓抓，好歹你们挪（走之意）了吧，心里实在硌恍他。

这个人真可怜，告大家赶快将他劝，使他思想来转变，好上冬校把书念。"

第五期《夫妻好榜样》写道：

"小两口真是行，二人都还在年轻，男的叫作仇风水，女的叫作张玉平，二人冬校争模范，争取学习的先锋。冬校开校五十日，二人识字真不轻，男的识了五百整，女的学了五十零。

小两口成模范，睡了觉，还挑战，男的计划学一千，女的要学二百三，冬校结束再算账，看看谁沾谁不沾。

两口学习真正好，这样夫妻实在好，都应向他们看齐，学习计划要做好。"

本来黑板报只是一星期出一期，但当仇连富讨厌学习的第三期《怪人》出版之后，这可把连富子急坏了，走到哪里人们都在念颂着他自己不爱学习的语头，这一来把他过去的念头打垮了，才想到不学习真个臊得不行，自动去找冬校教员，要求把他的名擦了，以后决定学习。黑板报经过改变之后，大家都爱看，尤其是学员们更加开心，很多人每当吃了早饭，背上筐子拾柴火的时候，得先到黑板报跟前看一遍，再去地里拾柴。在道上，在地里，都在谈论着报上登出来的事情。傍晚拾柴回来，得先看看又登出来谁了。妇女们也同样地争着去看，年老的抱着小孩。也凑近过去听着别人念，还不时地说："不要乱念，乱念听不清。"过后又说："咱是老朽了，不中用了，像□□军领导的这个法法，年轻的不怕学不会字。"黑板报编得通俗、顺口，青年及孩子们都把它当作歌谣念，妇女们做活时还在哼哼着。

（《晋察冀日报》1945年2月27日）

平山南庄黑板报为本村群众服务

纠正了形式主义的缺点

平山抗联青宣部

【平山讯】南庄原有大黑板三块，小黑板刷满全村约八十几块，但检查起来，老百姓不欢迎，村干部不关心，主要的原因有三：（一）不愿写，不及时，老百姓批评它"擦了不写，写了不擦"，有时候整月也不换一次。（二）黑板报脱离群众和脱离中心工作，写的人不知道中心工作是什么，也不问问村干部，不征求群众意见，村干部把板报看作一种摆设，支应上级的东西，图个脸面。因此，黑板报一天天向形式主义上发展。（三）内容杂乱，没有中心。县抗联同志来这里召开了村干部会，实际帮助成立编辑委员会，由教育委员

（编辑主任）抗联宣委和两个教员组成，在大街上抹一块大黑板，起名《南庄报》，下面注着日期，并写"七天出一回，这是第×回"。报纸的性质、地点、出版间隔日期，被提出讨论。根据教员时间，每星期六编稿，交上级审查，星期日写，这样最合适。不会关于板报的地址，有两种不同意见，一种主张设在大道边，过路人多，影响也大，但偏巧南庄村大道边没有一处是群众集合中心。另一个意见是在本村群众经常集中的地点。讨论结果，大家同意黑板报不是为了扩大影响，而是咱们"村里的报"，应该"为本村为群众服务"。根据这个性质，在黑板报的内容上用一半地位登时事，一半地位登目前中心工作的材料。已出第一回《南庄报》，分着两个标题，用红绿纸贴在一旁，一个写"天下大事"，一个写"区村事"，并用粉笔写成两栏，"解放区好消息"和"国民党坏消息"。这一回报的时事消息从《群众报》上选登，这是本村报和《群众报》的结合。区村的事，经村干部讨论，以后逢星期五讨论《南庄报》上该写什么，定成制度。第一回报登的是开上□、优抗、冬学制度，对某公民□□婚挑□的恶劣行为。□□一个新闻，因未注明姓名，不少群众提出意见，经村干部解释调查，治安员并主张编成戏剧。

（《晋察冀日报》1945年2月27日）

盂平合河口黑板报与读报组结合

志先

【盂平讯】合河口黑板报办了好几年，但内容枯燥无味，很形式化。去年日报登出《陕甘宁的黑板报》以后，在第一完小帮助下，即着手改进。首先召开了村宣教扩大会，检讨了过去黑板报的缺点，并确定黑板报与读报组相结合。以原来文救会员为骨干，吸收村中两个积极分子,成立读黑组编委会,聘请通讯员数人(每个副村一人),配合完小学生,编成八个宣传组,每天早饭后及赶集时进行宣传。自从读报组和黑板报结合以来,群众对黑板报关心了。黑板报的内容也充实了,比如揭露冬学测验成绩,批评落后分子,推动冬学起了很大作用。群众也很喜欢向黑板报投稿,很多用歌谣的形式写出,极为通俗生动。

(《晋察冀日报》1945年2月27日)

改进黑板报

去年大生产运动中,好些村庄,通过黑板报,奖励好劳动,批评懒汉懒婆,起了组织和推动作用。但也有不少黑板报,虽然办了好几年,因为只是单纯的抄录些报纸上的国内外消息,没有本村群众现实活动的反映,文字又生硬难懂,不合群众口味,且有一两月老不更换的,成为形式主义的东西。最近,许多地方已本着使黑板报"成为批评、奖励、发扬民主、团结群众、推进工作、改变旧习惯的有力工具,成为群众自己最直接的舆论机关"的方针,积极改进,受到群众欢迎,获得一定成效(见今日新闻)。这是非常好的。希望各地研究他们的经验,根据本村实际情况(如群众识字水平、人口集中或分散等),将自己村里的黑板报也把它搞好。郭苏黑板报和通讯工作结合,不仅解决了"稿荒"问题,对培养农村通讯员将有很大意义。陕甘宁边区采用捎话通讯办法,使不识字的人,也可以作通讯员,这一方法是值得推广的。

(《晋察冀日报》1945年2月27日)

郭苏怎样把黑板报办好的

旭光

郭苏是平山四大村之一，每逢集日，买货拥挤不下，借此机会进行宣传是非常好的。就在三四年前，那里的黑板报便成立起来了，但它的任务只是单纯地反映时事，登出的又是节录报纸上的消息，什么"××讯""××电"，很长的外国人名地名，能看懂的又感到兴趣的只几个少数有文化的人。稍具阅读能力的人，仍是看不懂，所以群众走到报前稍做溜一眼便走了。后来因为在报上□□了本区本村模范例子，曾有一时地引起各村干部及群众的注意，但可惜没有坚持下去，因为写稿的只是区干部，没有村通讯员，时常发生稿荒，又要五天出版一次，只好又节录报纸上的消息□充塞，虽然费了很大的时间与力量，可是没有得到一定的收获。

我们接受了以上失败的经验，出版了本区消息与时事相结合的黑板报——《群众生活》，又在各饭铺设立了五个食堂黑板报，主要是反映时事。把《群众生活》五分之四的地方，反映全区群众的工作学习及斗争的情形，在排版上也改变了过去书本式的直行书写为简单的报纸形式，并插入画图，每五天出版一次，群众非常爱看。如在冬训当中，郭苏村的干部一次也没有参加，在《群众生活》登出批评，郭苏的干部说："黑板报上把咱们登出来了，真丢人，咱们以后可得去参加！"又如在此次补军工作中，李家庄在布置的第二天就送来一名新战士，马上在报上登出，各村的人们都说："李家庄打了第一炮，咱要争取打第二炮。"登了西岗南干部学习和领导冬校结合的办法，大部村庄都能很快采用，登了劳动学习变英雄史喜用的学习成绩，不但史喜用更加油学习，也刺激了其他英雄和群众的学习热潮。现在群众反映说："我走到黑板报跟前，不由得就想看一看。""现在的报看着有意思！"

黑板报虽然得到群众拥护，但写稿的仍是几个区干部，时常闹"无稿可登"。向干部逼要的稿件，有时不生动、不具体，我们便建立了农村通讯组，与开展通讯工作结合起来。首先是以小学教员为骨干，把村中宣传小组中有写作能力的同志变为通讯小组，负责经常反映本村发生的新闻和工作中各种好坏例子。除在《群众生活》上刊登外，选好的寄到日报及《群众报》。二个月来，本区共二十二个小学教员，动手写稿的就有了一半以上，村知识分子和干部写稿的共十三人，共写了五三篇，日报上刊登了两篇。虽然稿件的质量不好，寄向日报的还不多，但起码把黑板报的稿件问题已经解决了。并且和各村的黑板报相结合，如□里黑板报上登的比较好的稿子，便在《群众生活》上转登。这样对通讯工作的开展上起了很大作用。我们的黑板报——《群众生活》虽然才出版了二个多月，根据各地反映及实际情形，也得到了以下的几点经验：

（一）字体要正写，尽量多插图。（二）把时事消息必须编成简单明了的庄户话，特别开头的"这里讯""那里讯"要去掉，因为一开始使群众看到他不了解的消息，他就不再往下看了，要明确地指出我敌胜败总的数字，使群众容易记。如写国民党丧城失地，某日丢某城，某日又丢某城，不如把群众知道的大城市写出几个，总的指出共丢了几个城，对中国有什么不利，不然绕的弯太多了，会弄得群众找不到头绪。（三）登的稿子最好编成顺口溜的体裁，这样群众读起来，又顺口又好记。（四）排版不要太复杂，不然会使群众接不下去。（五）把稿子登在黑板上，并注明是谁的稿子，这样便会减少通讯员嫌日报不登稿子而消沉的毛病。如抗联×××干部说："我写的稿子日报总是不给登，这次如果黑板报也不登，以后便发誓不写。"而黑板报登出后，便又鼓励了他的写作情绪。（六）黑板报不要设在太阳直射的地方，因为在看报时都很坏眼。（七）出版要经常并有专人负责，如果能把中心工作、各村挑战竞赛的结果在报上发表（如补军），会更引起群众及各村干部的关心。

（《晋察冀日报》1945年2月27日）

苏联著名作家小托尔斯泰逝世

【新华社延安二十六日电】莫斯科讯，卓越的俄罗斯作家、苏联科学院会员、苏联最高苏维埃代表亚历克赛·托尔斯泰二十四日于重病后逝世，时年六十三岁。

（《晋察冀日报》1945年2月28日）

唐县通讯工作检查

俞塞英

第一，唐县自执行全党办报方针以来，经过去年六月份爱报突击月，全县在通讯工作上有了不少进展。按六月至十二月七个月的统计，共写稿五百一十篇，寄日报三百三十件，被刊登者一百零二件，这较之一九四三年一至七月的统计共来稿一百零五件，有明显的进步。以往县区负责干部写稿者无几，而如今大部分负责干部均为通讯员，且通讯员数量由四七名增至九十名，其中百分之九十均参加写稿。

由于县里不断传达分区指示到通讯员中，与通讯员的复信面谈等联络达百分之八十以上，且由于县发通讯刊物、改稿、表扬及供给采访要点，起了一部分作用，通讯的质量不断地提高。如六月份寄日报稿件登出者占百分之十，而十二月份占百分之卅五。六七月份报社有大批退稿来，六十余件退稿中，有二十件是不值得发表与一般化的，十件过时的，还有十二件是缺乏新鲜内容的。此后数月，只有退稿二十余件，其中五件是不值得登表及一般化的，过时的仅三件，内容不新颖者六件，其余为不发表及重复者。

第二，各月份来稿及登多少，与各时期中心工作密切相关，也与县领导上组织稿件有关。如九月份来稿最多（突击月除外）是全体干部下乡突击秋收的结果；十月份登稿及十二月份登稿均在百分之三十左右，就是因为秋收、选英、反"扫荡"的缘故。而十月份秋收完了，选英运动又未开始，秋后人民生活改善情形的报道又未很好注意，因此稿件质量数量都较差。八月份分区通讯工作会议以后，唐县开始有计划地组织稿件，六七月份的稿件，多为一般号召和督促下写成的，所以质量要差。八月份后则除布置一般的采访重点外，并约专人写需要的稿件，约百分之十六的稿件是事先组织的，如大生产第二阶段的雹灾连续报道，示范农家，赵家峪、古道口等地连续报道，压绿肥种麦的报道，大生产第三阶段的养猪存棉等报道。特别是选英运动中，由于分区事先有比较周密的布置，大部分稿件是有组织的指定专人写就的。英雄不能逐一报道，就决定综合写成《救灾中的英雄们》《拥军优抗的旗帜》《唐县群英大会展览室》等数篇（其中一部分因反"扫荡"未完成）。集体写作与集讯增加了，计八月份后共有二人以上合写的稿件六十余件，占百分之十三，并集讯七件。

第三，县中心小组的健全，负责同志亲自下手，以及培养骨干通讯员，是通讯工作开展的保证。七月来唐县县区负责干部二十八人，写稿一百五十八件，中心小组六人写稿三十九件。区长张心慧同志一人就写稿四十件，由摸索渐渐找到写稿的门路；区办事处主任李文双写稿十九件；其他写稿十件以上的骨干通讯员九名。但县长与县抗联主任对通讯工作注意较差，因此县政府及县抗小组的通讯工作□不十分开展。选英运动前中心小组开会后，县长即召开政府小组会传达选英报道工作，起了一些作用，消减了挂名通讯员一名。

然而唐县通讯工作仍存在着很多缺点，表现在来稿件数渐渐下降，每月参加写稿人数不够普遍，司法卫生部门没有通讯员，也没有稿件。最主要的是许多大的斗争，不能及时报道或者根本没有报道。比如唐县优抗工作，早就实行了给抗属建立革命家务的方针，且以一区做得最好，但始终没有组织很好的报道。其他如第二战场开辟，及改组国民政府统帅部的时事宣传，未很好报道。秋后人民生活改善，及大生产一年来各方面的改变，也未很好组织写稿。文教工作的报道更是薄弱。总之，唐县的整个斗争面貌，在日报上反映得确实非常有限。为此，特于一月五日召开县级通讯员会议，以检查通讯的领导和写稿情形，检讨了通讯报道赶不上实际斗争的原因有三：

（一）对"全党办报"的认识还不够深刻，特别是县通讯员更差，几次的思想检查，县干部都没动起来。有的过去一见通讯工作指示就一手推开，说："不看了，写稿子就行了！"结果稿子就不易写好。有的说自己写稿多是因为看见报上没有唐县稿子，气得慌！有的说自己早知道写稿是每个党员的责任，但总是大稿子怕写不好，小稿子看不起。个别的还连写通讯是每个干部的责任都不知道。大部分通讯员，还不了解为什么报纸需要"全党办"？

（二）写稿子与本职工作脱节，都是抓材料写，碰材料写，很少在一定时期研究一定工作，找出一定问题来报道。没有把检查工作研究工作报道和指导工作相结合，各部门在领导上对此都不注意，总觉得总结不可不作，通讯可以不写。

（三）组织领导不严格，各部门通讯小组很少开会，小组长不把它当作正经事办，没有把培养工农通讯员和提高干部报道能力，当作一个严肃的工作，更不注意去检查通讯员的思想认识和各种斗争的报导程度。

根据以上检查,大家提出今后改进方法。主要为:

1. 搞通思想,报道与工作密切结合。

2. 加强县通讯中心小组及各小组长责任,由各部门负责同志亲任通讯小组长。

3. 通干轮流参加各部门通讯小组会,并在一定时期召集全体通讯员会议,研究优良作品和退稿,并供给写通讯基本知识。

最后县委作了总结,同意大家意见,并决定把通讯工作作为支部工作之一。

(《晋察冀日报》1945年2月28日)

中共十一分区地委总结通讯工作

十一分区地委

【十一分区讯】中共十一分区地委,于一月十五日召开各县委宣传部长会议,布置拥军与优抗工作后,并传达了晋察区委党报委员会关于通讯工作的意见。并检讨出"全党办报"的方针,没有从思想上彻底打通,因之,对通讯工作表示不够重视,在领导上表现自流放任,把通讯工作推到特约记者身上,会议上不讨论,稿件也不审查。××县去年一年在县委会议上没有讨论过通讯工作,仅有个别负责同志亲自下手写稿,且又不经常。一般限于口头号召,忽视组织稿件。不少工农同志,认为写稿非文化人不沾,是特约记者、报纸编辑的事。还有的人认为经常写稿的人,是他爱写,有瘾,想出风头;自己不写反以为对,还以"不见得比他们工作落后"来自我安慰。以为通讯工作没有其他工作重要,和别的工作对立,视为额外负担,强调没时间。有的是怕"丢丑",认为没有把握写好时,就干脆不写。个别同志怪报社不登,也就"不给他写了"。尤其区级同志更有为写稿而写稿，不写怕批评。没看作一种严肃的革命工作之一，于是潦草、应付的现象就发生了。同时宣传干部缺乏，通讯工作没有专人负责，也是通讯工作没有很好开展的原因之一。会上决定：

（一）重新整理与健全通讯组织。旧有通讯员与小组进行普遍等登记，建立经常制度。认真培养工农通讯员，可吸收宛平二区通讯小组（全县模范小组）的经验，小组长不仅要抓紧领导，重要是具体帮助与组织稿件并可集体写作，文化程度高的同志要帮助工农同志。

（二）提高质量，加强报道的系统性，把通讯工作提到领导日程上来，每一工作开始时，就注意组织通讯工作。负责同志亲自下手，才能影响别人。

（三）建立通讯工作的竞赛与批评制度。宛平二区模范通讯小组，应单独总结经验，供各地参考，今后各县可随时发动通讯竞赛。对积极的通讯员，要给以精神和物质的奖励。对一般通讯员同志，由特约记者负责，加强与之联系。随时提出鼓励与批评，建立退稿制度（应出意见）。

（《晋察冀日报》1945年2月28日）

二分区线外盂寿文艺开展

盂寿县抗联

【二分区讯】盂寿是二分区线外开辟不久的新地区，敌人的抢粮"清剿"搞得很凶，可是群众情绪仍非常高涨。新年时，五区儿童打开了霸王鞭，民兵演出了《捉汉奸》，某村还演了《血泪仇》。一月间县抗联提出"广泛地开展旧年春节的文艺活动，为拥优月服务"后，各地文娱活跃起来，很多村子都搞起霸王鞭，成立起村剧团。《恨蒋介石》与《拥军小调》差不多都会唱了。这主要是县区干部亲自下手带领的结果。在一月宣教干部会上，大家共同学唱歌，学打霸王鞭，每区一个人最少学会三套，会后各干部亲自召开儿童训练班或亲自到村去教，群众对这种新的娱乐都很感兴趣。二、三、五区都有了村剧团，×××儿童剧团的《小放牛》，×××村妇女剧团的《送郎上战场》《反抢粮》都受到群众的欢迎。

(《晋察冀日报》1945年3月8日)

平山十二区村剧团创作四十多个剧本

尚男

【平山讯】十二区二十八个行政村，现已建立了二十六个村剧团，其中有些村庄，离敌人据点很近。郭苏每个集上，都有文化娱乐进行集市宣传。新年时，乡艺工□研□□发起创作运动后，全区共写出了四十多个剧本，比较好的有二十四个。李家庄村剧团创作和演出《全家仇》，区奖给"反映本村事实"锦旗一面。平山第一大工程——"解放滩"扩股时，郭苏村剧团演出了《入股的□儿》，教育意义很大。西岗南女秧歌队，吸收了一百六十多人，男女老少都参加，东岗南演出了《大家乐》。□□初一，郭苏街上出现六个拥军优抗的街头剧，每个村子也都锣鼓喧天，区小队的高跷，走过了十一村，□□创造了将近二十□的□□形式，□□剧本，多采取对话、唱、舞蹈等综合形式，群众非常感兴趣。

(《晋察冀日报》1945年3月14日)

边区抗联会关于一九四五年出版工作的决定

(不另行文)

第一,原在边区抗联直接领导下的□□□,自一九四五年二月二十号以后,移交于冀晋区抗联会领导负责下□□□晋□□战斗报社编印(仍铅印),为了交换经验,发到冀察区及冀中区的各区抗联一份,以便参考。

第二,为了提高公营工厂工人的政治觉悟,生产积极性及文化生活,发扬工人阶级的英雄主义,决定于一九四五年二月一号出版《工人报》(铅印)发到冀晋、冀察、冀中、冀热辽,公□□区与民营作房中的工会(目前只限于冀晋区)。

第三,现将边区抗联前出之《群众》与《群运通讯》合刊,以作指导工作与交流各地区经验的指导刊物,一月一期,发到冀晋、冀察、冀中地区之各区抗联会(不久改为铅印)。

第四,由边区抗联会与边区政府教育处共同负责下的儿童画报社,出版儿童画报(石印),以做儿童的文化教育与思想教育之用。

第五,建议冀中地区,争取出版一种群众报,并望冀晋、冀察、冀中区之抗联会,争取编印一种指导工作交换经验的小型刊物(偏重交换经验)。

一九四五年三月五日

(《晋察冀日报》1945年3月14日)

曲阳城近郊公演　城内商民出来看戏

侯□章

曲阳游击区新年的文化娱乐在艰苦的环境里空前活跃起来了。×区四十多个村子,只有五个村没有演戏,曲阳城近郊,也有了我们的秧歌舞。过年□□□很多村子都全体总动员起来了,克服了过年"赌钱"的旧恶习。□□□□动了曲阳城,伪军们还偷偷摸摸化装来看。伪军们羡慕极了,相互谈论:"给咱们演演来呀!"在×村联合公演的时候,城关和城内出来看戏的商民有一千多。总计在新年内,×区集中演了十三次,观众三万五千人以上。

(《晋察冀日报》1945 年 3 月 17 日)

生活教育社十八周年　延安文化界举行纪念

【新华社延安十四日电】延安纪念生活教育社十八周年之座谈会,十二日举行,到会有该社延安分社社员暨此间文化教育界等百余人,边府林主席亦亲往参加。会中首先介绍了生活教育社简史,继即由曾在陶先生一手扶植的育才学校工作过的同志介绍该校情况。该校学生均为贫苦儿童,教育方针为"生活即教育",特别着重在丰富的实际生活中施教劳动,如修路等,以培养其劳动观念。在教育管理上,强调集体生活,提倡师生共学,启发学生自动学习及自治精神。特别为大家所钦佩的,是陶先生数十年来不屈不挠为中国新教育事业艰苦奋斗的精神。自一九二七年陶先生创办晓庄师范起,他的事业即遭反动势力不断摧残。晓庄师范曾遭武装封闭,十四名学生遭受捕杀，但陶先生却始终坚持，且收到不少成绩。林主席在讲话中指出，生活教育社陶行知和诸位先生等十年余的劳绩，是打破了中国历代把读书当成士大夫阶级特权的思想，使教育为群众服务。另一个特点，是抛弃了读死书的教条主义。林主席同时指出，解放区人民教育事业的广大开展，是由于人民有了政权，在大后方那样的环境下，陶先生等能获如此成绩，确为不易。徐老讲话中，特别称赞育才学校的教育与实际结合的方针。柳厅长、贺绿汀同志在讲话中，都称赞了陶行知先生的艰苦办学精神。会中通过写信慰问陶先生，最后并由刚自后方来延之育才学校同学黄晓庄、陈复军二人演唱该校音乐组同学自作歌曲三只，其中一为《你这个坏东西》（咒骂大后方囤积居奇者），会散并在大乐菜社聚餐。

（《晋察冀日报》1945年3月17日）

曲阳春节文娱的收获

席水林

从今年的春节文娱活动中，可以看出以下成就与收获：

第一，普遍地深入地开展了。从地区上看：自巩固区到新解放区和游击区，出现了许多新的村剧团，演出了许多新的节目，如×区的□林、壁山附近数村，都组织了剧团，就是连一些山沟小村，如一区的曹家峪、沟掌、南港都只有二十来户人家，也演出了节目。新解放的下□□□□公演了七十次，一百零三个节目。从数量上看：如四区就有十九个村剧团，一区在春节前成立了十七个。参加剧团的人也空前□□，六七十岁的老头老婆，六七岁的孩子，都登台演剧。在发动群众方面也是空前的，像郎家庄的大秧歌队，有男女老幼五百二十四人，参加表演十四个场面的《郎家庄光景》；仁景树的秧歌队也在二百个人以上。参加看戏的观众之多，仅在下河区三天联合汇演中，每天观众皆在数千人以上。我们再从参加剧团或文艺活动的队员来看：范家庄剧团统计，在四十五个队员中，有二十一个贫农，十八个中农，五个富农和一个地主，范家庄村剧团贫农占全数的三分之二，中农占三分之一，这种普遍热闹的情况，为大生产运动前未曾有过的。

第二，今天的文艺活动，已成为人民生活中迫切需要的一部分，他们做什么演什么，需要什么就演什么，已成了极其普遍的现象。如各区都有减租、拥军优抗的剧。群众都在歌颂共产党和毛主席，歌唱大生产带来的好光景。如十区南鸭窠，罗某谋害抗属，群众极为愤恨，就编成戏上演。×区群众为了表示敬爱自己的英雄——阎门丫头，就把她的斗争编成了戏，到处演。涧子村一个七十多岁的老婆，自动要捐出三千元给剧团，并劝她的两个孙女好好演戏。这都表现了群众是高度热爱反映自己斗争生活的戏剧的。

第三，表现出群众的丰富的创造才能。根据五个区不完全的统计，群众自己编的剧本就有一九七个，仅下河区就有七五个之多。出现了不少优秀的创作和演出，如范家庄的《刘春喜参加拨工》《下高堡十天反扫荡》等。

第四，紧紧地和中心工作结合着。拥军优抗月中演出了很多拥军优抗的节目（如：涧子村的《教子归队》《新兵动员》等），贯彻减租（如韩家湾的《穷人翻身》，《郎家庄光景》的第一场《佃户乐》），大生产（如范家庄的《刘春喜参加拨工》，三会的《大生产》），练兵（如北宋家庄的《练兵》）等，大大小小的节目，反映了本村群众的斗争生活，与中心工作结合得很紧，因此收效也最大。

第五，英雄模范起了带头作用，有组织剧团、参加编剧、导演和演出的，如拥军模范贾洛峰，在青山村演《抗属最近光荣》时他就演贾洛峰；劳动英雄傅振恒在《刘春喜参加拨工》中也演傅振恒，剧从编到演出他都参加了；战斗英雄阎门丫头就演《阎门丫头》；劳动英雄刘志福从群英会上回来就参加剧团演剧；郎家庄三个英雄——战斗英雄张文生、劳动英雄张中和、张国全，都参加编演《郎家庄的光景》等。

第六，文艺是更加明显地回到劳动人民手里了，同时文艺运动的开展，也改变了群众生活中□□习惯。劳动人民在每场戏剧里，都是尽情地歌唱自己的翻身，春节已经成为劳动人民庆祝翻身的快乐节气了。

在春节文艺座谈会上，到会有各区抗联宣传部长、村剧团代表、民间艺人、民校教师等六十余人。开会之前一日，日报上刊载了分局关于表扬高街《穷人乐》的决定和社论，大家就根据分局指示检查过去工作，另一方面提出今后具体实现的办法。经典型剧团、小组讨论、大会报告之后，□决定在大生产中把文艺活动成为经常的工作，提出"文艺上山、文艺下乡，一切文艺都为大生产服务"的方针，提倡小形式，发展"一□□子剧"。最后，县宣教委员会宣布表扬范家庄、涧子、下河、郎家庄、下高堡、韩家峪、南鸭寨、支队×连的演出。并决定将万余元的春节文艺奖金，分别奖给优秀的剧作、演出的剧团和模范的文艺工作者（演员、民间艺人等）。对新解放区、游击区的文艺工作，也强调地指出战斗与生产、文艺与政治攻势密切结合的方针。

（《晋察冀日报》1945年3月17日）

国民党肆行文化专制　大后方文化界横遭摧残

【新华社延安十六日电】国民党统制文化的法西斯主义政策，为大后方一般文化界所痛恶。去年国民党召开十二中全会时，重庆文化界知名人士曾发表宣言，要求根本取消图书杂志及戏剧演出审查制度，签名者达七十八人。国民党十二中全会后，公布所谓修正图书杂志审查条例以资掩饰，并无耻地宣传已经"放宽尺度"，实则新条例中所谓不以论述军事政治外交为目的之书刊可改用事后送审办法，乃是在印刷之后发行之前先交数份送审，有被认为"不妥"者仍禁止发行，并没收书刊，意在威胁出版界如若欲避免经济损失，只有仍将原稿事先送审。新条例公布后，国民党中央宣传部曾召集出版界及一部分著作人开过座谈会，会上马□祥提出质疑，问为什么戏剧发表与上演前仍须原稿送审，与其他文艺作品待遇不同？当时国民党的文化刽子手们却无词以对。以后按照事后送审办法出版的巴金新著小说《憩园》、法国名小说家司汤达著《红与黑》、西南联大编选《语体文示范》等书，发行至昆明时还竟被戴笠系统的特检处全部没收，重庆出版界认为，此乃国民党对于胆敢不自投事先送审之□□者的事后处分。又重庆出版之《青年文艺》，遵照新办法出版两期后，即得重庆市图书杂志审查处的处分通知，说其中冯雪峰的《鲁迅先生谈知识分子》、艾青的诗《我的父亲》等作品"思想不□"，勒令该刊以后改为事先以原稿送审，否则即将课以停刊处分。至于对新闻报纸有关军事政治期刊以及戏剧的发表与演出，则国民党连所谓事后送审的欺骗办法也没有胆子施用，仍是照旧审查原稿。据《新华日报》统计，国民党宣传"放宽尺寸"后，该报每月被扣稿件数目反较以前为多，国民党除设所谓中央图书杂志审查委员会及各省市图书杂志审查处以统制一般出版物外，又有所谓军事委员会战时新闻检查所及各省市战时新闻检查处，以专门对付报纸。此种新闻检查机关，不但自行规定较苛刻的检查条例，且可随时命令各报禁刊某类新闻与任意部分，例如国民党征集知识青年从军时，即通知各报不准登载不利于此种运动的消息。物价上涨消息，亦会通知各报不得刊登。去年双十节《时事新报》因纪念特刊中登有张申府鼓吹民主文章，即被罚停止邮寄一日。对于期刊以《群众》为例，则《中国历史讲座》发表到秦代末即不准连载，辑录孙中山先生遗著而成之文亦以"内容欠妥"而被免登。对于戏剧，仅一九四三年度禁演的剧本，其数即达六百一十九种。曹禺的《家》上演时，其中一人物读《安徒生童话集》便被改为读《三民主义》。又一人物编《黎明半月刊》硬被改为《三民主义半月刊》。夏衍等著《草木皆兵》，其中提到莫斯科四强会议，硬被改为"重庆四强会议"。于伶著《杏花春雨江南》最后一场写到沦陷区人民希望中国军队反攻，竟被特务干涉，说是异党口号，意在压迫政府反攻。此外，国民党对戏剧又施行经济限制，戏剧演出收娱乐捐百分之五十（经戏剧界力争后改为百分之四十）及其他苛捐杂税等（如节约储蓄、冬令救济等）多种，以致每张票价从一百元至四百元。国民党以此逼迫民间戏剧难于生存，并限制较贫苦之学生职员观众。大后方文化界数年来受此压迫摧残，积愤甚深，故去年下半年大后方民主运动较为开展后，一般文化界人士均热烈参加，最近正准备起草发表一对时局主张，要求国民党结束一党专政，成立各党各派参加的民主政府。他们认为唯有在新的民主政府之下，言论出版自由始有保证，而我国新文化始有光辉灿烂之前途。

（《晋察冀日报》1945年3月18日）

中共中央晋察冀分局关于贯彻全党办报方针的第二次指示

一九四五年三月七日

第一,《晋察冀日报》是分局的机关报,但由于游击战争环境,地区分割,交通不便,要在全边区只办一个党报,不可能达到及时指导各地区工作之目的。《子弟兵报》是晋察冀军区政治部的机关报,但也由于上述原因,难于及时反映各地军队工作情形,与及时送达各地。为此,决定:

(一)《晋察冀日报》在冀晋区及冀察一分区发到村,在其他地区按交通情况发到县团以上各级领导机关。《晋察冀日报》与冀晋区党委的关系,适用《解放日报》与西北局关系的规定。冀晋区党委不另办党报。冀察、冀中、冀热辽区党委均须自办一个党报,用以指导本地区的工作。

(二)晋察冀军区政治部不办军队报纸,停办《子弟兵报》改出月刊,各军区政治部都应办一个军队报纸。报纸的对象,应包括干部与战士。

(三)每一个村庄,每一个连队,每一个机关学校,都应尽量发动群众来办墙报,使之成为群众自己的报纸,反映本村、本连队、本机关学校的生活与工作,广泛组织群众的写作。这种墙报,对于指导推动工作及提高干部、战士、群众的文化水平与工作积极性,有很大的作用。

(四)在各区党委及各军区政治部的机关报健全后,各地委各分区所办的报纸应当取消。但在极端分割条件下,地委分区必须自办报纸者,由各区党委军区政治部决定之。

（五）在条件可能时，各区党委应办一个群众报。

第二，自分局去年二月发出全党办报指示后，北岳区在组织通讯工作上，有了一些成绩，县团以上负责干部写稿者达四十余人，日报社每月平均收到稿件一千五百件以上。但自去秋组织改变后，稿件每月下降到六百余件，县以上负责干部写稿者寥若晨星。这说明各级领导机关对全党办报的思想，还没有彻底打通，对宣传工作的重要性，认识尚有不足。各地区将去年分局二月指示在全党深入检讨。关于通讯工作，分局有以下决定：

（一）各地党政军民负责同志及宣传部长，应将党报通讯工作，当作自己一件重要的工作，除自己写稿外，应负责组织、督促与检查。各级领导机关在布置每一斗争工作时，应把通讯工作计划在内。

（二）在分局宣传部领导下，成立新华分社。各地区成立新华支社，受各区党委宣传部领导，分社支社之间，在工作上有指导关系。凡各地送到《晋察冀日报》之地方稿件，均须经由各地新华支社转来，在政治上由各区党委宣传部负责审查。

（三）各地委、县委宣传部下应设通讯干事，通讯干事除自己应写新闻通讯外，其主要任务应组织通讯工作，把许多非专业记者组织起来，培养工农通讯员，这样才能使通讯工作成为群众性工作。

（四）冀中、冀热辽过去对《晋察冀日报》的新闻通讯是很少的，今后应加强通讯工作，建立并广泛利用新闻台，以加速新闻通讯之效率。

（五）关于军事报道工作，是我区通讯工作中很薄弱的一环，今后必须加强。军队中各级政治机关及军政首长，均应将山东军事报道经验，深刻研究。军事报道的范围，包括军队在战争、生产、教育等政治军事文化各方面的活动，不仅是战报和战斗通讯。过去我们一般偏重于发表战报，而全面报道军队各方面的生活与斗争则是很差的。

在战报方面,也一般偏重于数目字的公布,而对于战斗过程的生动描写,如像山东的军事报道那样,也是很差的。军事报道工作是我军政治工作不可缺少的一部分,因此主要应由军队政治机关负责进行。在战报方面,为了求其迅速,则由司令机关进行之。为求得军事报道的迅速及时,在组织战役时,必须把报道工作计划在内。关于战役计划的一般过程,应使随军记者团的负责人了解,使他能配备自己的力量,必要时可配备新闻台。在每一个战斗结束后,必须迅速抓紧通讯报道工作。为了加强军事报道工作,在军队中应由下而上地建立通讯组织,在团以下不设专人,分区以上可有专人负责。至于对于通讯的真实性的审查和注意机密的保持,则应由各级军政首长负责掌握之。

第三,要加强报纸与通讯工作,使全党办报的方针能够贯彻下去,除了打通思想以外,还要有坚强的组织工作才能实现。各区党委应在接到这一指示后,用大力解决组织工作中的一切问题,如配备干部、建立组织、准备电台、计划检查等,这样就能使全党办报的方针,在我晋察冀边区得以早日彻底实现。

(《晋察冀日报》1945 年 3 月 20 日)

边区抗联召开"三八"节妇女座谈会

讨论生产卫生文化等问题

【边区抗联讯】本月十日起,边区抗联曾召开边区各机关学校工厂"三八"座谈会,计到代表及女小学教员及妇女卫生训练班全体学员百二十余人。高等法院王院长也出席参加。主席边移山致词后,首由王文兴同志讲话,他说,自大生产运动以来,妇女工作又有了新的转变,今后我们要特别加强组织妇女群众的劳动互助,提高妇女文化生活，学习妇女卫生工作，解决她们的切身痛苦。各机关部门的妇女干部要关心驻地妇女工作，向农村妇女学习生产知识，并和地方工作密切地联系起来。他号召妇女工作干部和劳动妇女打成一片，深入到家庭和劳动互助组织里□。他指出如果思想上搞不通，以为做文化卫生工作，不如做组织发动工作的地位高，那就会脱离群众。以往很多妇女工作干部，以为接生只有医务工作者才能做，或认为做这一工作不光荣，或口头上重视却不愿亲自下手，都是不对的。

要卫生保健做好　妇女须积极生产

在两天半的小组及大会讨论中，研究与检查了生产和劳动观念，建立革命家庭，帮助和组织干部家属或工人家属从事生产；与老乡拨工；组织各机关部门的妇干与女教员参加本村妇女工作；建立终身为妇女工作服务的观点等，并讨论了妇女婴儿的卫生保健问题。对今后的意见是：要把妇女卫生保健工作做好，妇女本身必须积极参加生产，首先从经济上得到适当解决；其次要学习卫生知识和技术；边抗多办妇婴卫生训练班，广泛印发卫生课本，以便加强乡村护婴工作；对政府颁布的关于保护妇婴的决定，应检查其执行程度和执行中的情形，各机关学校工厂的行政上应传达并彻底执行；妇女同志自己应积极向上级提意见。凡有关以上的保健问题，在女工中，尤其是重工业部门女工中，要加以特别照顾。

关于领导上的缺点，检查出：有些负责人不关心妇女同志生理上的痛苦，特别是年轻的领导者，对妇女的特殊问题了解很差，未给以适当的照顾；有的没有执行政府关于优待妇干婴儿的规定。大会对妇女干部的一般缺点，也进行了很详细的自我检讨。

卫训班学员在发言中作了坦白反省，李××说："有一次，村里有两个妇女因为生育死了，农民部长叫我想办法，但我漠然处之。我说：'我自己假若因生育死了，那也有什么办法呢?'由封建迷信习惯而死的妇婴也不少，但我始终没有认识到这是妇救会的工作。还有一次正在开会，有个妇女因为就要生孩子，要求回家，我坚决不允许，差一点在会场生下来。这次来受训，我知道是受卫生训。'当老娘婆去哩！'心里老是不高兴，以为是不叫我做团体工作了，和区里吵。"白××说："事变前，我学了几年中医，为了挣钱，我帮人家打过三次胎。后来我在三分区卫生团受训，有一次，我听说有个产妇，因为是'立生'，小孩下不来，我就决心学助产；但又有一次我看见一个妇女生小孩时拉屎，我嫌脏又不想学了。我做了区妇女部长，人们叫我治病，我把手一摇：'现在不干这个了！'来训练团以后，有一次替老乡接生，那是'立生'，小孩的脑袋卡住了。收生婆没有办法，但我是有经验的，我叫她按小孩的下巴，她大概是没听到，仍旧不动。后来我才亲自下手。孩子生下来后就死了，我要负责。"

大会总结提出妇运四项任务

十四日晨，田桐生同志根据主席团讨论大会发言的结果，做了个总结报告，首先提出："这个会议是在边抗于'三八'节指出今后边区妇运的方针与任务的精神下进行的。政策已贯彻的基本地区，群众运动正向生产、卫生、文化、社会公益事业的方向发展，对妇女工作也就提出了四项任务：就是要求妇女干部，亲自动手领导妇女的生产、卫生、文化和积极贯彻婚姻政策。"接着说："经过这个会以后，有关小学教员反映：'回去一定要学接生！'这个思想的转变很不容易的。这个会上我们认识了我们的妇女干部保健工作的研究不难。大会反对□□妇女干部□婴儿的问题，在政府条例上，实际问题上，再作更详细的讨论；所以这个会是一个解决实际问题的会议。过去我们只等待政府法令的修改，而今天，我们主动地研究，准备向政府积极地提出建议。这个会议又是个坦白反省会议，如李、白、蔡几个同志的反省报告是很好的，这都是这个会议的长进和成绩。这个会议对边区妇运□□其新的实际意义。妇干要为学会生产、卫生、文化的技能而战斗。"最后，关于对□属会员的组织领导与具体工作，都有所布置。

大会赞同延安妇联号召，成立解放区妇联会

在王院长讲话后，大会一致赞同以大会名义致电延安妇联，响应关于成立解放区妇联会的号召，□组织发动广大妇女要求改组国民政府和统帅部，成立联合政府和联合统帅部。

(《晋察冀日报》1945年3月21日)

各地妇女热烈纪念"三八"节

联大女同学要求改组国民政府成立联合政府

辛毅 石□ 吕朗 刘天毅

【四专区讯】平山、井陉、建屏三县在回舍新解放区，联合召开"三八"妇女节纪念大会，到会有平山六区及新解放的回舍区全体妇女，井陉游击区和建屏游击区妇女代表，共计两千余人，盛况空前。临时动议中，有人提出通电响应重庆妇女关于时局的宣言，要求改组国民政府和统帅部，建立联合政府及联合统帅部，有人提出慰问毛主席、朱德总司令，慰问边区子弟兵，响应毛主席十五项任务的号召，都一一经过大会通过，交主席团会后拟稿发出。

又讯：本月四、五两日，建屏召开了游击区妇女座谈会，到会妇女一百十五人，正太沿线据点附近及敌伪盘踞的城内亦有许多妇女代表参加。对于妇女怎样参加生产、和睦家庭、拥军优抗、开展妇救、

婚姻政策、反虐待等展开热烈讨论和批评。座谈会上并邀请回舍区拥军模范王廷云老太太作了她模范事实的报告，使大家精神更加兴奋。

又讯：阜平"三八"座谈会上，直属会员首先以自我批评精神，从思想上检查出妇救会与直属会员联系不紧的缺点，在会上每个人做出了经常帮助妇救工作的具体计划。

"三八"节联大女同学通电大后方及沦陷区妇女同胞，要求改组腐败无能的国民政府及统帅部，成立联合政府，迅速击败日本法西斯主义，并消灭全世界上的法西斯主义侵略者。

(《晋察冀日报》1945年3月21日)

平山西黄泥等村演出新秧歌舞

平山县抗联会

【平山通讯】此次西黄泥村出现了第一个大秧歌队，共男女队员七十余人，包括村公所和抗联全体干部，春节演出的《大生产》街头秧歌剧，效果很大。这个剧分《组织起来》《修渠》《大拨工》《打蝗虫》《麦收》《抢种》等十二场，全部系反映该村去年全年大生产情形。由全体干部集体讨论创作，小学教员执笔（执笔主要部分是歌词和快板）。各干部均按自己戏份演出，还有去年在该村帮助生产的驻军同志六七人参加。演员进场上，扭秧歌舞，绕场一周，除三个顽固家伙加以漫画式的夸大化装以外，全部不化装。当演出第二场《修渠》的时候（西黄泥的渠，因顽固地主统治和把持的结果，几十年没有修成，去年修成后，几十顷旱地变成良田），几十个人有的抬石头，凿山，挑渠，全体高亢"哼唷……咳唷"（搬石头唱□的曲子）的歌声，打钢钎节拍，铁链的铿锵，加上由十个管拉乐器组成的乐队伴奏。而另一场套了大犁和耧子耕种，洋溢着滹沱河岸集体生产的紧张情绪，给人们一种亲切而强烈的感情。这次演出以后，县区干部进一步认识到群众伟大的创造力，即在技巧上也越加熟练。这个戏剧成功的地方是：（一）区干部直接帮助动员，村干部及其群众积极参加排演，自己扮演自己。（二）演出均系群众性集体场面，每个人只被当作集体的一分子演出。（三）政治上很鲜明，表露群众感激共产党八路军的意愿，因为演的完全是本村实事，反映了农民朴素的感情。（四）演出形式上是一个活报，有情节，而又是新的秧歌舞。十二区西岗南、六区柴庄均出现了各一百多人的大秧歌队，"大家乐运动"，在群众中普遍展开，秧歌队在六区已组成十三队。

（《晋察冀日报》1945年3月21日）

雁北群众艺术运动

五专区抗联青宣部

【雁北讯】随着大生产与对敌斗争的开展，群众的艺术运动，不仅在灵、繁巩固区普遍开展起来，灵、繁、应新解放区及部分游击区也活跃了，特别是戏剧和歌舞。灵、繁、应已成立了八十个村剧团，繁峙有霸王鞭九十一队。并改造旧艺人，改造旧戏班，如灵丘改造了三个旧秧歌班。新年中，灵、繁、应演出剧本达二百多个，大都是群众自己的创作，如□□□□□小学□□□，□□□□□□邱姬纪海剧团，"大□□□"，下关□□□反虐待大会上演出的《反虐待》等，都是群众非常欢迎的剧本，获得了"教育群众，推动工作"的实效。

（《晋察冀日报》1945年3月23日）

随便调村剧团演戏　定唐县抗联指出纠正

里侠

【定唐讯】县文艺座谈会上，十几个村剧团公演后，发现了几个典型的村剧团。此后县里各部门开个什么会，不经抗联系统，直接给某村剧团去信来县演戏，且通知很急，要村剧团"见通知立刻赶来"。区里各部门也同样如此。这样就发生了以下问题：（一）村剧团不断调县区演戏，因此没有充足时间进行创作和排演，所以只停留在一点上，而很难提高，如×××剧团就是最明显的例子。（二）只看见几个村剧团好，口头上好夸奖，开个会就调动好剧团，对其他村剧团看不上，放弃领导和培养，很少鼓励，因此有些村剧团不满意，情绪不高。同时，恰助长了某些村剧团的风头主义，自高自大，不求进步。（三）有的村剧团团员，大多是家庭生活比较困难的，经常排戏，他们情绪也很高，但毕竟妨碍了生产。（四）那个剧团出外多，那个村就开支多，该村群众就负担多，因此引起群众不满，比如××村群众说："你们再老出去，不多给我们演，我们就把幕布抽了你们的！"发生以上问题的原因，是由于某些干部思想上存在单纯地使用观点，甚至有某机关调一个村剧团来演戏后，不注意他们的吃饭睡觉问题，不顾及团员的疲劳，使团员不高兴，不愿再出来。还有些部门不经过抗联，以个人名义调动村剧团到这村到那村，过旧历年时××村剧团一天接到三个通知调他们，三个通知是三个不同的干部，又是三个不同的地点。县抗联针对这些缺点，现已定出具体办法，予以纠正。

（《晋察冀日报》1945年3月23日）

易县剧运中的严重浪费现象

杜唐

【易县讯】易县剧运有了很大发展,共计全县已组织了六十个村剧团。在新年,每个剧团的演出,都在五次以上,白堡和大坎下演出了十五次。根据不完全的统计,全县村剧团共创作了七十个剧本。但有些村剧团不从实际出发,浪费很大,如白堡剧团借用了生产贷粮五六百斤,演《血泪仇》打了几十发子弹;尧舜口剧团为了演《血泪仇》,特别新制了十四套中央军军衣;大坎下剧团做幕布花了五六万元等。这种浪费现象,引起群众对剧团的不满,因为这些经费的来源,是从群众中摊派来的,如阮台剧团募集了十石棒子,专供剧团需用,于家庄甚至按统累税分数摊派,每分十五元;大坎下名义上虽不按分摊,但规定分数多的只许多认不许少认,别的剧团也有很多类似这样的情形,这就无形中增加了人民的负担。其他如出风头、锦标主义等脱离群众的现象也相当严重。纠正上述错误,是易县今后群众剧团运动进一步发展的重要问题。

(《晋察冀日报》1945年3月23日)

新华社山东分社的工农通讯员运动

【新华社延安十五日电】本社近接山东分社关于工农通讯运动报告。据称,鲁中现仅村级以下之工农通讯员就有九百余人,每月平均来稿四百余篇,这一运动之发展,曾经曲折过程。首先是费(县)东下乡工作的两位女同志,响应分社号召,初步发现和培养了一个名叫密士交的,后来成为模范的农民通讯员。当时《大众日报》用将近一版篇幅刊载了费县通讯站的通报和密士交的作品,并写了一个小言论,号召各地创造更多的密士交。去年一月《大众日报》开"工农习作"一栏,专门发表工农之作品,在每稿前后提出表扬和介绍,先后发表的有沂中刘阳区农民叶荣编写的短句《王二打游击》以及沂南羊工孙谈琴和去年农妇刘兰基的稿件。这些作品后来有的在农村剧团演出,有的选为冬学教材,这样"工农写工农"便逐渐多了起来。于此分社更加紧推动,在大生产运动中,提出工农通讯与大生产运动相结合。在查减为中心工作时,提出工农通讯与群众运动相结合,于是变工队长、劳动模范、群众领袖和积极分子,如沂临的朱富胜,沂南的王对一,都纷纷涌入通讯工作阵营。他们成立通讯小组,相互介绍新通讯员,组与组间发动竞赛运动,就红火地开展起来。分社报告很兴奋地谈到工农通讯的作用:(一)它提高了工农的政治地位和文化水平,运动本身就是工农在文化上的翻身。沂临小学教师刘熙说:"我过去是个很不相信工农的人,我第一次在报上看到工农创作是《王二打游击》,我错认为这是报社同志为了提高工农地位给他们代写的,以后报上接连登载了工农习作,我才相信工农不但有劳动的能力和知识,而且有文艺上的创作天才。"而许多工农通讯员自己也感到有很大帮助,如农妇刘兰基说:"我当了工农通讯员后,进步可多呢,原因是要写稿就得随时随地注意材料,注意文化学习,同时报社也经常来信帮助我,这样就把我的工作、学习都推动起来。"(二)加强和充实了报纸的内容和指导性。因为工农通讯员的稿子,大部分都是工农的实际活动和内心要说的话,因此更能受到工农群众的欢迎。(三)在工农通讯运动中,经过知识分子与工农互助,双方都有好处,而报社也从工农通讯员身上学到不少东西。分社报告最后提到他们在这一运动中体验到的一些经验,认为要开展工农通讯运动，必须首先对这事抱有高度热情，要打破一种错误想法，就是以为报上多发表工农的作品会降低报纸的身份，恰正相反，它只会提高报纸的作用及进一步实现为工农兵服务的方针。但在发展工农通讯员中，应该注意自愿与实效的原则，不要为追求表面的热闹，搞太多的"挂名"通讯员，这反会起不好影响。同时，工农通讯网即经发展起来，就要经常注意对他们的教育和提高，经过通讯小组实行互助，特别发动乡村小学教师帮助大家是较好的方式。而通讯社的通联部长，尤须跟工农通讯员多多联络，在约稿退稿中告诉他们写些什么，怎样写，有些什么注意的地方等等。现在鲁中支社的通联科，差不多有一半时间专门用在组织教育工农通讯员，而通讯员们每经过报社，亦总要找报社同志谈谈。

（《晋察冀日报》1945年3月23日）

灵寿总结乡艺创作　反映本村生活太少

永森

【灵寿讯】县抗联青宣部于二月底总结了冬季乡艺创作运动。共计收到应征创作达八十八件，获得甲等奖金（四百元）的一件，为陈庄剧团集体创作、丁宝琳执笔的快板剧《民抗》。乙等奖二件，丙等五件，丁等十六件。总结中指出：（一）冬季乡艺创作有很大成绩，解决了大部分的剧本荒，并且创作出好的剧本。在三十一件得奖创作中，有十六件为小学教员所创作，这说明小学教员在乡艺工作中的重要作用。（二）各区乡艺创作仍多是自流的，缺少具体的帮助和组织，如二区群众文化水平最低，而应征稿件的数量却为各区之冠，这证明二区青宣部是抓紧了这一工作。乡艺工作有基础的一区及三、四区反而不多，五区则连一件也没有。在质量上，以陈庄剧团和南燕川剧团的创作较好,这是他们采用了集体创作方法的缘故。(三)反映本村群众斗争和生活的还很少,只湾里剧团的《反蚕食》和南燕川剧团的《反抓捕》,还部分地反映了本村的对敌斗争。(四)创作内容密切地配合了当前中心工作(优抗),但反映大生产的创作一件也没有。(五)秧歌舞和街头剧和快板剧的结合有了很大的进步,但霸王鞭向歌舞剧方向的改造上仍很少成绩,特别是利用旧形式硬塞新内容的"新秧歌和新梆子",对旧形式没有很好给以改造,甚至把旧词句也用上了。最后,总结中强调指出:在今年大生产运动中,必须进一步开展创作运动,创作、演出和大生产结合起来。同时,提倡快板、歌谣、小调、大鼓、拉洋片等小形式的创作,供给黑板报、村剧团和小学演唱,活跃大生产中群众的情绪。

(《晋察冀日报》1945年3月24日)

吴满有乡办秧歌队的经验

【新华社延安二十一日电】吴满有乡秧歌队,日前召开总结大会,检讨出以下经验:(一)组织农村秧歌队,必须以人口较集中的村庄为据点,吸收附近村庄的群众参加。今年该队开始以三个村群众为主,后来为吸收农村中的"把式",参加人包括七个村庄,集中排演就不方便。(二)队长和队员都要经过大家民主选举,并吸收对闹秧歌有经验有威信的人参加领导。在未选举前,有些队员对指定的班长讲话不大听,但一经选举就不同了,对秧歌队的巩固起了很大作用。(三)干部要多帮助民选,领导人不要代替包办,要启发群众发挥创造性。如在赵庄时,队长决定演《地狱天堂》,但干部却硬叫演《小放牛》,因此许多演员都不满意。(四)要多吸收闹过旧秧歌的人排新戏,免得新旧互相对立。又要多利用群众熟悉的形式编进新内容,语言要适合群众,剧本要短小精干。对于以后的文娱工作,大会决定以参加秧歌队人数最多的梢圆梁为据点,在农民学校基础上成立"聚乐班",及时利用时间排新戏。

(《晋察冀日报》1945年3月28日)

平西乡艺大开展

【本报冀察二十五日电】由于去年大生产运动的结果,群众生活的改善,平西乡艺工作也随之普遍开展起来。许多山沟小道过去没有什么活动的村子,也成立了剧团,欢乐地折腾起来。宛平四区去年十一月以前,村剧团很少,自群英大会之后。群众看了小龙门剧团演剧,各村也纷纷要求演剧,在劳动英雄带领下,全村二十个巩固村,现有二十一村成立了剧团,这些新成立的剧团,在很短的时间里绝大部分已能演出。如金鸡台村,是一个很分散的村子,由好多小村庄组成,全村长达十五里,从来很少活动,而劳动英雄董永宽合作模范刘天庆开会回去,经过他们说服动员,剧团成立起来,演员有二十多名,到年底排好了四个剧。又由于剧团教育演员回家要好好生产,妇女要做针线活,要纺线,得到群众拥护。在涞水有些基础较好的,如下明峪、柴石口、台峪等村剧团在春节里演出《血泪仇》,特别是下明峪村剧团在挺进剧社帮助下,除在本村本区演出外,又应请到外区演出几次。在春节期间各地都先后举行大规模的文化娱乐检阅大会,秧歌舞、霸王鞭、高跷、狮子会、话剧、梆子等许多群众熟悉的艺术形式都搬上台来,使乡艺开始由少数知识分子的圈子走出来,而和广大群众结合,造成一个广泛的群众运动。由群众自己的创造天才表现自己所要表现的东西,这是今年春节平西乡艺运动一个最大的收获。

存在四大缺点

但同时在平西乡艺运动中,还存在着许多严重的缺点,这些缺点主要是:(一)乡艺、生产及各项工作结合不够,演员光顾演剧,耽误生产。有的夜间排戏,白天睡觉,个别剧团演员参加演剧后,变成懒汉。创作剧本不从本地本村实际情况出发,如某村编了个《传教再来》,把中国教门给外国人安排上,没有揭发本区本村教门的欺骗宣传,装外国人说话使老百姓看不懂,使戏剧效果大减。(二)单纯娱乐观点,光爱唱旧戏。房山东村芦子水等剧团,就是如此。个别剧团存在旧戏班的思想,没有把演戏看成宣传工作,而摆旧戏子的架子,要住好房子,吃好饭,使群众不满。(三)锦标主义。演戏即为出风头、争奖品,房山一区检阅发奖时,三个旗子质量略有差别,大家便不满意,当场喧嚷起来。而互相帮助、虚心学习就更差了。最后,有些村剧团民主作风差,强迫命令影响群众积极性的提高。这些缺点即成了某些村剧团发展的最大障碍,应迅速纠正。

(《晋察冀日报》1945 年 3 月 28 日)

扭秧歌传到重庆

《兄妹开荒》等亦出演

【新华社延安二十六日电】据重庆《新民报》载:"自去年中外记者团到西北参观回来,'扭秧歌'的名词也带到了重庆,有些集会里就有人会来扭个秧歌助兴。"二月十七日在重庆的近郊招待文化界,举行了一个春节秧歌同乐大会,满山头的人都来观看,先由一个秧歌队,□扮各项行业的男女老幼,在广场舞蹈一番,几圈之后,舞成各种阵型,十分好看。接着有《兄妹开荒》《一朵红花》《牛永贵受伤》……从这里呼吸到了农民的气息,中国农民纯朴愉快的气息。

(《晋察冀日报》1945年3月28日)

云彪六区剧团庙会演出的经验

刘守一 钱毅清

【云彪讯】六区□山村,正月二十七日庙会,□山、李各庄两村剧团,配合庙会,演出《血泪仇》《两个英雄》《战斗》三个节目,一般群众反映极好。但这次演出有以下缺点:(一)事先区领导上没有准备与组织;(二)演出内容,都是和庙会关系很小;(三)没有人维持秩序,舞台很乱,演员说话声低。经验是:(一)不要演过长的剧,因为参加庙会的人很忙,不能一下看下来,尽量多演短小精彩的节目。(二)单纯用话剧,群众不爱看,庙会热闹,最好用歌剧或旧形式演出。

(《晋察冀日报》1945年4月3日)

曲阳三区具体布置大生产中的宣教工作

杨锡九

【曲阳讯】三区宣教会议上,具体讨论和布置了大生产中的宣教工作。决定:(一)生产教育结合,立夏前民校中生产课占教学时间的百分之五十,农忙时民校时间地点不定,到处做课堂,并实行小先生传习制。(二)组织儿童生产突击队,每天早起检查懒汉懒婆,编制小调歌谣,文救小组在懒汉摊上画反对懒人的画,以教育他们好好生产。(三)村剧团编演本村生产的剧、歌,活跃群众情绪,每月开两次生产娱乐晚会。(四)健全各村黑板报。除以上办法外,又根据具体情形提出三大保证:(一)一村一剧团或秧歌队;(二)一村一个读报组,一个黑板报;(三)全年民校不垮台。各村已着手组织这一工作,使文教工作为大生产服务,争取大生产运动的胜利。

(《晋察冀日报》1945年4月4日)

龙华葛存区的歌谣黑板报

一、黑板报的特点

内容:反映村中每个时期的各项工作。

形式:完全采用歌谣的形式。

如葛存村,在号召全村召开家庭会议时,马上黑板报就出版了一个家庭会议的典型介绍,影响的大家都这样做了。因为他是一个歌谣的形式,念起来好听,易于记住。群众都欢迎说:"这比大白话还容易结记在心上。"

如《家庭会议真是好》:

家庭会议真是好,孩子大人生产劲头高又高。嫂嫂刘景香,妹妹张玉遮,每人一千五百蒿,完成了计划,一人得奖袜一双。开荒地,撒种子,每人保证一斗一,超过了计划,一人一件新衣裳。

老奶奶,年纪大,摘豆角,拔根大,生产功劳一样大。

妈妈真勤俭,大小活儿连上连,做饭缝衣裳,保管作模范。

哥哥张□之,领着全家朝前走,吃苦耐劳养□地,开荒修滩创菜地。

还有小忠儿,生产不落后,每天粪一筐,还要念书去,拾到大秋里，奖他鞋一双。

家庭会议真是好，一家子，又和气又勤劳，你追我，我追你，追到大秋里，粮食打得满满的，全家笑嘻嘻！

谁要光景过得好，快把家庭会议来开了。

二、在群众中起的作用

（一）领导工作，推动工作

如开展村妇女打蒿运动的时候，村里有一部分妇女，家里只有两口子，又有个小娃娃，村生产委员会讨论了解决这部分人参加打蒿的办法，即马上依其办法在黑板报上出版了《两口子开会议》：

两口子，抱着孩子开会议，商量、商量、又商量，孩子托给老大妈，钥匙藏在好地势，两口子扛上镐头，拿上镰刀，生产去。

先回来的把门开，不管是男还是女，烧火做饭抢先去。

一天里，菜地刨得好好的，圈里的蒿满满的，抱回孩子来，围着桌子吃晚饭，男女平等□□的。

这一出来，马上就有好多人这样办了，妇女打蒿□由六七个人而增加到三十人，这时黑板报又赶快将其中典型者加以反映：

如：出□先说□凤鸣，有个小子小伍儿，天天把孩抱手中，看见人家打蒿去，实在心里急又急，忙去找个抱孩队，有了照管放了心，拿上镰刀上地去，一次就割七十斤。

再说徐月英，打蒿下决心，烙了一张小小饼，连饼带孩子，交给老母亲，打了一圈蒿，三百八十斤。

关于抱娃娃的：咱村有个老模范，她抱娃娃真叫沽，要问那是谁，就是余云梅，年纪高，办法妙，□凤鸣的孩子她来抱，又哄又喂真周到。□菜切得小小的，豆儿弄得好好的，孩子吃了心欢喜，不想他娘尽嬉笑。

（二）表扬模范激发了群众的积极性

如：小忠儿，过去起得非常晚，每天都得做好早饭才起炕，自从在《家庭会议真是好》上发表了他的计划，他就积极起来，每天早清就拾两筐粪，黑板报就马上进行了对他的表扬：

好儿童小忠儿，开了家庭会议起得早，一天两筐粪，拾了一千多斤了。儿童们快来学，读书生产才算好。

这样一来小忠儿的积极性就更高了，在村社扩大股金的时候，他就将生产的二十元入了股，影响的五个儿童也都入了股，秋后他被全村推选为全村的拾粪小英雄。

又如：妇女开荒时，表扬了几个模范后，妇女们就是在下着大雨的时候仍然坚持开荒。

如：开荒队长张连阁，卖的力气真是多，动员老娘和妹子，领着队员开荒坡，全体队员齐努力，开荒计划已超过。这样干了还不算，自己又开了二亩半，她下决心努力干，一定争取好模范。

张老娘有五十多，拿起镐头开荒坡，两腿受伤也不说，咬牙干了三天多，放下镐头抱娃娃，又哄又喂办法多。

又如在男子打蒿运动中，表扬了模范工人刘云洲，而将全体工人都鼓舞了起来，秋后刘云洲被全村选为生产模范。

如：模范工人刘云洲，自从订了计划后，五天的活四天完，麦黑麦响加油干，打蒿运动是好汉，一天割回六百五，一亩旱地使不完。

（三）批评落后，教育了群众，克服缺点

如《□懒汉懒婆》：

丁□今年三十三，正在中年"□□"汉，好吃懒做不生产，带着手镏子妈妈门子串，偷偷摸摸他也干，希望大家别学他，他是一个无耻汉。

芦俊英，真不沾，吃饱饭，没事干，擦胭脂抹粉挨门串，请人家看一看，你们说此人讨厌不讨厌。

这一出版后，丁与芦都非常主动生产起来，特别是芦俊英非常着急，甚至于割蒿当中将手指割破了一个大口子。

（四）时事教育：根据报上的重要消息编出

（五）转变了轻视宣教工作的错误观点

因为黑板报在群众中起了以上的重大作用，所以它在群众中的威信是很高的，群众对"上黑板报"这个事情看得很重，□□有个村□人吵架就喊起来了："我叫你上黑板报去。"□王□村□出版了批评"偷人家谷"以后，全村偷盗事情大减，大家都说："有了黑板报，谁也不敢再偷了。"葛存村的崔学玉在妇女打蒿运动中娘说什么出不去，动员了她一个多钟头，她说："人家说我，你这么模范那么模范，为什么不给出黑板报呀！我不去！"后来答应她，一定给□出，马上就在黑板报上出版了。"崔学玉也模范，鞋子破得没法办，穿上破鞋去打蒿，决心争取好模范。"后来崔即积极打蒿了。

在葛存区二十一个村子，就有十七个村都建立起黑板报来，并且村干部们都一致地说："黑板报可是作用大啦！要谁有个缺点，我们要去批评，他不认识，就记恨上干部了，有了黑板报，给他上报是大家伙的意见，他就赶紧要克服了。"

有了这些实际成效，村干部关于宣教工作的看法，有了很大的转变。如过去葛存村，对于宣教工作除了几个宣教干部还想着点，其他干部是不大理的，自从黑板报成立后，使得工作有了更新的气象，村宣教委员会开会时，也没有请，全村的干部都自动地跑来参加，很认真地讨论全村的宣教工作。

三、黑板报的通讯组织与编辑

黑板报通讯工作是与生产小组结合的，每个拨工小组都有一个学习小组长，由他来负责搜集材料，由民校的高级组负责编辑。

编辑时一定要听取群众的意见，使群众觉得真正是代表他们自己的，才能逐渐形成群众自己起来办报。如葛存村，每个材料都经过宣教委员会讨论，并听取群众意见，这样一个时期之后，群众就不断自动找编辑的人来："给××出个报吧！"有时有的材料不够真实，有的群众□□说了："那个材料先别选吧，他还不够那么模范。"如要表扬妇女学习的模范，有个人送来个材料，"秦淑贞挺模范……"还没有出版，妇救会员们好些人□□来了："可别出她，她可不模范……"这样，黑板报就真正代表了群众的意见，成为群众的舆论机关。

□□□□渐熟悉这一工作后，立即得出："全村办报"的口号，使群众能广泛地发动起来了。

最后，要创办好黑板报，不光是发动群众来办，而且要发动群众来看，但村中群众文化水平低，文盲多，看报还是个很大的困难。根据我们的经验：在夏天、秋天天气暖和时，黑板报要建立在群众自然形成的聚合场所，并发动三、四年级小学生，在人多的时候（多为生产歇息时）去读。一方面解决了不认得的困难，一方面由儿童来读出，又传播到家庭里，特别是对受批评的人影响很大，而且他不会怪孩子们。在冬天，天气冷了，群众都怕冷，不到那里歇息了，这时就提出了："黑板报要走"，与炕头儿教育结合。民校高级组到各组检查时，□□黑板报写在小纸上到各组去念，这也是个好办法。

（《晋察冀日报》1945年4月4日）

太岳文教出版事业年来有很大发展

【新华社太岳一日电】在人民生活普遍获得改善的基础上，太岳文化教育以及出版事业年来有很大发展。现全区有中学四处，学生四零四人。高小四十八处，学生四四七二人。初小二三五一处，学生九二零九八人。全区学龄儿童约二十万人，就学儿童占学龄儿童百分之四十六。从去年提倡民办小学以来，沁源、沁县、安泽三县共办起一百所，学生一千八百九十九名。全区冬学有三千一百三十一所，入学人数二十万。太岳《新华日报》去年一月份起，每月共发行三千八百一十八份，十二月增至八千四百三十四份，报纸已深入敌占区。书籍的发行，去年除小学课本外，共出新书一百一十二种，自己印出三十一种，共二十一万五千册。

(《晋察冀日报》1945年4月7日)

加强新闻通讯工作

平山县委发出指示

平山县委

【平山讯】平山县委昨发出指示，指出，我县通讯工作历来比较落后，近来更显得异常萎缩和沉寂，一月份发出稿仅三十五件，二月减至十八件（部分暴露秘密与太零碎的未发），有两个区三个月来未写过一篇稿，四个区只写过几篇。虽经一再指示与号召，通干经常下乡组织，各区依然不闻不问。造成这种现象的原因，主要是负责干部及宣教干部思想上对这工作极端轻视，没有了解"全党办报"的方针，两个月五十余篇来稿中，只有一篇是主要负责同志所写的。其次，没有把通讯与领导工作、中心工作结合，督促得紧就支应差事，不督促就丢开了，放马后炮。如检查领导、拥优工作中心过了许久，才写稿子，异常不及时。第三，把通讯工作看作"额外负担"，看作是可有可无的"义务"，被迫的"苦差"，借口"工作忙"，"时间少"，"工作不深入"，多方□□。规避不了时，就零零碎碎写一点，聊以塞责。所以大部分是不具体，不□□，不详细的。最后，有的人存在名利观点，稿子可以不写，写了不可以不登，否则就没有劲。个别同志不自己检讨，却埋怨人家，说报社对平山有成见。由于思想□□□□，因而组织领导松懈□通讯小组长久不开会，通讯员大部是挂名的，写作与采访又是毫无计划的。该指示继要求干部深入思想检查，重新认识分局指示："全党办报方针下，供给全党新闻通讯是极端重要的工作，是非常严肃的对党绝对义务"的意义。要求通讯和领导及中心工作结合起来，有计划地进行，克服零碎不及时两大缺点。重新整理组织，建立制度，并有重点的耐心地培养工农通讯员。以后县委强化领导，通讯干部加强改稿复信，集讯制度，和通讯员多取联系，给以具体帮助，提高写作兴趣。

（《晋察冀日报》1945年4月7日）

乡 艺 简 讯

△繁峙县抗联于三月四日召开乡艺训练班，共到学员七十二名，村青救主任、童子军中队长、各区青宣部都大部参加。各区报告新年文娱情形，找出典型材料（剧本、秧歌舞等），进行检讨，交流经验。（徐丽、国士）

△孟平拥军模范李有山老人，七十五岁，过年时亲自演出《拥军》，挎着一大筐子的油布袋，一瓶酒，扭着秧歌舞，向到场的八路军慰劳和拜年，观众很为感动。（兵）

（《晋察冀日报》1945年4月7日）

重庆文化界发表《对时局进言》

【新华社延安八日电】按这个文件二月二十二日在重庆《新华日报》发表，因国民党检查机关检扣该期报纸，我们至今未收到。现经本社另行设法觅得原文，特为播发。

"道穷则变"是目前普遍的呼声，中国的时局无须我们"危言耸听"，更不容许我们再要来"巧言文饰"。

内部未能团结，政治贪墨成风，经济日趋竭蹙，人民尚待动员，军事急期改进，文化教育受着重重扼制，每况愈下，以致无力阻止敌寇的进侵，更无力配合盟军的反攻。在目前全世界战略接近胜利的阶段，而我们竟快要成为新时代的落伍者，全国的人民都在焦虑，全世界的盟友都在期待。我们处在万目睽睽的局势当中，无论如何，是应当改弦易辙的时候了。

办法是有的，而且非常简单，是须及早实现民主。在野人士正日夕为此奔走呼号，政府最近也公开言明，准备提前结束党治，还政于民，足见人同此心，心同此理。无分朝野，共具悃忱，中国的危机是依然可以挽救的。

然而"日中必熭，操刀必割"，在今天迫切的时局之下，空言民主固属画饼充饥，预约民主亦仅望梅止渴，今天的道路是应该当机立断，急转舵轮，凡有益于民主实现者便当举行，凡有碍于民主实现者

便当废止,不应有瞬息的踌躇,更不应有毫丝的顾虑。其有益于民主实现者,在我们认为应该是:

(一)由国民政府立即召集全国各党派所推选的公正人士,组织一临时紧急会议,商讨应付目前时局的战时政治纲领,使内政、外交、财政、经济、教育、文化等均能有改进的依据,以作为国民会议的前驱。

(二)由临时紧急会议推选干练人士,组织一战时全国一致政府,以推行战时政治纲领,使内政、外交、财政、经济、教育、文化等均能与目前战事配合。

以上二大纲,实为实现民主的必要步骤,政府既决心还政于民,且不愿人民空言民主,自宜采取此项步骤,使人民有实际参与政治的机会,共挽目前的危机。

更就有碍民主实现者而言,则有荦荦六大端,应请加以考虑:

(一)审查检阅制度,除有关军事机密者外,不应再行存在。凡一切限制人民活动之法令皆应废除,使人民应享有的集会、结社、言论、出版、演出等之自由及早恢复。

(二)取消一切党化教育之设施,使学术研究与文化运动之自由得到充分的保障。

(三)停止特务活动,切实保障人民之身体自由,并释放一切政治犯及爱国青年。

(四)废除一切军事上对内相克的政策,枪口一致对外,集中所有力量从事反攻。

(五)严惩一切贪赃枉法之狡猾官吏及囤积居奇之特殊商人,使国家财富集中于有用之生产与用度。

(六)取缔对盟邦歧视之言论,采取对英美苏平行外交,以博得盟邦之信任与谅解。

以上诸大端，如能早日见诸实施，则军事形势必能稳定，反攻基础必能确立，最后胜利也毫无疑问，必能更有把握了。

故民主团结实为解决国内局势之主要前提，而在今天尤为争取国际地位的必需步骤。今天的时局虽然紧迫，而国际形势却大有利于我们，我们尤应趁此时机，早早决定我们的国策。

目前克里米亚会议已告圆满结束，四月二十五日并将由中、苏、英、美、法五大国在旧金山召集联合国会议，法西斯和帝国主义已被普遍地宣布死刑，为全人类开出了民主和平的康庄的大道。

更以军事而言，苏联的大攻势正以雷霆万钧之力，雄师数路趋指柏林。英、美联军更由西线积极进攻，纳粹兽军已陷入四面楚歌之中，不久当在它的巢窟里面遭受屠戮了。

美国在太平洋上的进军，也正和欧洲攻势旗鼓相应。美国的意志，在东方急于要在中国登陆作战，急于期待陆上力量的大反攻，以期能同时及早解决日本，更是切迫如火。

今天没有任何力量可以阻止苏联红军及英美盟军的进攻，也没有任何力量可以屈挠同盟国人民的意志，全世界都在欢歌着胜利进行曲。我们中国人民不愿甘自落伍，不愿在这世界战略接近胜利的阶段仍有自私自利、苟且因循、等待胜利甚至种下未来祸根的做法。

我们恳切地希望全国人士敞开胸襟，把专制时代的一切陈根腐蒂打扫干净，贡献出无限的诚意、热情、勇气、才智，迎接我们民主胜利的光明的前途。

力扬、丁然、于去疾、于友、于伶、王戎、王采、王岚、王琦、王亚平、王冶秋、王复生、王郁天、王深林、王超凡、王沿津、王务安、王进英、巴金、戈宝权、方令孺、方与严、方学武、文怀少、毛守昌、禾波、白薇、白杨、甘祠森、史东山、石西民、石炎、石啸冲、田一文、田涛、田仲济、司徒慧敏、史伊凡、伍禾、任钧、任秋石、朱海观、敞鹤年、老舍、吉联季、仲秋元、沈扬、沈浮、沈钧儒、沈静芳、沈经农、沈慧、冷火、宋之的、宋云彬、杜冰波、杜君慧、杜国庠、吕霞光、吕恩、汪子美、汪刃锋、何公敢、何成湘、余所亚、沙千里、李凌、李畏、李士豪、李可染、李声韵、李思杰、李华飞、吴视、吴凳、吴祖光、吴家骥、吴蔚云、吴组缃、吴藻溪、吴清友、吴泽、但杜宇、辛勤、阮有秋、林谷、林庚、林仲易、林举岱、周而复、周知、周锋、周谷城、周微林、明敏、金月石、金仲华、金善贤、金锡如、金端苓、邵荃麟、孟目的、孟君谋、孟用潜、初大告、阿嘉、岳路、茅盾、胡子婴、胡风、胡绳、胡文淑、胡守愚、洪深、侯外庐、柳倩、柳亚子、范朴斋、姚宗汉、姚雪垠、郁风、郁文哉、施白芜、俞珊、俞励健、洗群、马义、马宗融、马寅初、马思聪、高集、高崇民、高龙生、高懿、崔小萍、崔万秋、夏衍、夏白、夏迪蒙、徐冰、徐迟、徐昌霖、徐悲鸿、袁水拍、梁希、梁纯夫、梁永泰、梁公任、索非、孙伏园、孙陵、孙源、孙坚白、孙施谊、孙锡纲、秦柳方、秦牧、唐性天、祝公健、殷子、殷野、耿震、凌珊如、郭沫若、郭春涛、郭培谦、郭树权、梅林、许士衍、许幸之、许桂明、许涤新、黄晨、黄蕊、黄若海、黄洛峰、黄宛苏、黄碧野、黄荣灿、黄寿慈、舒维清、堵述初、毕相辉、盛家伦、陈之佛、陈文泉、陈先舟、陈克泽、陈原、陈润泉、陈鲤庭、陈翰伯、陈翠华、陈烟桥、陈迩冬、陶金、陶行知、曹靖华、曹禺、章石林、章汉夫、章靳以、章曼苹、章超群、焦菊隐、陆梦生、陆诒、张正宇、张申府、张西曼、张光宇、张志让、张定夫、张明养、张孟闻、张鸿眉、张静庐、张铁弦、张瑞花、张雁、张磊、张翻、张骏祥、张维冷、张重英、冯乃超、冯文洛、冯雪峰、傅彬然、傅披石、华林、华嘉、彭燕郊、乔朴、覃英、覃必陶、舒绣文、曾敏之、汤灏、阳翰笙、贺礼逊、贺孟斧、费巩、项堃、董时进、董鼎清、叶以群、叶浅予、杨晦、杨荣也、杨潮声、杨村彬、贾纬廉、邹禄芷、葛一虹、葛琴、路翎、路曦、庄寿慈、袁静子、万灿、廖静文、廖沫沙、赵晓恩、赵韫如、赵慧深、邓初民、刘清扬、刘厚生、刘伯羽、刘火子、刘尊棋、刘砥方、刘铁华、刘运筹、刘义斯、蒋路、翦伯赞、臧克家、臧云远、潘子农、潘梓年、潘菽、潘震亚、霍应人、蔡仪、蔡楚生、郑君里、郑敏、卢于道、卢鸿基、薛迪畅、钱歌川、钱辛稻、萧强、萧禹英、戴爱莲、谢冰心、谢添、龙季子、聂绀弩、韩北屏、韩涛、罗家正、罗髯渔、严杰人、魏志澄、蓝马、蓝馥心、苏怡、顾颉刚。(以姓名笔画多少为序)①

(《晋察冀日报》1945年4月10日)

"战争用不着文化"
——敌国近况

李石

自盟军在太平洋上举行猛不可当的反攻以后，敌寇为了应付这一不可招架的大进攻，曾在本国内搜刮了一切的力量，投进这一个毫无效果的抵御中。敌酋对日本国民说："当此非常时期，只有忍苦，不应娱乐，只有战争，用不着文化。"于是文化活动被禁止了，文化团体被解散了，日本有名的"宝冢""松竹"剧院被封闭，改成了军需工人宿舍或军需工厂。其他娱乐场所，不是被强制改为招待所，就是被夺去设为军人医院。公园、公共体育场也关门了，都种植了棉花或

---

① 按，以上各界著名人士签名，时有与历史相抵牾者，如文怀沙作文怀少、吉联抗作吉联季、傅抱石作傅披石等。为保持文献原貌，此处暂不予以修正。读者可参看1945年2月2日《新华日报（汉口重庆）》及1945年4月6日《解放日报》相关记载。

蔬菜,据说这是为了"增产"。一切博览会、展览会、音乐会、娱乐会等都被禁止,只有"饥饿""愁苦"却大量地发给。

由于纸张不足,许多报章杂志合并的合并,减员的减员,或者干脆就停刊。《读卖》和《报知》两种有名的报纸已经合并了,日本最有名的杂志《改造》由五百余页减至十五页,最后也终于停刊了。现在除了极少数歌颂军阀统治的出版物以外,其他什么刊物都被停刊了。

日本国内的学生,吃不饱的情形,和一般市民的情形是同样的,每人每天只配给二合二撮米,仅能解决一少半的问题。持有"食券"的人,为了每天到食堂等吃饭,就差不多占去了全部时间。饭堂卖饭有一定的时间,有一定的数量,过了时间或卖完了一定的数量就关门,"狼多肉少",许多学生不得不迟到早退了。用品的配给更加困难,有一次早稻田大学配给胶皮鞋,物少人多,有的竟带上饭盒棉被,前一天晚上就睡在庶务处门前等领。

学生们所得到的虽然这样少,军阀们向他们索取的东西却很多。每年要有三个月的"勤劳俸仕",常年缴纳"爱国贮金""弹丸奖券""防空献金""配给感谢金""祝贺贮金""町会费",名目繁多,无穷无尽。

一般有政治眼光的学者教授们,看到军部这种蛮横的强迫,拖着全国人民向毁灭的路上溜走的干法,表示愤懑,但是在军部的野蛮统治下他们不敢言语,稍有表示即遭逮捕拘禁。明治大学经济系教授永□彦,在答复学生质问时说:"若问现在,本社会是什么样子,我想只要回忆一下俄罗斯帝政□□(沙皇时代)的情形就得到解答了"。这话说了不久,他便被捕了。

由于教授和学生们的不稳情绪日渐高涨,野蛮的统治者对他们的监视也就更加严密了,警察宪兵的直接干涉而外,到处都有密探与特务学生。但是高压只有产生更大的反抗，在苦难中的日本青年学生，终有一天会起来扑灭野蛮的军部的。

(《晋察冀日报》1945年4月12日)

一年来平定的通讯工作

苏蔚

一年来平定的通讯工作虽然是在逐渐的进步，但由于"全党办报"的方针没有贯彻，思想没有搞通，所以通讯工作始终是在波浪似的状态中。上级抓得紧写一篇，不紧就不写了，未能造成群众运动。如去年地委号召的五月通讯突击月里，平定的通讯工作就红火一阵，过后逐日下降，到十月份全县稿件仅只八篇，十二月份才又有起色。县中心小组成立到现在没有开过一次会，没写过一篇全面的总结性报道，通讯工作没有同领导结合起来。为开展今后通讯工作，特于三月十日利用全县召开扩大生产会议的机会，召开了县区通讯员会议，参加的有五十多人，根据一年来上级党所发的有关通讯工作指示文件，针对实际情况，作了深入的传达。随后是通讯员坦白反省，发现下列几种思想偏向：（一）通讯工作不重要，不是自己的事，写不写没关系。很多同志都这样说："通讯工作不如其他工作重要，是捎办的。""我的工作还完不成呢！谁有工夫写通讯！""我不写没甚，别人写也有咱的份。"（二）写通讯为的是应付差事。二、七区有好几个通讯员是这样坦白的，"上级催紧啦，不写下不了场，不论怎样写一篇交了算！"（三）存在着浓厚的爱面子观点。几乎全体通讯员都承认，因为写了一篇不见登，就不愿写了，甚至因为怕登不出来，干脆不写，所以是"不写可以，但写了就不能不登"。（四）从兴趣出发,高兴了就写一篇,不愿写谁说也不沾,愿写的材料又局限自己看中的模范例子。因为存在这种错误思想,有几个作了两三年通讯员竟没有写过一篇稿子。好几个区委同志,也检讨出自己对通讯工作领导很差,布置下就完事,做不做不管,还有的认为那是宣传部门的事,与己无关;甚至有的区委,把别人交来的稿子压了一个多月也没转县。经讨论后,并作出如下决定:(一)继续贯彻"全党办报"的方针,搞通思想,各区召开通讯员会议,进行思想反省和检查。(二)加强通讯组织(特别是中心小组),健全制度,区通讯小组每半月开会一次,县通讯小组每月开会一次,每三月由县召开扩大通讯员会议(每区出席代表二人)。平时加强退稿和复信制,每次退稿必回信,并由县通干定期与各通讯员通信,多讨论写作上的诸问题。(三)由县委出版定期的通讯联络指导刊物(月刊),领导全县的通讯工作,帮助通讯员的写作学习,并互相了解全县通讯工作情况。

最后又将写作上的一些问题,作了简略的报告,初步解决了很多通讯员所存在的"写什么"和"怎样写"的困难。

(《晋察冀日报》1945 年 4 月 12 日)

五台行唐中心通讯小组检讨通讯工作

【五台讯】县中心通讯小组为打破去年九月份以来通讯工作的消沉状态,特于上月十九日召开会议,并吸收热情写作者数人参加。大家检讨出以往通讯工作不活跃,主要是思想上不重视这个工作,没把写通讯认为是自己的光荣义务,而当作额外的负担。所以平时不注意收集材料,负责干部亲自动手很差。另外还存在着不愿写小东西愿写大文章,和既写就要像个样子,不然不如干脆不写等偏向。其次,在领导上：（一）通讯组织不健全，不互相研究讨论写作方法，以致技术不能提高，形成个人自流，写上几次登不出来，便情绪低落，失掉信心，不再写了。（二）不组织分工写稿，所以有的把值得报道的材料，认为有别人写，而自己不写。（三）及时审查及时发出上亦注意不够，致失掉时间性不能登出者也有。

对今后工作确定：（一）加强责任心。（二）健全会议制度，并具体分工写稿。（三）发扬集体协作和工农与知识分子的伴写方法。（四）抓紧时间及时写作，及时审查发出。（五）从各种报告和情报中找材料，实现做了工作就写通讯的□□。（六）不但要报道模范事例，并要揭露和批评坏的典型。（钢）

【行唐讯】上月二十七日，中心通讯小组开会检查通讯工作，检讨出：（一）思想上对通讯工作重要性认识不足，轻视，认为是负担，或登不出就不写。（二）组织不健全，中心通讯组没起应有作用，一般通讯员多为挂名。（三）内容零碎，很少完整系统报道，缺乏集体创造，把握重心不够，不及时，复信指导不够。（四）通讯员发展不普遍，没有很好培养工农通讯员。

今后决定：（一）打通思想，各区通讯小组要开会进行思想上检查反省（必要时开全体通讯员会）。（二）健全机构，通讯员重新登记、编组，建立会议制度及每月二篇稿制度。（三）各部门布置工作时，将通讯工作布置进去，总结报告时要包括通讯工作。（四）多写简明新闻，内容要着重大生产，交流经验，揭发偏向。（五）各区着手培养工农通讯员，经常进行写作上指导。（竟怨）

（《晋察冀日报》1945年4月14日）

南故张的屋顶广播

曲阳县委宣传部

在曲阳，屋顶广播和山头广播，几乎普遍各村，在开展群众宣传鼓励工作中，起了很大作用。

南故张原有一块黑板报，但不能经常出版，加上篇幅的限制，以致不能把许多重要的事情反映出来，村里识字的不多，不能使每个群众都能看报。去秋该村民校教师刘主印同志，在专区宣教会议上，听到巩固区有山头广播，又在羊平集上听过一次广播情况，作用很大，启发了他们办屋顶广播的动机。

经过动员之后，便决定搞起来。在村教干会上决定由文教小组负责，分了工，每逢三六九夜间广播，为省钱用旧烧壶和泉子（烧水的）接在一块，就将就着使了。

开始广播时，群众都说声音很大，由于新鲜使他们都注意听，浇水的也不浇了，全村由嘈杂转入沉寂，人人都细心听。待了些工夫，群众不怎么爱听了，村里在广播时，仍是嘈杂得很。宣教干部们便注意反映，开了两次检讨会，检查出以下原因：（一）每次广播的时间太长，群众有事没工夫听完，以后别超过五六分钟；（二）中心太多，以后要组织最有效的材料，别什么也说；（三）说得太快，听不清，以后要慢，重要的要重复一次，并把号筒转变方向；（四）少说字话（术语），多说庄稼话；（五）声音要洪亮清楚；（六）叫人派差不广播。

由于广播得不清楚，发生了些错子，有的把"收复大名"听成"收复大同"了，所以稍有不慎便会生出其他问题，这一点就要求负责广播的人在事前要有充分准备。

经过几次的检讨与改进，群众都爱听了。广播时，大人制止孩子们哭叫讲话，如童子军刘孟哲的祖母对孩子们说："我听不清了，你们在院子里听着，广播的什么回来告诉我说。"在广播敌情以后，家家户户便把大车卸开，把套绳摘了，将锹镐坚壁了。广播预防麻疹后，小学生王震学的家里就不让他到东西头有此病的地方去了，王立本家的孩子也与病孩子隔离了，连那些过去不相信传染病的老年人也相信了。广播男民校模范刘臭牙和刘福全后，妇女民校学员便加油学习。过两天又广播模范刘翠英、王彦果后，儿童们听了都希望把自己也广播一次才觉光荣，教员也就掌握了儿童这个心理，便发动学生展开学习竞赛。广播了开渠模范组后，第二天吃饭都早了，集合也很快了。最为普遍的反映是：比黑板报好，不识字的也听见了。从以上这些反映中，说明一个问题，那就是，如果能根据群众的需要创造与改进，我们的屋顶广播，便能成为广大群众所欢迎的宣传鼓励的有力武器。

但是，在不断改进中仍有些缺点，如常闹抓一把的现象，没专人负责；与其他宣传结合还有时不紧；其中最主要缺点还是没有充分发动群众供给材料，还是几个人在那里办，这些缺点是必须克服的。

(《晋察冀日报》1945年4月14日)

繁峙试办流动报

周秀清

【繁峙讯】最近二区全体教员试办流动报，首先是民教科同志与庄旺村小学教员，搜集该村老百姓生活材料与根据现时中心工作，写了一些稿子登在流动报上，内容有做生产计划的小调，卫生工作和生产经验介绍及耕三余一的文章，并有漫画。流动报的优点，可以跟着拨工组到田野，到山坡；有情况时，比固定的黑板报好收藏；可以及时交流各村生产经验,适合战时农村分散的条件。他们的办法是,用一块破席子(或用破布板子、木板都可以),剪成四方形或圆形、三角形都行,把写好的稿子贴上,然后各村互相传看。各村小学教员当主笔兼通讯组长,十天出版一次,词句力求通俗化,字体端正,大家办大家看。拨工组内小先生要把这报念给不认字的人听,与生产结合。

(《晋察冀日报》1945 年 4 月 14 日)

完县北下邑冬学转为新型春学

【完县讯】北下邑村自阴历正月底冬校转春校以来,根据群众意见,实行隔日上课和小组讨论制,到现在共上课和小组讨论数十余次。课程内容,围绕大生产配合当前工作(生产课和反特课等),讲课人都由本村主要干部和教师负责,每次课后出题,以农会小组为中心分组讨论(妇女会员另编组),小组会地址经群众大会提出轮流在每家去开,这样受教育的人更普遍,并且解决了灯油困难。讨论时联系每家具体情形,如怎样开家庭会议,家庭不和睦因为什么等等,每个会员都一点不拘束地热烈发言,述说家长里短。会议小组长把记录交村生产委员会。拨工组也是按这个小组自愿组成的,因组中人多,有编成三、四组的。每日晚饭后,无论逢上课或小组讨论,群众都纷纷入校或按规定地点参加讨论。

(《晋察冀日报》1945 年 4 月 17 日)

延安文化界电重庆文化界

誓为诸先生后盾　反对中国法西斯

【新华社延安十六日电】延安的文化界于七日致电重庆文化界，对他们二月二十二日所发表的《对时局进言》深表赞同，并对他们在国民党法西斯主义者高压下艰苦奋斗致慰问之意。原电如下：

重庆《新华日报》转重庆文化界诸先生：

奉读二月二十二日诸先生《对时局进言》，至深感佩。所举应急速召集各党派临时紧急会议，组织战时全国一致的政府及废除审查检阅制度，取消党化教育，停止特务活动，废除对内相克的政策，严惩贪赃枉法，取缔对盟邦歧视之言论等各项主张，无一不是今天全国人民的迫切要求。盖非如此，即不足以克服目前危机，动员与团结全中国的抗日力量，有力地和同盟国配合作战，打败日本侵略者，争取独立、自由、民主、统一的新中国的实现。诸先生此种□言正论、恳挚热情，实发挥了"五四"以来文化界革命的战斗的光辉传统，理宜广为传诵，以振人心。乃国民党当局不但不勉自鞭策，改弦更张，一变其对外怯战、对内高压之失败主义政策，反禁止重庆各报刊登，并着使宪兵特务劫夺当天迟检登出之《新华日报》，事后复对签名者们警告恫吓，威胁重重。消息传来，令人发指。

延安文化界曾于三月十八日召集百四十余人之座谈会，对诸先生之主张深表赞同，一致拥护，并愿与全国人民一道，誓为诸先生后盾，坚决反对中国式的法西斯主义者所加于诸先生的压迫，切盼诸先生在此恶流之下，坚持主张、紧密团结、奋斗到底，胜利必是属于民主的人民的。特此□达，并致热烈的慰问。

陕甘宁边区文化协会
民国三十四年四月七日

（《晋察冀日报》1945年4月18日）

庙会宣传工作点滴

刘毅

阴历二月十九日，阜平西庄庙会，县王教育科长带领师资训练班全体学员，及其他县干部数人，进行庙会宣传，演出霸王鞭"活洋片"，读报员讲报，拿"炮楼"的大鼓，户拨工的秧歌活报等。该区十四个村剧团，三个村武会，有过半没有通知，也自动地参加了。二区高阜口剧团，特别排了《过光景》，赶来出演。剧本内容以大生产和反迷信为多，特别是开展八大运动及学习胡顺义。另外设了讲报摊，和专门介绍防除枣步曲知识的讲座，听过的群众一般印象很深，反映良好。由于没有很好组织与发挥西庄村干部的力量，对外村来的剧团没有很好照顾。同时，时间支配不当，出演较晚，以致好多村剧团准备的节目没有上演，或个别的剧没有演完，影响宣传效果。关于今后怎样进行庙会宣传，有这样的一些经验：县区领导上首先要把庙会所在村的村干部组织起来，协助他们工作。其次，宣传工作与市场的经济活动密切结合，譬如有新的农具上市，就要有人宣传它的使用法；有土方效药，要有人宣传它的治法和功效，并且可以采取化装表演，选择人多适中的地方，扩大宣传。第三，多采用分摊专门讲座的宣传方法，譬如这次区实业助理介绍防除枣步曲知识时，就带上掘出的山蛹和步曲蛾，来一个说一个，来俩宣传俩。开头按着连环画从第一张讲到第六张，群众不很乐意听，作用小，后来他与人家研究着说，识字的去看书，抱怀疑态度的就让人家看实物，多讲枣步曲生活史，做过没见效的他就给人家分析原因，结果有百余人听了影响极深。第四，演剧最好与小型化装活动前后分开，小型活动多采用街头剧、秧歌活报、"拉洋片""活洋片"等形式，因为这种形式，适于穿插时事形势、生产拨工等内容。

(《晋察冀日报》1945年4月19日)

一分区战线剧社年节下乡一月余
文艺工作一直开展到沟外

鲁易 胡旭

【一分区讯】分区战线剧社在旧历年节，分散下乡，帮助乡村与连队的春节文艺活动。一个多月内，计到易县白堡等二十个村庄，龙华十二村，徐水八村，满城十六村，定易涞两村，及冀中区之光县一个村。在这五十九个村庄的工作过程中，帮助发展了五十二个村剧团，教会群众歌子四十六个，排戏一〇四剧，开文艺训练班七个。帮助部队共七个单位，组织晚会二十次，在×团每个连队排了一个戏。并且掌握高街《穷人乐》方向，创作了好些反映本村实际斗争的作品，如大良岗的《双满意》，北娄山的《说真理》，××村的《地道战》等，都是博得群众好评的优秀剧本。群众说："分毫不差，这就是咱们那点事儿！"剧社回到分区集中以后，曾召开了一个大座谈会，根据分局关于《穷人乐》方向的决定，深入检查工作和思想反省。个别同志糊涂观点是严重存在的：比如在真人演真事这个问题上，就有的同志怀疑"这是否还算艺术？"有的就认为："这只是过渡的初级的形式，将来是不存在的。"在创作与演出结合的问题上，有的同志怀疑："没有剧本是否可以？"又有的同志觉得"大杂会"的形式"不调合"，"不舒服"，"戏剧应该有一个整个统一的格调"。这些思想，都说明着个别同志还存在着"正统底"艺术思想的残余。

在工作检查当中，个别同志坦白在开始时期还抱着猎奇的观点。

认为"群众的创作，是粗糙的艺术，先帮助他们搞了，再把材料带回来，自己创作更好的"。有的同志唯恐群众不能掌握政策路线，不懂得技术，因此不肯放手，发生包办代替的现象。也有的同志相信群众，认为群众的见解就是金科玉律，丝毫不能触犯，自己完全站在旁观的态度上，不敢负责。两种过"左"过"右"的倾向，都使得在掌握方向上发生了偏差。经过两天时间的激烈讨论，初步清算了非群众观点和缺乏群众观点的"艺术"思想。

(《晋察冀日报》1945年4月19日)

晋察冀边区抗联会关于通讯报道工作的通知

一九四五年四月十八日

整个抗联会的组织系统应负责报道边区各地的群众运动，经过通讯报道工作，可以反映群众的情绪、新的经验，以及逐级向上反映工作情况，又逐级向下指导工作。这是一种有效的领导方法，希各级抗联委员会深切注意以下各点：

（一）通讯报道工作是各级抗联会各部门的日常工作任务之一，应与工作的布置、检查、总结结合起来，克服做了工作或总结了经验但不随之而做通讯报道的毛病。在会议之后，下乡工作中间，回来汇报工作，以及总结了经验之后，主任及宣传部均应及时布置与写成通讯稿件，寄交新华分社。上级各部门干部下去时，应检查下级部门的通讯报道工作，就是说把通讯报道与部门工作及行政领导统一起来。

（二）边区群众运动总的及各部门的方针与任务均已先后提出，今后各级抗联特别是县级以上的抗联应着重于有重点地总结经验（特别是典型材料），编写通讯，以便做具体指导。各级各部门领导干部应认真负责，亲自下手，克服自流现象。

（三）各级抗联的通讯小组，应定期统一布置、讨论总结通讯报道的各种问题。但通讯小组必须与整个抗联之行政领导结合，如因文化低而不能写作之某部门干部亦需亲自做出计划，搜集研究实际材料，责成其他能写作之通讯员写之，但需经本部门审查。

（四）宣传部应与工、农、妇、青等各部门的工作结合。应明确认识，抗联之宣教工作必须为工人、农民、妇女、青年、学生知识分子等各种群众运动服务，帮助各部门总结经验，然后负责组织通讯报道。

（五）目前急需加强工运、青运、妇运等单独之通讯报道，应将工人、青年、妇女群众战斗、生产、文化学习各种生活动态，以及关于建立解放区各团体联合会的活动等等，应由县抗联做出计划，经搜集研究之后向上汇报与向外报道，以便供给解放区之职工、青年、妇女等联合会成立时之用。此外，各战略区之抗联会尚需负责综合这些材料，统一向外报道。

（《晋察冀日报》1945年4月24日）

敌伪在沦陷区摧毁一切进步文化

【新华社华中四日电】敌伪在沦陷区向一切进步的文化宣战，被敌寇禁止出版的书籍包括自由主义、无政府主义、共产主义、实验主义等领域。一九四〇年，南京日寇曾烧毁数千册达尔文的《进化论》。一九四一年，北平日寇将北京大学二十二万册图书尽窃去。一九四二年，日寇在一切沦陷区颁布《存书禁令》，限制一切封建主义以外的图书保存。一九四三年以后，更实行所谓"击灭敌性文化"

运动，不许中国青年研读英美文化。如果发现一本共产主义的书报，就要"处以极刑"。这还不够，敌寇又于一九四三年底起，在华北华中"集团逮捕"文化人，知名的历史教授周予同、自由主义者编辑夏雨尊、开明书店经理章锡琛均在被捕之列。敌伪对中国伟大思想家文学家——鲁迅先生，更是痛恨，上海虹桥路畔的先生坟墓已被敌践踏破坏，冢前遗像被击粉碎，但日寇无法完全消灭进步文化的种子。《鲁迅全集》《资本论》《高尔基著作》《托尔斯泰全集》《巴尔扎克集》《狄更斯的著作》，已成了沦陷区青年珍贵的精神粮食。最近有一批学生集资十五万元，购买了一部《鲁迅全集》秘密研读，即其一例。

(《晋察冀日报》1945 年 5 月 6 日)

军区部队半年来连队的墙报摸到新方向

守恒

过去没人理睬　现在大家办报

去年十二月晋察冀军区政治部所发布的《关于开展练兵期间文教工作的指示》和《晋察冀日报》上发表的陶铸同志《关于部队报纸工作》一文，对连队墙报起了推动作用。许多连队采用群众路线的结果，有了新的创造，出现了好些为大家所热烈喜爱的真正群众性的墙报。如二分区鞋厂的《工人生活》，冀中深县游击队和三十六区队的墙报，教导三大队三队的《学习快报》，三分区七九部一连和二团四连的《练兵报》，二十五团三连的墙报，四分区民族部四连的露布墙报，民主部二连的《快报》《广播》以及还有好些单位的黑板报、快报等。这些墙报，首先由于纠正了认为"老粗不能写文章"的想法，了解到"把生活中的事实编个三五句，写出来就是好稿子"，相信"战士们有能力能够把他们愉快向上的情绪、心理和要求写出来"和经过耐心地培养群众中的通讯员，这些墙报就一变过去指导员文书包抄包写，挂出去积满了尘土也没人理睬的现象，有广大的战士、工人、干部为之积极写稿。如《工人生活报》在一月份写稿人数约达工人的半数，群众把墙报真正看作自己说话的地方，觉得不会写稿是一个缺点，七九部一连一个不会写的班长说："人家都写，我不会写，真气得慌，找个人帮助写写我的心事。"因之不会写的就自己口述，找别人代笔，并刺激了文盲和识字不多的文化学习热情，二分区鞋厂工人齐会祥在个人文化学习计划上写着"明年五一学会写稿子"。甚至有的战士，发现了什么新的材料，马上写成稿件，□忘记了让墙报委员审查，自己立即贴上去了。正因为依靠大家来办报，所以就不再是长篇大论的空话，写的是自己单位里具体的事和人，群众内心的老实话，便能与本单位实际生活密切联系，内容非常丰富、具体、切实。举凡工作学习动态、批评建议、表扬奖励、革命竞赛、坦白反省、改善生活、工作总结等应有尽有，而且能够随着部队的中心工作，灵活实际地改变内容和形式。如今春鞋厂大突击时，《工人生活》就改为《大突击》，有特别动人的事，还出快报捷报。二团四连的《练兵报》，把整张快报的形式改为袋形的，分成几束，各排传着看；许多连队，为了及时地在练兵中公布成绩、表扬模范，就出《练兵快报》《广播》《黑板报》，以至在各班里刷上黑板，公布本班的成绩，表扬班里的模范和转载连上墙报的消息。在体裁上则通讯、歌谣、快板、图画等多种多样，报道及时，文字通俗生动，很自然地能表达出战士的口气和情绪。如《工人生活》上马文启写傅作民和靳步的上鞋比赛：

"傅作民真是沾,上起鞋来如电闪,胳膊上的风呼呼响,一天拉下靳步二双半,急得靳步口发干,下了工他还要干,一下又上了一双半,作民看见心着急,两个人争着都抢先,作民赶快磨锥子,靳步又上了一双半。"

二十五团三连连长梁希儒表扬练兵中的投弹能手:

"云散天晴,明亮亮的天,练兵热潮就在三连,全体同志都努力,唯有那郝瑞来同志他当先,投弹掷了四十八公尺半,连续刺枪二十三,长得高来身子又壮,威风凛凛他真算沾,木马一奔跨过去,杠子挂腿他能玩,学课测验九十九,政治课讲得真正周全,这次测验投掷弹,卧姿投了四十三,人称他投掷□子是无疑问,且看下回谁比他沾。"

深县游击队的战士写稿批评张锁柱带班睡觉:

"张锁柱不自觉,未曾带班他睡觉,时间大了岗去叫,不但不起还烦恼。"

像这样的稿子,合乎群众的口味,和群众的感情、呼吸是一致的,自然就能得到大家的欢迎。

教育群众推动工作的好武器

这样的墙报,群众就表现了对它的亲切和关心,战士们拥拥挤挤地围着来看和读,不识字的则听别人念,关心着上面讲些什么,谁受了批评?谁受了表扬?连里又有了什么新的问题、新的工作?认为"好的登报出名,不好的登报丢人"。因而墙报真正代表着群众雪亮的眼睛,以本单位具体生动的事实,表扬模范,鼓励进步,批评缺点,扶植正气,形成正确有力的舆论,成为推动工作教育同志的一个好武器。如深县游击队的墙报登了张锁柱带哨睡觉以后,张认为这是给班里丢人,以后带哨就总和岗在一起,指导员也深深地感到:"墙报比我讲话起作用还大。"二团四连的《练兵报》表扬了刘中法学习文化的模范事迹之后,不仅刘本人更积极地保证本班学习计划的完成,而且他的学习和帮助别人的办法,传遍了全连,把别的班也发动起来了,造成全连高涨的文化学习情绪,各个连队由于快报黑板报的鼓励练兵模范,及时公布成绩,造成练兵中战士力求进步不甘落后的风气,大大地推动了练兵工作,则是较普遍的现象。如民主部二连战士流传着:"谁到大槐树底下最光荣。"(表扬模范的快报挂在大槐树下)三十六区队有的班清早起来,专门有人去看墙报上是不是对自己或全班有什么挑战、批评。这种新的群众性的墙报,正在被普遍提倡和推广着。

(《晋察冀日报》1945年5月11日)

曲阳立台村剧团演员拨工生产过人

张忠勋

【曲阳讯】立台村剧团为了加紧生产,又不误唱戏,同场的演员,组织拨工。这样,一场的演员和二场的演员,便比了起来,他们休息的时候唱,作着活儿也唱,谁都挺起劲儿,都没说过疲劳,一个七场的《解放》剧排好了,演员们的活也大都作完。突击出的生产成绩超过了一般人,在他们的影响下,许多人要求参加村剧团。

(《晋察冀日报》1945年5月11日)

阜平城厢剧团创作努力宣传方式多

周邦佳

【阜平讯】城厢剧团,一年来创作新旧形式的戏剧二十五种。拥军运动中,演出小调剧《一家人》,春耕改造二流子时演出《懒汉回头》……因和群众当前的生活紧紧结合着,非常受到欢迎。集市与庙会上,人烟广稠,他们很重视这种宣传的好场合,常编些"街头形式",也易演,也易懂。任务紧迫,像红军攻入柏林,得即时广泛地向群众宣传时,他们也采用别的办法,到处飞传捷报,张贴大幅简明的形势图,消息霎时流传开去,人心兴奋异常。乡村里有婚丧喜事,剧团也常赶去参加,并宣传些改革旧风习的事,群众莫不欢迎。剧团作风正派,不胡调拉扯杂话,常读报上课,在群众中影响很好。

(《晋察冀日报》1945年5月12日)

中华抗日文艺协会要求保证写作自由

【新华社延安十三日电】据合众社重庆讯,中华抗日文艺协会三百余会员在第七次年会上通过决议,要求国民党政府保证写作自由。

(《晋察冀日报》1945年5月17日)

昆明文化界对时局宣言

【新华社延安十二日电】昆明文化界三百四十二人继重庆文化界

之后，于三月十二日联名发表宣言，指摘国民党政府之拒绝实行民主，固执一党独裁，辞严义正，切中时弊，并提出应速召集各党派各界人士之国是会议产生民主会议，产生民主联合政府，改组最高统帅部，解散特务组织等四项主张，全文如后：

中国到了今天，更迫切地需要实行团结、实现民主了。以整个的国际局面来说，盟国大军东西夹击德国，乘胜直驱柏林，欧洲战事短期即可结束。在太平洋方面，跟着菲律宾的解放，硫黄岛的占领，空前强大的美国海空军行将掩护最庞大的美国陆军，或直捣日寇本土，或在中国沿海登陆，以消灭日本法西斯侵略者的罪行。这一举是决定同盟国在远东战场上军事胜利的关键。同时本年四月二十五日中美苏英将在旧金山召开联合国会议，依照敦巴顿橡树林会议及克里米亚会议建议的方针，树立世界永久和平制度。这一举又是决定同盟国家"和平胜利"的关键。

以这些重大事件，无疑是中华民国抗战建国成败的大关键；这些重大事件，无疑地将决定中华民族今后生死存亡的命运。

我们眼看着盟国迎接全面胜利，并着手奠定世界永久和平。回顾中国是个什么样的状态国家？今日所处的环境是中华民族有史以来空前的危机，在短短的一年内，敌军如入无人之境，由郑州而洛阳、而长沙、而衡阳、而桂林、而柳州、而曲江、而赣州，一连串的军事溃败，沦丧好几省国土，损失无量数物资，使万万人民流离失所、颠沛死亡。不止如此，最近日寇又在湘桂积极增兵，并在安南解除法军及安南军武装，夺取全部安南，以为在大陆上临死挣扎的军事布置。日寇此种行为，更使我国家命运所系的西南一隅之昆明、成都、重庆等重要城市遭受威胁，而国命的存亡断续，更将不堪设想了。

在这样严重的局面下，政府当局竟没有警惕悔悟的表示。独裁专制，贪污成风，这依然是中国的政治。富人的黄金让它安全存储国外，政府完全靠苛捐杂税与恶性通货膨胀过日子，这依然是中国的财政。借党化之名，行奴化之实，这依然是中国的教育。诚不足以结友，量不足以容人，这依然是中国的外交。最近所谓革新行政、改进人事，也只是对调几个部长，变更几个官衔，旧瓶还装旧酒，原汤仍熬原药。这不只使国人痛心，并且使盟友失望。

盟国正在迎接胜利与和平的时候，中国政府却在坐失时机，自毁前途。大家平心问问，造成这样严重现象的根本原因是什么？每一个愿意尊重事实的人都知道正确的方案，那就是国民党内的少数分子要继续维持权位，所以，他们不惜抹煞全国民意，拒绝实行民主。对于全国人民一致呼吁的保障言论、出版、集会、结社等自由权利，废除特务制度与集中营等组织，释放政治犯，召集国是会议，组织联合政府，并与其他各党派开诚合作，共挽危局等等要求，始终不肯采纳。最近，国共谈判又宣告破裂，团结一线希望复被断送，谁能否认我们的政府是在拒绝抗战胜利？

三月一日，蒋主席为解释不能团结的原因发表了一篇演说，允许在本年十一月十二日召集国民大会，通过宪法，实行宪政。这实际只是蒙蔽国际视听，拖延国内民主的技术。谁都知道，宪法是十年前一党包办的草案，国民代表是十年前一党包办的选举。试问以这样的代表通过这样的宪法，再来选举大总统，产生新政府，这样的民主有真实的意义吗？试问这样迂回迁延的方式能够挽救当前千钧一发的危机吗？其实国人呼吁的各党派会议及联合政府，只是目前团结合作的方案，谓如是而后共商政策政纲，如是而后共负抗建责任，如是而后实施宪政实行民主。目前的团结合作，并无移交政权于各党派还政于民之说，而蒋主席必斤斤以此辩白于天下。这倘不是搪塞粉饰之词，那就是国民党固执一党独裁的成见了。

迩来重庆成都各界人士，又一致起来发表签名宣言，提出具体主张，呼吁民主团结，用民主的精神实行团结，用团结的国家实现民主，义正辞严，举国同声。我们昆明文化界人士，自知不能推卸国民一分子的责任，不忍坐视国家前途的毁灭，民族生命的沦亡，因此，根据我们共同的信念，坦白提出关于挽救当前危局的主张，以为前趋者之应，以为首倡者之和，我们的主张是：

（一）政府应立即邀约全国各在野党如中国共产党、中国民主同盟等各自推选的代表，而后会同各政党代表共同推定社会上无党无派各界进步人士，共同举行国事会议，决定战时的政治纲领，并重行起草国民大会组织法及选举法，筹备召集真能代表人民的国民大会，以通过宪法，实行宪政。

（二）国事会议为战时过渡的最高民意机构，由该会议产生举国一致的民主联合政府，以执行战时政治纲领，并共同负担抗战及参与一切国际会议奠定世界和平的责任。

（三）现政府应立即宣布解散特务组织，取消言论出版登记检查制度，释放全国政治犯，切实保障人民身体、思想、言论、出版、演剧、集会、结社、居住、旅行、通信等自由。

（四）彻底改组国家最高统帅部，使统帅部成为超党派的国家机构，以统一全国军事指挥，集中全国军事力量，以便配合盟军反攻，彻底消灭日寇，争取抗战胜利，并保障在民主政治基础上实现军队国家化的原则。

中华民国三十四年三月十二日

（《晋察冀日报》1945年5月23日）

张玉秀办村报经验

明远

【建屏讯】本县古贤村模范工作者张玉秀同志，看到村内贫苦户很多，她和干部们就抓住这个重点来具体组织，现已解决了九家的问题：如温元顺从前本是个中农，因为好吃懒做，闹得家产荡尽，□地皆无。去年夏天穿着破棉裤，冬天还披着破单衫，吃了这顿没那顿，只在街里晃荡，就首先给他解决吃饭问题，到村公所当长夫，敲锣、送信等。有了饭吃，又把妇女们集体开出的五分荒地送给他，让种些菜和扫帚，卖了钱做衣裳和零花。本村住得很分散，好几个自然村组成，让他敲锣通知时背上粪筐，每次拾了粪积起来，好往地里上。他又有一种手艺——会剃头，让他给别人剃头挣些钱。这一来衣、食、零用就都无虑了，他很高兴，张玉秀同志便在村报上给他登出来，念给他听："温元顺从前有四种病，吸烟、喝酒、吃麻糖，还好'撒赖'。如今决心要除根，变成勤劳的人，不再受罪，好好干。"他听了咧着嘴笑，说"可对哩！"现在粪筐不离身，特别是见了村干部远远地就笑着说话，觉得干部们救了他。

此外，又出版了一种小型半月报，指导生产，由村干部写稿，编出大家流动传看（包括几个小庄上），在春校中念，在人多的地方念，群众反映很好。这是变巩固区黑板报的形式为适乎战斗环境的东西。她个人则细心阅读和保存报纸，并带到人多的地方给人们念、讲。

（《晋察冀日报》1945年5月27日）

平山柴庄村剧团宣传工作活跃

杨润身

【平山讯】在庆祝苏联红军攻占柏林的时候，柴庄村剧团的宣传工作，空前活跃，在宣传周中，进行很多的工作——集市宣传一次，庙会宣传一次，附近村庄宣传两次，参加庆祝大会一次，本村宣传四次。为了使宣传工作顺利开展，在不影响大生产运动的原则下，他们作了详细的计划，如在本村或附近村庄宣传都是利用中午和晚上，到较远的地方赶集或赶庙，编匠（手艺人）就是演员，一面作了买卖，同时进行了宣传，这样宣传工作与生产两不误。

(《晋察冀日报》1945年6月8日)

刘家庄剧团垮台的原因

完县刘家庄村剧团过去在完县是很出色的，到外面去出演过多次，县区开大会，也常聘请他们参加。他们演出最好的是《兄妹开荒》《李国良回家》等节目，收效很大，老百姓们都说好。但是最近一个时期，不但没有进步，反而逐渐地垮了。晚上集合时，锣儿快要敲破了，团员们也不着急，至少得两个多钟头才能集合好，还有的女团员不叫去就不来，等集合好后时间也就不早了。大家也不守纪律，唧唧喳喳一群乱麻雀似的，什么也学不了就又到散的时候了。

冲锋剧社一部分同志，到该村生产，看到这种情形，就找剧团干部谈，想帮助他们重新整理起来，干部们也很着急，就是缺少办法。经过干部会及团员大会的检讨，发现该剧团存在着以下几个问题。第一，剧团干部领导上民主作风不够，不能广泛地征求大家意见，引起团员的不满。第二，有的团员排了一两个剧，得到了群众的赞扬和干部的奖励，就骄傲起来，一不满意就发脾气，想"拿一手儿"，以为离了我，你们就演不成。还有的光愿演主角（特别是女的），要分配她次角，台词少一些，就不满意，不演。第三，过去在使用人培养演员上有偏差，没有把握住凡是团员都要学习，谁也可以上台，造成群众的集体创造，而偏重培养什么"明星""台柱子""半台戏"等。这个剧的主角是她，那个剧也是她，认为只有她才能演，别人不沾，结果这些人一有什么变动，离开了剧团，剧团就没法出演，垮下来了。如刘某都是担任女主角，结婚后走了，剧团就瞪着眼没有办法。第四，依赖专业剧社的心理很厉害，缺乏自力更生自己创造的精神。过去冲锋剧社在这村住过一个时期，帮他们排，帮他们演，送给他们材料剧本。虽然剧社同志亲自下手精神好，但是成了一手包办，没有把握住对村剧团应该发动群众、避免包办的原则，没有打下自己创造、自己演、演本村的事、给本村人看的基础。剧社一走，村剧团就垮了。第五，有个别剧团干部和演员还没有认清，剧团是干什么的，为什么要演剧，而只是为了出一出风头，耍一耍英雄，叫上级说说好，就心满意足了。还有的人自高自大，看不起别村剧团，实际上人家演得好，心里也赞成，但嘴上死不承认。

（《晋察冀日报》1945年6月8日）

北进剧社活跃在新解放区

炯炎

【雁北讯】成立不久的五分区北进剧社，克服了人员、物质各种困难，以最大努力在灵邱、繁峙新解放区开始出演。月来在十多次晚会上演出《八路军活报》《巧计救干部》《两个包袱》《刘二姐劝夫》《兄妹开荒》等，以及《八路军和老百姓》《红缨枪》《恨蒋介石》《骂阎锡山》《八月十五》等十余个歌子，观众达三万余。长久在敌人欺骗压榨过着忧闷灾难生活的人们，得到解放和自由呼吸，并见到八路军的戏剧，他们感到八路军、共产党的温暖。在灵邱城一万五千人的晚会上，虽后面看不见，但却这个样地讲着："可开眼了！从来也没这么热闹啊！"每次晚会结束后都边走边说，恋恋不舍地看着舞台，亲切地望着剧社的人们。

(《晋察冀日报》1945年6月10日)

重庆成都文化界纪念今年文艺节

【新华社延安八日电】重庆讯，中华文艺界抗敌协会在去年举行第六届年会时，曾决定"五四"为文艺节，今年"五四"重庆及成都文化界均举行热烈纪念，并在渝蓉各报刊出文艺节纪念专刊，号召作家及文艺运动与人民相结合，以便有新地反对封建势力与法西斯细菌，争取实行民主。重庆文协总会举行的第七届年会与第一届的文艺节纪念会中，到邵力子、郭沫若、茅盾、老舍、胡风、潘梓年、巴金、曹禺、张恨水、靳以、孙伏园等百余人，国民党当局亦派人"参加"。郭沫若先生在演讲中指出，"五四"的精神是民主、科学，没有民主，文艺与科学不能发展；文艺界须反对复古及脱离群众。老舍先生在报告会务中谈到救济贫病作家基金时说，我们很快就募到七百多万元，"证明社会各阶层的人在关心我们"，他对此表示感谢。关于国民党当局在黄金提价舞弊案揭露后所公布的黄金购户名单中，突然有了"舒舍予"的名字一事，老舍先生特别郑重声明，他说作家救济基金宁可存在银行里贬到不值一钱，也决不买黄金。成都文协分会也于是日举行了会员大会和文艺节纪念会。为着纪念文艺节，重庆文协总会发表了《致分会纪念节公启》，并在重庆成都各报发表纪念"五四"专刊，执笔者有郭沫若、茅盾、冯乃超、臧克家、孙伏园、叶圣陶诸人，公启号召文艺作家坚守"五四"以来艰苦斗争的传统。文艺节的纪念"应该放在人民争取民主生活的伟大斗争的目标上面""参加者应该愈广泛愈好""一直到农工大众里面"。公启要求文艺家检讨过去的成果，"特别着重在和人民的解放要求这一点上，使新文艺真正争取到广泛的发展和伟大的前途"。叶圣陶先生在文章里说文艺……是反映政治的，在今天则是"要民主"，□是说，要使吃不饱的吃得饱，穿不暖的穿得暖，没有自由的变作自由，受拘束的变作没有拘束。茅盾先生在两篇纪念文中，一方面盛赞解放区文艺在新方向上的发展，说在深入社会、面向群众的基本原则下，针对着现实的需要，时时总结经验改正错误。敌后解放区，尤其是陕甘宁边区的文艺运动，今天已达到新的阶段，真正彻底做到了"从民间来，到民间去了"。另一方面指出，大后方现在写作及写作者均无自由；复古逆流和法西斯细菌在继续着滋生，竟有些学校公然禁止学生阅读新文艺，违者开除。有些地方见了新文艺书，不分青红皂白，一律没收。因此，新文艺为了担负起争取民主的时代任务，就要检讨自己与民众结合。只有这样，方能有效地"配合当前的民主运动，作新时代的号角"。

（《晋察冀日报》1945年6月15日）

苏北公演《甲申三百年祭》

【新华社华中十二日电】戏剧家阿英先生在苏北解放区领导戏剧工作有年，近根据郭沫若先生的《甲申三百年祭》编著五幕历史大悲剧：《李闯王》，以历史上之革命领袖李自成的历史教训，教育我党干部，作为我军反攻进入大城市思想教育的准备。该剧由张旅文工团连续公演六次，观众约二万余人，许多干部连看四次不感厌倦。师中干部看了戏后，自我反省更加深入，彭旅张团某营副，看戏后于反省自己的缺点时说："再不纠正太危险了。"后淮海行署主任李卜民同志又根据它改编京剧《九宫山》廿五场，为淮海实验剧团演出，效果与《李闯王》相似，虽以旧形式出现，亦获得指战员好评，对部队教育起不小作用。

(《晋察冀日报》1945年6月17日)

三分区×团四连创造《行军报》

【晋察冀军区讯】三分区×团四连在执行扩大解放区的任务中，创造了《行军报》，形式是用旧书翻过来写，既节约又便于行军携带。一个半月的时期中，已出了五期，共登载战士稿件二十八篇，谜语和智力测验二十八则。从前没有写过什么稿的曹乱子和刘忠法，现在也开始写稿了，并且写得很好。如刘忠法的稿子，是进行群众纪律方面的自我批评的，题目叫《刘忠法不对》："老榆树，真是干，上边的干柴火，越看越看看不完。刘忠法真不沾，脱了鞋子上去把它搬，指导员看见大声□，刘忠法嗯嗯地假装听不见。现在想一想，这事做得可不沾，违反群众纪律，缺乏群众观点。"《行军报》推动了全连的文化学习，刘忠法在行军中，在《行军报》上提出他的文化学习计划，要在三个月中学一百二十字，办法是从写稿看报中学生字，并和李文星、李岳廷、王丙申、南元凯、夏茂林等比赛。前三人是不爱学习的，大家看了都提出应战，李文星还找排长帮助写了应战书。《行军报》所公布的学习成绩中，二十天里学会五十字的就有十五人之多。《行军报》还能和当前的任务围点斗争、群众宣传工作等结合起来。每班排经常把打击敌人完成任务的成绩及时在报上公布。三排出去活动三天回来就交了三篇稿子；田巾彦打仗回来，别人都睡觉了，他还在想着怎样写稿；不会写的也注意收集材料，由别人帮助他写。报上的猜字、谜语、漫画，增加了识字少的同志的读报兴趣。从四连的《行军报》创办的经验中，告诉我们在频繁的战斗环境中，连队墙报是同样可以坚持办下去的，并且对于工作的推动、任务的完成，有极大的帮助。

(《晋察冀日报》1945 年 6 月 20 日)

《冀中导报》复刊

【本报冀中二十日电】一九四二年冀中根据地变质后，《冀中导报》曾暂时停刊。经过三年来冀中军民的艰苦斗争，特别是今年春季攻势的胜利，冀中局面大大开展，为适应新局面的需要，中共冀中区党委决定恢复《冀中导报》，以统一对外宣传，加强思想领导及交流经验，指导工作。复刊第一期（即四二一期）已在三月十五日出版。

(《晋察冀日报》1945 年 6 月 23 日)

新华社晋察冀分社正式成立

【本报讯】经数月筹备，新华社晋察冀分社已于日前正式成立。由胡锡奎同志兼任社长，胡开明同志任副社长。该社业务为组织边区新闻报道，供给《晋察冀日报》及延安新华总社、《解放日报》稿件。现冀晋、冀察、冀中三支社均已成立。冀察、冀中新闻电台亦已

建立，开始发稿。在该社成立会上，全体工作人员展望边区新闻事业前途异常兴奋，并盼党政军民学各界从各方面给予帮助。

（《晋察冀日报》1945年6月29日）

"全军办报"的三十团

冯征

三十团的通讯报道工作，去年七月曾获分区"通讯突击总优胜"的奖誉，他们保持了这个光荣的称号，第一期练兵中共写稿二百五十篇，有八十三篇发表在《日报》和《子弟兵》报上。最近两个月是他们通讯工作上感到"平淡"的月份，单给《冀晋子弟兵》来稿就有八十多篇，其中大部是从连队墙报中挑选出来的，团政委、政治主任、供给主任、卫生所长，都写了专稿，国文教员一个人写了十五篇。由于选稿认真，报道及时全面，已有三分之一的来稿在《冀晋子弟兵》发表，其中大部在《日报》也同时发表，有些人发问："三十团的通讯报道为什么会发表那样多？"复答很简单：由于他们实行了"全军办报"。从有名的沟里战斗的典型报道到今天，整整一年，他们的通讯工作始终和工作紧密结合着，很有力地成为反映经验介绍典型指导工作的工具，成为鼓舞部队的军事力量。下面我就从沟里战斗的典型报道，来谈他们通讯报道工作上的几个特点：

一 在群众需要和自愿的基础上
——怎样发动群众写稿？

沟里战斗前，"全党办报"并没有引起大家足够的注意，一般的是按级催讨，规定写稿，但是许多生动的战斗生产的材料没有充分报导出来。沟里战斗歼灭了伪治安军的"精锐"十五团的主力，活捉了伪团长，这个出色的歼灭战，轰动了全边区，军区首长连电慰勉，分区首长亲临授奖授旗，剧社为他们编剧，主持晚会，行灵正曲人民热烈劳军……部队情绪真是空前的热烈和兴奋，战士们从早到晚一窝蜂似的相互交谈着战场上英雄故事，有从来不写稿的战士跑到连部问指导员："我写个轻伤不下火线，你帮我看看行不？"有的抚摸着一件一件的胜利品说："这回可得好好上上报！"指挥员们研究着敌情战术，连长郄德义同志下很大功夫写主攻连的战斗，政工人员们感觉"这次党政工作，可有材料写！"指导员马英贤，挂了重花，还嘱咐文化教员："把贾大顺……他们写成稿子，可不要埋没一个英雄！"团长要写一篇整个战斗的论述，政委写了一篇战斗生产全面性的稿件。能动笔的动笔起来了，不能动笔的还要请别人帮忙，领导上就在自下而上每个人需要和自愿的基础上把大家组织起来。

二　组织起来，报道典型
——用什么方法报道？

为了全面报道这一典型，军区《子弟兵》报、分区政治部、县委宣传部，都派专人指导和帮助，分区李政委则是这一报道的亲自组织者和领导者。在团里，干部、党员、战斗英雄，在战场上是好汉，在发动写稿中也是骨干。党内外布置之后，立即展开了轰轰烈烈的写稿运动，各连墙报，都出了专刊，表扬了英雄、烈士，团里选集了七十八篇好稿子，出版了《祝捷》大墙报。在报道方法上：首先是分工具体，内容上反映了战斗的各方面，如军事论述、检讨（团长写的）、综合报道（特派记者写），其他则分工写了战场上、战斗前后的鼓动解释工作，党员的模范作用、战场上的喊话、缴枪比赛、轻重伤员的英雄主义、各种英雄模范的宣扬（如机枪手、步枪手、小炮手……)、活捉俘虏、俘虏谈话……群众反映和情绪、烈士追悼，都有了报道。其次是发动了群众，写稿的人有团长、连长、参谋、排班长等军事指挥人员，有政工人员如政委、政指……有战士、有司号员、有休养员……从墙报到选稿寄出，全团中许多同志都写了稿，更重要的有很好合作的写作方法，有几个人集体讨论写的，有几个材料综合的，合写、伴写的方法已很普遍，文化人、记者帮助工农干部，文化教员、政指帮助战士和不会写的。宣教干事王韬同志日以继夜地组织连队墙报的出版，三番五次地修改。在审核稿件上大部分采用了群众审查、大伙讨论修改的方法，像那篇综合的通讯报道，许多人都发表了意见，改了一次又一次……因此，稿件绝对真实。在报道中，领导上对这一工作是抓得挺紧的，许多通讯员及文教工作者，也很认真严肃，为了一篇稿子，打多少次电话，为了一个材料跑多远找伤员去访问，因此在不到两周的时间，有四十多篇稿子发表在《子弟兵》专刊及《日报》上，这是四分区通讯报道上一次成功的尝试。

三　鼓舞士气教育，部队的工具
——怎样才能成为军事力量？

这次综合的典型报道，是好多稿件中选出来的，在连里对墙报出版很认真，稍不真实，战士们便会提出意见来，就得修改。团里大墙报出版是经了几次修改，几个文化教员誊写出来的，由于编排细致清楚，在祝捷大会上，引起了许多人的注意和兴趣。就是后来拿到分区，战士们看见了，读起来总不放手，在集体审查、朗读稿件中对大家就是一个很好的鼓励和教育，譬如二连战士读道："一步三点的贾大顺！"大家都看着贾大顺说："大顺成了一步三点啦！真沾！"读到"稀饭"缴了机关枪，大伙都嚷起来！"傅柱良缴了机关枪，稀饭也变成稠饭啦！"一连里讲到"缴枪是朋友，中国人不打中国人！"大家就像亲临战场眉飞色舞,读到二连缴枪的数目,没有缴过枪的战士说:"咱们再不缴枪,真够不上二连的一份!"别连的同志憋足了劲说:"骑驴看唱本,走着瞧吧!"全团掀起了打胜仗比赛空前狂热的情绪,《子弟兵》专刊发到连里,战士们一堆、一层地围着,只嫌读报的人声音小。读到本连本班的事,一遍一遍又一遍地不厌其烦,上了报的人喜形于色,说:"上了报啦!除非当八路军哪有这份光荣!"没有上报的人,长出着气:"下次再说!"那份专刊可宝贵啦!人们争抢着拉来拉去,有的人剪贴着。原来写稿很少,而这次写稿被登出来的同志,把自己的稿子看了一遍又一遍,高兴得不知怎样才好。由于政工人员对读报工作的掌握,许多人都愿意读报,通讯报道工作直接成为鼓舞士气、教育部队的工具。这种力量继续发挥在沟里战斗,以后的部队生产、战斗、学习中都可表现出来。

四 把经验发扬光大,通讯工作成为群众运动
——为什么搞得好?怎么搞得好?

随着部队战斗情绪的旺盛,通讯工作更加活跃,而通讯工作的活跃又鼓舞了部队的情绪。沟里战斗的报道,给三十团的军事报道,奠定了一个稳固的基础,分区、团、连,都总结了这一典型报道的意义和作用。从此三十团的通讯工作,成为鼓舞部队必不可少的武器,成为总结经验、向上级反映情况最好的方法,把它和工作战斗完全结合在一起,成为军事力量的重要部分之一,这是他们的特点。这些特点的来源,首先是领导上足够地认识了通讯报道的作用,亲自动手。前团长马龙同志,亲自布置写稿,重视军事报道,起了决定作用,并走了群众路线,发动组织大家写稿,而领导上从思想上到具体问题,都给了应有的指导和帮助。其次是获得了正确的方法,如合写伴写、群众审稿,都使稿件的真实性和典型性增强。最后更重要的是他们运用

与吸取了每次的经验,把读报和报道结合一起。由于鼓励与宣扬了革命的英雄主义,三十团接二连三地自己配合支队打了封家庄、木口,以及惊人的郜河、西滉村歼灭战。他们能以相当的兵力歼灭装备优良的顽敌,能在敌众我寡的情况下消灭敌人,英雄们为了战斗的胜利,不顾自己的生命,英勇顽强。管计来的战场鼓舞被表扬了,接连不断地涌出了不少的战场鼓动家,不仅能让伪军缴枪,侦察连寇善卿还能鼓动敌人缴枪,活捉鬼子,人们在战斗中呼喊着:"冲呵!咱们去报纸上见。"通讯还鼓舞了落后分子的转变,成为战场上缴枪的英雄,像李国瑞就是典型之一。在领导上他们并不再感觉布置通讯工作累赘,已很自然地成为工作领导上的一个助手。为了实现这一领导,像前团长马龙同志、政委方国华同志,都能亲自掌握。如今的政委张华、主任曲竞济同志,不仅组织别人,而且经常亲自动手。宣教干部及通讯员们,出生入死,带兵参加战斗,收集材料,帮助与培养通讯员。

不仅仅是战斗报道如此,平时也是这样。去年部队坦白运动,领导上能够深入了解每个连队的特点,在连里能掌握每个人的思想动态,各连出版坦白小报,通讯员们随时准备报道运动的发展。当侦察员落后分子李国瑞在军人大会上高呼"不打走鬼子不回家"以后,该连通讯小组,立即展开讨论,当晚把李国瑞转变前后的心理变化,坦白运动发展的过程及其经验,特别是认真执行感化教育的经验,用集体讨论的方式,十三个人(李国瑞也在内)分工赶夜写出,有的同志甚至带病突击,第二天大清早审稿修稿,立即派人送《子弟兵》报和《火线》报。第五天军区即根据该连坦白运动的经验,提出开展"李国瑞"运动,推动了部队的坦白运动,这是三十团通讯工作成为群众运动的成果。

群众运动的另一表现,即是彻底地对于连队墙报的改革。坦白运动中一三连及特务连的墙报,一般做到了"大家办,大家看",打破了墙报工作上脱离群众的形式主义。大家能"随写、随贴、随看、随干",部队中批评和自我批评的空气已大为开展,墙报发扬了民主,改进了工作和领导、团结教育大家的作用。由于墙报的新创造,紧接着掀起了文化教学的新改革。不能看报的,要求出识字墙报,墙报成为他们文化学习活动的园地,团首长及宣教干部特别注意帮助了这一工作,一年来涌现出许多优秀的工农通讯员。大家常看到为《子弟兵》写稿的孙国隆同志,就是一个代表,在练兵中他为墙报曾写过五十三篇稿子,为《子弟兵》写了十五篇,在过去他是不会写的。由于墙报和文化学习、读报的结合,更给通讯工作奠定了稳固的基础,而通讯工作首先就推动了连团的工作。

五　对党报爱护、负责
——"全军办报"的标志

我只从几件小事说明:

1. 去年练兵中,报纸发行出了错,部队一个月没看到《子弟兵》报,把大家闷坏了,团里派专人到分区或到支队去借一份来,各连传,有的还摘写在墙报上。过年文教座谈会上,学习代表们说:"我们情愿出钱订买几份,可把人想坏了!"

2. 前些日子,白涛同志听休养连政指说了一个看护员捉伪军的事,为了及时报道,他马上写了稿来,但后来一查与事实有出入,团主任曲竟济立即打电话告诉报社纠正,白涛同志也来信声明作废。

3. 《子弟兵》报,《火线》报,有了错字,他们能逐个提出来,稍有出入,战士就说"克里空",虽不恰当,但他们是不容许不真实的。

4. 重要材料团常责成专人写,每个活动,都有通讯工作布置,大家都觉得是分内事,四连副政指写了二十多篇稿没有登,但他并不灰心。

这些事情举不胜举,从这里可以说明他们对党报的责任和态度。

(《晋察冀日报》1945年6月29日)

龙华乡艺运动的几个问题

以下是根据龙华县文教大会报告与讨论中所反映的材料整理出来的。

——记者

跟着大生产运动的开展,龙华的乡艺运动也空前地活跃起来。全县的巩固区每村皆有一个文化娱乐团体,新旧年节时,狮子会、秧歌、高跷、小车会、霸王鞭等都红火普遍地开展起来,并有二十八个村庄成立了村剧团,除《血泪仇》《小过年》《探亲家》及部分的旧剧外,大部分演出的是群众自己的创作。

第一,走"穷人乐"方向的《双满意》

大良岗村剧团演出的《双满意》是在查租运动之后由五个佃户、一个工人、村抗联会副主任、小学教师把全部斗争过程讨论出一个提纲和全体演员们(佃户们)共同创作出来的。全剧共分十二场,写抗战前地主对佃户的剥削手段,佃户们的惨痛身世,事变后八路军来了,改善了大家的生活,特别是在这次查租运动中,佃户们更进一步团结起来,掌握了政策,和地主进行说理,使地主口服心服,实行了减租退租,获得双方满意。这个剧在表演形式上有梆子、快板、话剧等非常多样,并且每个佃户都是本人演真事,一个上年纪的老太太,为了扮演她自己,也参加了剧团。在编排演的过程中,战线剧社的同志也来帮助指导，演员们的情绪极高，群众也非常关心而慎重地为该剧提供许多意见，帮助修正。如佃户陈群一开始演事变前被剥削的惨痛生活时，仍然是红光满面地上了台，群众都提出："这可不像事变前咱们受苦的劲呀！"于是在化装上立时加以纠正。而第三场佃户赵柱被迫卖地后生活潦倒，他的母亲到地主家去要饭，被地主家的狗咬了，还被地主痛骂一场，这都是群众回忆起过去事变要求添加的。演出时这一场往往引起观众们深切的悲痛而落泪。《双满意》在良岗附近各村演出后，影响很大。群众都纷纷地议论着土地政策的问题，而良岗的洛汉看完该剧即跑去找剧团里负责人说：我租给抗属的那块地不要租子了。方岗的老哺说：去年我的地叫地主拿回去了，那工夫我不懂得，看了这个戏我算明白了！我得找地主去。村干部们说：有你们这次演的戏，我们村贯彻土地政策准容易完成。那时候龙家铺的查租运动还未开始，村干部就要求他们去演《双满意》，帮助工作。

《双满意》的演出，引起此间对于走"穷人乐"方向问题的讨论和争论。第一个问题，一部分人认为"本村人演本村事，谁不知道村里的事呢，演起来不稀罕，没有什么新鲜的，群众不乐意看"，如木厂村演的《纺棉花》也是真人演真事，结果非常乏味，光是搬上台去个纺车，唱了唱歌，群众都说这个戏才没有意思哪。另一部分人认为群众演群众自己的事最真实，观众更信任，所以教育意义也更大。最后一致认为，群众的事群众来编，群众来演，群众更乐意看，教育作用也更大。木厂村《纺棉花》演出的失败，不是因为走错了道路，而是没有掌握着方法，他们光是把斗争的结果搬上了舞台，妇女集体纺线斗争的开始和经过都没有反映，所以群众都觉得这个戏太单调了，而不感兴趣，其实任何一件群众斗争都包含有极生动而丰富的内容的。第二个问题，有人提出：老百姓光欢迎梆子、合合腔等旧的形式，不喜欢话剧歌剧等。《双满意》的演出却证实了只要真实地反映了群众的斗争，梆子也好，话剧也好，老百姓都乐意看，特别是综合性的大杂烩表现形式，群众更为欢迎。第三个问题是本村人演本村事涉及批评时应如何掌握？如葛存村演出的《磨光□□》（反懒汉的）就和村剧团负责人□一次，良岗《双满意》□出那个地主，□合许多地主的特点到这一个地主身上，结果刺激很大，这些掌握不好就会影响团结，或不能收到教育改造的效果。在大家研究中认为对被批评者不要采用原来姓名，在演出前要征求其本人同意，进行很好的动员、说服、解释，并在演出后更好地帮助他进步，有优点也注意表扬。第四个问题如何为大生产服务？去年各村剧团常感到的困难是剧本缺、时间少。自从提出走"穷人乐"的方向后，这两个问题都得到解决，特别是时间的问题。良岗村剧团排演《血泪仇》时半个多月才排了十二场，而《双满意》编排全部过程只用了三个晚上一个半天，所以今后采用本村生产运动中各种斗争事实编成小型的节目，及时演出是不会妨害生产的时间，能够坚持下去，而且会收效很大的。

第二，《小老妈辞活》的演出

排角的村剧团演出的《小老妈辞活》很引起了大家的注意和争论。这个剧是一个所谓"新内容旧形式"的节目。全剧描述一个农民事变前被地主剥削无法生活，其妻迫不得已到北京城去当老妈子，事变后八路军来了，改善了农民的生活，他就进城接其妻回边区来过自由幸福的日子。从剧情看起来是进步的，但正因为他们对旧形式改造得不彻底，将旧有的东西只是加以皮毛地修改，所以在全部演出中许多地方歪曲了边区的事实。首先他们把这个农民仍然表现成为一个极愚蠢而可笑的大傻瓜，小老妈并不是过着痛苦生活的奴仆，相反的仍然是穿着奢华、生活腐化的放荡者，全剧除一开场傻柱子的一套快板说明全剧意思外,其他几乎是原封不动地将荒唐淫荡的东西搬上舞台,很引起群众的不满。如一进城则说:"城头上挂个青天白日抗战旗,题的是团结进步四个大字。"观众都说:"北京城住的是敌人,从哪儿跑出个团结进步抗战旗呢。"又如小老妈问傻柱子家里的情形,他的答复仍然是原来的和大伯合伙种地被欺骗的笑话,群众很不同意:"咱们边区的人和人哪是这样的?把咱们的大生产运动说成个什么?"全剧的每一点都充分的表现了鄙视穷人、嘲笑穷人的色彩。

从这个剧的演出,对于改造旧剧问题很值得研究。第一,关于什么是旧形式新内容和改造旧剧的问题?起初一部分旧艺人认为只要不关紧要的改改就是改造旧剧了,主要的是修改修改调句的问题。争论结果才认识到应该是从基本观点上来改造旧的东西,而这些类似《小老妈辞活》地演出,也主要地说明了在领导上还未重视这一工作,对这些村剧团未加以具体帮助的结果。第二,用什么方法使旧艺人们自觉地起来克服这些旧的观念和毒素呢?在这次演出中,群众丢了这个剧团,乐意看后来演出的新内容的《小过年》《探亲家》,群众非常欢迎,直到夜深还不疲倦,要求再演。从这一些事实中,教育了像排角村这一类型的剧团(旧艺人占主导地位),开始觉悟要走"穷人乐"的方向。同时,领导上今后需要下决心培养更多像《双满意》这样最为群众欢迎的剧,演出来影响旧艺人自觉地走上新的道路是非常重要的。

第三,南城司村剧团的垮台

南城司在一九四一年即成立了剧团,并特请大兴安的周某某来指导,当时的情形就是朝着专业剧团的方向发展,排演的多为新式话剧及歌舞,经常到外面去演出,主要的为了露一手,得锦旗。而他们在组织领导上则是演员要集体吃饭、集体睡觉,剧团的大门口上贴着

"闲人免进"四个大字，进门都要敬礼、喊"报告"，演员高于一切，与村干部对立，不摊勤务、不出伕。这样搞了多半年，地里的生产荒下了，家家户户一提剧团就头痛，最后因为发生了男女关系的问题，而完全垮了台。清算起来，他们垮台的主要原因是：（一）剧团中没有树立为群众服务的观点。（二）与群众脱节，为了演戏放弃生产，妨害了家庭利益，养成青年男女二流子习气。（三）与村中工作对立，形成所谓"独立性的剧团"。（四）不能正确地掌握男女关系。实际上，各地许多村剧团在组织领导上或多或少地存在有以上这些缺点的残余。如因为排剧有的村子使民校停课一个月，有的村和工作对立，不出伕，演员二流子习气很大等，值得我们大家警惕。

(本报冀察电讯)

(《晋察冀日报》1945年6月30日)

深县大队四中队俱乐部工作活跃

战士创作情绪高涨

【晋察冀军区讯】冀中深县大队四中队，干部战士都热烈地参加俱乐部工作。他们采用民间形式，如说大鼓书、唱河南坠子、打牛胯骨，把改组国民党政府统帅部、拥爱故事、劳动英雄事迹，由战士编词，经过干部修改，说唱起来。这些战士编唱的东西，无论在军人晚会上，和对群众的宣传工作中，都受到欢迎。他们曾配合拥爱运动，大家讨论编了《还是八路军好》的话剧，他们一面排演一面补充修改，你一句我一句地把内容充实起来，演出的效果很好。墙报也做到大家办大家看。过去干部包写，无人理问，现在战士写稿，干部只改错白字，把原稿登出，因为都写的实际生活，大家爱看。墙报已成为他们推动进步转变落后的教育武器。战士们说"好的登报发扬真光荣,坏的登报批评好转变"。例如战斗英雄邢凤昌帮助房东铡草,报上立刻表扬;张锁柱光睡觉,墙报上立刻出现了一幅画着他在炕上仰卧大睡的漫画。伙夫侯松茂腐化落后,在报上受了批评,他受刺激很大,写了一稿立志改正:"提意见是正确,有事实应该说,意识坏从前有,今后改,要不信,往后看,从此安心去做饭,研究伙食好改善。"从墙报中可以看出战士们最喜爱"顺口溜"的形式,有韵脚容易传诵,会写的自己写,不会写的一边"数来"("数来宝"的格调),会写的一边记下,有时大家你凑一句,他凑一句,联起句来,形成集体创作。

(《晋察冀日报》1945年7月1日)

《华西日报》被迫停刊

【新华社延安三日电】成都讯,国民党当局对《华西日报》的不断压迫摧残,该报终被于五月二十九日起停刊。据说,候整理内部完毕后,再行复刊。该报理事长潘文华、社长甘鉴斌均已辞职。

(《晋察冀日报》1945年7月5日)

开展七月节宣传工作

抗敌剧社分小组下乡　　边区各单位文娱活跃

羽山

【晋察冀军区讯】为了开展七月节宣传工作,抗敌剧社于六月二十四日即分组下乡，帮助附近村群众和边区级机关及各直属单位的文娱活动。分局工作人员和驻村群众合组一个秧歌队。司令部在准备演出《保卫麦收》活报。日报社一厂工人校对同志与剧社同志合作写了《跟着共产党》的秧歌剧，此外还有《小放牛》、大鼓、快板、霸王鞭，并已在本月二日在驻村演出。报社正在排秧歌活报。厂工部××队编了个东北大秧歌，表现东北沦陷区同胞的生活惨状，日读训练班排着以中国两个战场为题材的冀东秧歌剧。党校在重新排修改了的《李自成》。在剧社同志帮助下，为几个村庄准备了七月大会的节目。

（《晋察冀日报》1945年7月7日）

冀晋军区政治部发出指示

开展七月爱护党报文艺创作运动

强调首长负责造成群众运动！

人

【冀晋军区讯】第一期练兵以来，我军区部队的党报通讯工作及连队文艺活动上都呈现出新的气象，像"全军办报"的三十团，二分区鞋工厂的《工人生活》报，三分区二团四连的《行军报》，四分区政治部的《火线报》，在部队中起了很大作用。文艺活动方面，像二分区四十三团《戎元忠上当》的演出，分区整备连《我们的一年》，四分区建屏大队《模范班》，以及胜利部新年文化娱乐中所表演的游戏及广场剧，都是"穷人乐"方向在部队文艺活动中的发展，为全体战士"喜见乐闻"，给部队文艺运动划开了一条阔宽的道路。区党委文教会上曾着重的介绍和表扬了这些典型的作用和意义，并决定开展七月爱护党报运动，及开展连队文艺活动。之后，各分区的政治部通知各团队负责首长及宣教干部进行充分准备，根据区党委会议精神，研究贯彻群众性的文教工作，开展爱报及连队文艺运动。据最近接获材料，五分区曾发出文教工作调查提纲从下层研究工作具体办法。四分区、三分区在六月份中、下旬，先后举行了文教会议，会中曾展开对军阀主义及轻视文教工作的斗争，听取各单位文教工作的典型报告。三分区并测验了干部对"全党办报"及新闻报道工作四大作用的认识，有些过去轻视这一工作，认为只是"宣传宣传"，以及连文教会都不愿参加的同志，在"搞通思想第一"的会议中，有了明确的认识。最近一时期来，部队通讯工作的组织领导上大为加强，稿件的真实性、典型性都较文教会议以前提高了。但缺点仍然存在，譬如某些单位审稿制度的形式主义，不爱护党报，不利用报纸做工作……面临着七大宣传学习，七月节到来和党军诞生日的即将到来，军区政治部特于六月底发出七月爱护党报补充指示，及号召开展七—八月文艺创作运动。在爱报运动上着重在搞通思想，特别是领导干部应认识这是领导工作的一部分，必须使思想搞通才能克服形式主义，并指出爱报重点是读报和批评党报运动，特别应该集体地有组织地研究。从实际需要中领导上应把报纸作为最中心的学习材料，成为最好的政治生活之一。指示中又提出目前通讯报道，认为必须加强首长负责才能提高通讯报道质量，并提出多用群众方式，走群众路线，才能巩固和发扬起来！因此号召普遍发展墙报及黑板报运动。在文艺创作运动中，着重指出，文艺必须为工农兵服务，反映连队生活动态，形式方面则不拘戏剧、文学、歌曲、美术、小形式创作等，只要适合部队运用者，不管部队内外的来稿一律欢迎。《冀晋子弟兵》报并特发表社论，指出要使这一运动和宣传贯彻"七大"精神结合起来，造成群众运动。

（《晋察冀日报》1945年7月11日）

冀中新闻界同意成立解放区新联会

【新华社冀中支社九日电】冀中新闻界致电新华社晋察冀分社称：我们接悉华中新闻界提议成立解放区新闻记者联合会的消息后，往返相商，一致同意华中新闻界的主张，由新华通讯总社负责进行筹备工作，并盼早日正式成立，以加强各解放区的新闻工作，促进中国人民的愿望——联合政府的早日实现。特此电达，并望转达各解放区新闻界。冀中导报社、新华通讯社冀中支社、军区前线报、六分区团结报、十分区黎明报及冀中全体新闻工作者。

七月八日

（《晋察冀日报》1945年7月12日）

中国作家函苏作家致敬

【新华社延安十一日电】据塔斯社莫斯科消息，苏联作家联盟接获中国作家们来函，函内请中国作家协会的领导人郭沫若向苏联作家致礼，并谓郭氏之访苏对巩固中苏文化之合作奠定基石。函中于盛赞苏联作家在爱国战争中之贡献后，希望苏联作家多予中国作家以协助。

（《晋察冀日报》1945年7月13日）

文抗延安分会、陕甘宁文化协会联电庆贺茅盾五十寿辰

【新华社延安十日电】六月二十四日是我国著名作家茅盾先生

的五十寿辰，重庆文化界曾举行庆祝。中华全国文艺界抗敌协会延安分会及陕甘宁边区文化协会，特联合驰电致贺。该电原文如下：

重庆中华全国文艺界抗日协会请转茅盾先生：

欣悉先生五十寿日，特致祝贺。先生二十五年来在中国新文艺运动中的巨大成果，是我们文化界的光荣，是中国人民的光荣。先生所领导、实践和坚持的现实主义创作道路，说明了中国的新文艺和中国人民的解放事业是紧密地联系着的。作为一个先驱者，先生所努力着的为民族解放、为人民大众服务的方向，是一切中国优秀的知识分子应走的方向。敬祝先生健康。

中华全国文艺界抗敌协会延安分会、陕甘宁边区文化协会同启

(《晋察冀日报》1945年7月13日)

下平阳的山头广播与黑板报

刘毅

下平阳的黑板报是在全县开展"八大运动"提出"一村一个黑板报"后由该村模范教师张法典亲手搞起来的，头一期就针对□农□宣传挖山蛹捉枣步曲蛾，谁知写上后作用不大，没人看，于是他就跑到地里把活的山蛹、蛾找来挂了一大串，给人们讲，人们看，但还有些成效，因为他看见有的农民后悔，反映："这不——太迟了?!"张法典心机灵巧，利用黄昏的时候就跳上村西坡上（适中的地形）大声地吆喝了起来："快封堆吧，还不迟哩，再等着可就迟了！""快封堆吧……"

第二天果然全村都动起来了，男、女、老、幼封堆的封堆，捉蛾的捉蛾，造成了热潮。

后经宣教干部联席会讨论，决定正式建立为"山头广播"，黑板报上出什么，就广播什么。为了普遍全村听得清楚，张法典仍在西坡头上算是总台，他的声音洪亮清脆也是个较好的条件，治安员、青救主任、武委会主任各自在西南、正东、东北适中的屋顶上设分台，与总台相应再转播给群众。每次广播以有点数的锣鼓为计，总台处锣鼓一响，分台即马上上房，交流广播。现群众已成了习惯，一听到锣鼓就真是"鸦雀无声"地静听着：有国内外消息、中心工作、农业生产知识、防疫卫生等。每回至多三四个小事，截至六月中旬，三个月内，共广播了十六次，不定期的黑板报出过八期（五日一次）。

有一次张法利家孩子起了人家的树皮，村公所抗联会就以这个例子教育大家，除在黑板报上用歌谣形式正式公布禁止起树皮外，又广播了一下，引起小学生中的舆论，从此全村的小孩们就再不起树皮了。发现麻疹后，黑板报上报道，山头也广播，就连续了三次，许多老乡听了赶快地去找山川柳×子根喝水预防，使麻疹没有蔓延。柏林战事紧张时，由红军攻占柏林四分之三，又柏林全部被占，到欧战胜利结束差不多是一天一次的广播和报道，群众非常兴奋，都说："这可不错，刚有个消息咱们就知道了，这比什么都快。"四下里来赶集的看了黑板报，什么希特勒自杀、墨索里尼被捕枪毙……一连串的好消息当天就传出二三十里地，因此关心国事的人们，走到下平阳的黑板报前，没有不站站立立，或指问打听的。麦收到了，山头广播黑板报一齐宣传"快收快打快快藏"，伤员路过，他们就发扬郑玉莲等妇女委员爱护伤员的模范。总之与村里工作群众生活紧紧结合在一起。有批评有表扬，进行了教育又推动了工作，村民张法家，没了水杓，张定然被放羊的□了山药，都要求张法典给广播寻找，"这事可不赖呀，什么也知道啦，省多少工夫呵，这比开会还得哩！"从这些反映与事实可以看出群众是在怎样从内心里拥护这个做法，干部们也觉得这样做下去比光拿着报讲念效果为大。

（《晋察冀日报》1945年7月13日）

高街剧团举行欢迎仪式　接受分局奖励的幕布

杨克

【阜平讯】高街村剧团于本月二日举行欢迎仪式，接受中共晋察冀分局奖励的幕布。正当庆祝中共七代大会胜利成功与中共二十四周年，高街村剧团准备节目，于七月二日接到中共晋察冀分局奖励的幕布，高街群众和团员充满了兴奋愉快。即日晚上全体团员举行欢迎仪式，在明亮的灯光下团员的掌声呼声乐器声中幕布升起，上写着"高街村剧团"和"中共晋察冀分局赠"几个大字，大家向着幕布欢笑。剧团团长、劳动英雄陈富全首先讲话，指出"这是中国共产党给咱们的，也是由于大家努力创造'穷人乐'得来的，我们要拥护中国共产党，向着分局指出的方向加紧努力，才不辜负共产党对咱们的关心"。接着大家齐唱《毛泽东之歌》，兴奋异常。

（《晋察冀日报》1945年7月14日）

山东新闻界同意成立解放区新联

【新华社山东十日电】华中新闻工作同志联名发起成立解放区新闻记者联合会的提议传到山东后，全省新闻工作者无不深表赞同，特于昨日致电新华总社转各解放区新闻工作同志，略谓：数年来山东各地新闻工作者深入社会，与工农兵群众联系，为战争服务，并有不少

同志在英勇的火线报道中光荣牺牲。为交流各解放区新闻工作的经验，援助国民党统治区进步的新闻工作者的民主斗争，援助沦陷区一切爱国新闻工作者的地下运动，组织中国解放区新闻记者联合会筹备会，实在非常适合时宜。我们完全同意华中提议并委托新华总社、《解放日报》与中国青年记者协会延安分会负责筹备，以便早日成立。山东《大众日报》、新华社山东分社、鲁中日报社、《胶东大众报》《鲁南日报》《渤海日报》《渤海农村报》同启。

（《晋察冀日报》1945年7月14日）

为工农兵服务

太行新华书店业务大为发达

【新华社太行十一日电】太行新华书店自执行为工农兵服务的总方针以来，业务大为发达。据书店统计，六个月中先后出版的大众读物包括时事教育、工作经验、科学知识、文化知识、大众文艺等共达三十二种十三万零七百册。在全部出版物中占第一位，其中尤以大众文艺如剧本《李来成家庭》《二流子》等，小说《孟祥英翻身》《劳动英雄李俊林》等销路最畅。根据延安出版之《老百姓日用杂字》改编为《实用的杂字》，亦最受群众欢迎，曾出版二万八千册，仍供不应求。该店编辑部并实行轮回入乡制度，发动各地群众与工作干部写稿，组织知识分子与工农结合的"写稿互助"提倡集体写作。

（《晋察冀日报》1945年7月15日）

《冀热辽画报》创刊

亦一

【画报社讯】经数月筹划，晋察冀军区政治部晋察冀画报分社编印之《冀热辽画报》，于四月初创刊。该画报是新闻照片月刊，篇幅八开，白报纸两面，用照相制版铅皮精印。现本社已收到两期，第一期的首页地位刊载了毛泽东同志的肖像，并报道了我军"解放通县，恢复蓟县"等光辉战绩以及"新解放区人民热烈欢迎八路军"等生动场面。第二期是《冀热辽第一届群英大会专号》。晋察冀画报分社系去年六月初在本社诞生三周年纪念大会上成立，总共只摄影记者、照相制版、印刷技工数人，背负着本社自然科学研究会所创制之铅皮制版器材及轻便印刷机，辗转经一千多里艰苦的途程，而于九月到达冀热辽军区。到后，适逢敌伪连续不断的大"扫荡"，但他们终于以最大的革命热情，战胜一切困难，使精美的画报能和广大的冀热辽军民见面。

（《晋察冀日报》1945 年 7 月 17 日）

冀察新闻界赞同成立解放区新联

【新华社冀察支社十二日电】此间新闻界致电新华社晋察冀分社并转延安、华中新闻界战友称：我们冀察区全体新闻工作者及广大通讯员一致以兴奋严肃之心情，热烈赞同华中发起成立解放区记者联合会的提议，并热望延安新闻界同志迅速筹备，早日告成。团结与统一各解放区新闻工作之力量，更有效的在前线为人民服务，并积极援助

大后方被国民党反动派横加摧残之新闻事业，以便进一步团结全国新闻界战友，一致努力促进联合政府之实现，为中国人民的解放事业而斗争。该电署名者有：冀察新华社支社、群众报社、军区子弟兵报社、挺进报社全体同仁及通讯员。

（《晋察冀日报》1945年7月17日）

庙会宣传的几点经验

张文芳

定唐一区××村，前些时闹了三天庙会，会上进行了宣传工作：十七个村剧团演出了三十一个节目，里头有大戏，像《血泪仇》《一笔总账》《血债》等；也有小节目双簧、快板、歌表演，流动的文化娱乐有霸王鞭、秧歌舞、打花鼓和武术会，并且还设有读报摊、漫画、墙报处、黑板报、"百姓药铺"，药铺附近贴着卫生常识和治病偏方。群众买了东西又看了玩意儿，心里很高兴。虽然是游击区，人上的真不少，游击小队站着岗，三天很安生很热闹地过去了。

从这个庙会的宣传工作中，我们得到几点经验，供大家参考。

第一，闹庙会主要的是为了活跃买卖，群众购买一些季节性的农具，交流货物。但最好有宣传活动来配合，否则和平常赶个集差不多，显得太冷落，站不住人。

动员文娱组织上庙，要打破光演戏的观点，应把大鼓书、高跷、拉洋片、打花鼓、秧歌队、耍碗耍盘子的、武术会、打莲花落等等，所有的人才和组织，都动员到庙会上去。这次证明了群众很喜欢这种小形式的文艺活动，上年纪的人最爱听大鼓书，不过都应是新内容的，封建余毒要彻底肃清。

文化娱乐表演场所应适当分配，两个戏台之间离远一些，每个单位应有秩序入场，免得群众忽东忽西。

在庙上演戏，仍可以小形式放在前头，以大戏做压轴。因为有许多群众是专来看戏的，带有故事性的有头有尾的戏，教育作用最大。演戏的时间掌握上，前晌早点开戏，头吃午饭就要散戏，午后开戏迟一些，使群众有充分时间吃饭、请亲戚朋友和买东西。这次不少群众提出正午休息太短，特别是商人，因为影响了他们的买卖。如果环境许可，还可以唱夜戏，使做买卖的也能看大戏，白天他们是没工夫的。

第二，工作□□□□□，头一天读报员拿着报就到群众跟前念，两三句后□□□□□。第二天，找了三张形势图，配合着锣鼓，一敲打人们就拢来了。读报员就指画着地图来讲，听的人有了兴趣。讲报的人要有耐心，不能嫌麻烦，人少就坐下漫谈，人多就站起来大声讲说。有时还可用□□□传播简单的胜利消息。

漫画很受欢迎，尤其是连环画，只是这回太少。头一天没有人讲解，有一张开家庭会议的，画着老头小孩，几个人围在一起，老百姓看了不知道是干什么的。后来派专人去解释，才比较好。大家的意见，顶好和拉洋片结合起来，有声有色，效果更大。

完小闹的墙报，一部分知识分子去看过，但因内容空洞，作用不大。黑板报倒是作用不小，它反映的是会上的事，登载行情、戏报、大会通告，或是谁丢了东西。以后再闹庙会，我们可多设几块，发动赶庙的人往上投稿子，发表创作和提出意见。

第三，把药摊摆出去，组织医生当场治病，是个好办法。三天里边，治了六十一个病人，种痘十四个。因事前宣传不够，群众不了解我们的意思，有的还说我们卖便宜药，或者白送，是因为药嘎咕，不可靠！可是宣讲卫生常识和介绍偏方的却受到极大欢迎，这次讲关于麻疹的问题，群众很爱听。

庙会上除本地医生外，还有外来卖药的。对于这些人态度应当和蔼，尽量给予照顾和帮助，不可排斥他们，废止宗派思想。

第四，庙会宣传是个很细致的组织工作。这回事前准备得不够，所以临时手忙脚乱，开始搭了两个台子，结果容不下，又搭了一个；漫画是那天才突击了几张，群众反映嫌少；剧团通知的没计划，头一天来得少，天还早就空了台，第二天来得多了，有的村就摸不着演，人们就挺不高兴，甚至有两个村因争着演出打起架的。这个庙会最大缺点就是缺乏核心领导，干部光忙着管台和打场子，费力不讨好，放弃了大的方面的照管。今后我们办庙会，必须先推定专人负责组织这一工作，很好地计划安排，并随时发现问题，解决纠纷，根据群众反映不断改进，庙会宣传就能闹得更好。

（《晋察冀日报》1945年7月17日）

晋察冀分局党校学员编演《李自成》颇得好评

王林

【本报讯】晋察冀分局党校爱好戏剧的几个同志在研究郭沫若先生《甲申三百年祭》之后，为了推动启发大家更进一步研究和加强宣传教育，乃会同军区抗敌剧社三同志根据此史论并参考《中国通史简编》写成评剧《李自成》，并于旧历灯节在边区贸易大会及直属各机关干部大会预演三次后，征求各方意见，加以修改，复于七月节干部大会上公演。全剧共二十六场，以皮黄为主，间有民歌及昆曲，剧情摘取李自成生平最有教育意义的一段——自接受李岩意见整顿军纪，乃声势浩大，直捣北京；但入京之后纷纷然昏昏然，脱离群众,不顾政策,军略失算,直至吴三桂勾来清兵,仓惶应战,仓惶退走;李岩忠言逆耳,反遭疏远,在兵败敌追途中,又起内斗,李自成乃一败涂地。此剧连次演出观众近万人,颇得好评。近各处皆拟排演此剧,四月间平西挺进剧社,五月间冀中七分区文工团,七月节冀晋区党委党校相继公演此剧。边区新华书店侯原作者根据群众意见修改后即铅印出版,以应各处之需。

(《晋察冀日报》1945年7月27日)

《再生》杂志改组

呼吁一切民主主义者团结起来

【新华社延安二十五日电】原为中国国社党机关杂志的《再生》于最近改组为各中间党派的共同刊物,五月三十日出版第一百期,呼吁一切民主主义者团结起来。该杂志指出,现在一方面是人民要求真正的民主,而另一方面则是少数集团企图假民主之名继续特权。"我们今天的任务是要造成人民能够实际掌握国家大权的条件,就是(一)要能够团结发动全国的力量,加强抗战的力量,争取胜利,光复失地;(二)要取消少数集团的特权;(三)要给人民以言论、结社、集会、身体等等自由,而要争取真正民主的实现,所有的民主主义者必须团结起来。"

(《晋察冀日报》1945年7月28日)

高街村的读报经验

谷惠 杨克

阜平高街村过去就有读报组（五六人），但是作用不大，原因是：第一，没有很好和本村实际问题相联系。譬如读报组读报时，一个字一个字照着读，老乡们听半天也听不懂，更无法记住。在民校读报，往往把别人读得睡着了。第二，读报没有和工作生产结合起来，不读是不读，要读就集合起来，误了很多工夫。

自从今春县里提出八大运动，要求每个村有一个读报组后，高街村为了完成这个要求，召开干部会进行讨论研究，办法是读报组变成说报组。但是因为领导上未注意，读报开展还是不够好。自冀晋区党委发出七月爱报指示后，又召开了干部会检查以前未造成群众性读报运动的原因，讨论出很多新的办法，现已全部实行，收效很大。

其经验是：首先把读报组变成说报组，不识字能说善讲、热心听报的工农群众，也可以参加说报组，而现在黑板报的通讯员也就是说报员。因为他们都是群众自己选举出来的，在群众中有高度的威信，像献铜模范李盛兰他们说什么群众很爱听。小学教员任读报组长，他看了报后找重要的问题，摘出几个事来，每隔三天各个附村的说报员到学去听材料，组长给别人读报，也不光拿报念，就像布置工作似的说几个事，大家讨论时联系上本村实际工作，村后利用晚上凉□、歇晌、吃饭、生产、赶集等场合给群众说报，就是三四个人也不嫌少。给大家说了后，还领导大家讨论，譬如小东沟、高街二村晚上说完了后，大家即自动讨论起来。

第二，说报和黑板报、屋顶广播结合起来了。譬如报纸有重要消息，即在黑板报登。黑板报上登出本村好坏典型，说报员和目前形势结合起来，利用各种场合给群众说报。有的说报员向群众这样说：黑板报上登出来了"七一是共产党二十四周年纪念日，七七是中国抗战八年头纪念日"。又说："黑板报公布出陈富全爱报计划来了，咱们也照他那样做吧。"这样，读报和本村工作结合起来了。不识字的也知道了黑板报上登的是什么。和屋顶广播结合，把日报黑板报消息每天向群众广播。这样老乡们都说："咱们妇女不出门也能听到消息，可比过去集合在一块读报好得多了！"六十多岁张老头说："不识字也能知道黑板报上写的是什么？这么可痛快啦！"

第三，利用学生回家说报。每天下学由教员扼要讲几个消息，小学生回家给他自己父母弟妹宣传，第二天到校检查。比如像七大文件中两条路线的问题，学生回家就说："俺们老师说国民党开了个六次大会，主要是讨论的压迫人民打内战；共产党在延安开了七次大会，毛主席提出建立联合政府，更快把日本鬼子打出去。"家长很爱听，往往学生还未放下饭包，家长就问："你们老师又给你说什么来呢？快给我学学吧！"

自从转变了过去毛病，现在读报已造成了群众运动，不论在田间、街头，都是谈论国事，老乡情绪很高。

（《晋察冀日报》1945年7月28日）

宣传保卫陕甘宁　独一旅创制连环画

获得观众高度赞扬

【新华社延安二十六日电】绥德讯，独一旅战力剧社美术组为宣传保卫边区，近创作了一套《保卫边区保卫警区》的连环画，分别在马蹄沟、周家岭及绥德城展览，观众达数万人以上。大家看到蒋介石军队在边区周围杀人抢东西烧房子的画面，都非常愤怒。马蹄沟老乡梓宗堂说："你看这些鬼东西连门帘也带走，真是和土匪一般行径。"绥德一位士绅悲愤地询问着"咱们边区人民何罪，蒋介石有什

么理由来屠杀我们?"看到特务专员设宴动员反共的场面时,大家都说"他妈的,八路军开会讲打日本,他们开会都讲的是打咱们边区老百姓,我们可随时警惕"。战士窦欲胜按着画面次序为观众详述蒋军无理进攻我军被逼自卫的情形,他指着图面说:"就在这个地方,国民党军队一个连向我们猛冲,我们只有一班人并坚守不退,蒋介石军队二次冲锋都被打了回去,我们也死伤好几人,我就是在这次挂了彩的。"一位青年农民接着说:"打得好,咱是不去打人家的,但如这班混蛋来打咱们边区,咱们一定和八路军在一起,杀他一个不留。"

(《晋察冀日报》1945年7月29日)

三分区通讯工作者对党报批评与建议

水林

冀晋三分区通讯工作者,日前提出对党报的批评与建议,摘要如下:(一)报纸编辑和下面通讯工作结合不够,有时下面费力组织成的稿件不登,倒把下面认为不必要的发表了。前者如完县一区马老朴写的《富有村的劳动互助社》稿件组织与内容都很好,县委并发出通报表扬,但至今未见日报发表。又如阜平胡顺义运动,据说报社向该县要具体办法的报道,其实该县县委发出号召后紧接着即有朱家营支部的挑战与昭旺台支部的应战,该两稿都找得出这一运动具体的办法,但均未见发表。后者有的认为意义不大的如唐县县委布置通讯工作等稿,结果登了。

(二)集讯或改写的不恰当,表现出编辑同志对实际情况不够了解。如阜平消灭灾户的报道中,编者却把组织家庭事务纠正家中不合的稿子搞在一起;又如,唐县唐梅一个滩地报道将唐梅删去,其办法并不适用该地其他村庄;再如该县防旱备荒报道中原来干打雷与挑水点种是两法，发表时弄为一个，使下边看了引为笑话。又，编辑同志粗心，有的一篇稿子登载两次，如唐县种山药秧与云彪寺家庄战斗。

（三）一般以机关名义的稿件易登，对记者与通讯员似有远近之别，一般创出"牌子"的通讯员和通干写的易登，次要干部与一般通讯员写的登得少，形成老是那几个人的稿子，压下别人的。

（四）通讯指导工作差，特别是退稿工作太简单马虎，往往只批上个"不登""重复""过时""太简单"等不切实际的词句，使通讯员感觉不好，尤对工农通讯员的稿件缺乏耐心细心修改，提出意见。退稿慢，不登的有的也不退。

（五）标题有时不适当，如旧金山会议莫洛托夫返国的标题，实则电讯所载当天并未返国；又如，红军四路攻入柏林实为二路等。

（六）日报社论写得太长而不生动，应研究《解放日报》社论写法。

（七）四版上应减少枯燥的通讯（有的其实是新闻改的），多登生动短小的文艺通讯。边区新闻版应求系统，减少不必要的补白或简讯。

（八）在一定时期或一大的工作报道中，应在党报上以短小篇幅检查通讯报道，借此使通讯员了解编者意图，介绍典型和经验。一个时期，报社可提出表扬好的新闻和通讯，启发与教育广大通讯员。此外，报社可根据一般工农通讯员的程度编一手册，搞些写作的基本方法和事例。

（九）日报增刊需加多介绍陕甘宁和各解放区的一些社会战斗的故事与短篇通俗的文艺作品，尤应加多边区文艺通讯的分量，减少与边区实际无关的文章（如二十一期上的《论爱伦堡》一文，没有十分必要）。增刊可增谈普通写作和报道问题的一栏，以交流写作经验与帮助培养通讯员。

（十）今日新的局面开展，日报印发份数不够分配。

编者按：冀晋区爱报运动中各地读者对本报的批评，我们将陆续发表，其中意见待告一段落时再作答复。

（《晋察冀日报》1945年7月29日）

完县村俱乐部相继建立

阳

【完县讯】（迟到）在完县传达了冀晋区党委宣教会议的决议后，完县各村的俱乐部都相继建立起来了。刘各庄和西安阳俱乐部的组织都是设正副主任，文化娱乐、墙报、卫生三股。刘各庄的俱乐部主任是抗联宣传部的，副主任是村治安员，文娱股长是青救副主任，墙报股长是村副，卫生股长是妇救主任。俱乐部在成立后即决定在七一——七七宣传周中，村里的宣传文化组织即以宣传中共七代大会为中心，除出墙报在民校讲课外，刘各庄还编了秧歌舞，西安阳编了快板剧。又决定全村各街各家都大扫除一次，刘各庄曾单独召集素日不讲家庭卫生的五家人开了清洁卫生会，西安阳学校童子军则在早晨站在高岗上喊卫生口号，想各村俱乐部成立后气象当为之一新。

（《晋察冀日报》1945年7月29日）

《晋察冀日报》印刷厂七月节的文艺活动

张鸣

今年七月节宣传，日报社印刷厂搞得很红火。从六月下旬起，即着手准备这一工作。先召开了工会扩大执委会，决定宣传主要采取文艺形式，根据工厂年来文艺活动经验，必须把大家动员起来，发挥工人们的创造天才，以小组和个人为单位准备节目，同时也准备些较大的形式。布置下去后，宣传部即根据七月节宣传口号和七大文件材料，做出一些中心内容，作为文艺创作的依据。小组进行动员后，全厂就卷入到学习七大文件和写作的浪潮里，这时正值评定工资，开展赵占魁运动，每天下午划出必要的时间开会，其余就完全为文艺活动时间。有的组文化程度低，宣教部就派人去帮助，帮他们写词或修改。这时恰好抗敌剧社几位同志到工厂来帮助，更鼓舞了全体职工的情绪，把这次宣传当作一种重大的任务去看待。等把所有节目帮助整理改写后，即进行排演，全体总动员，厂长和所有干部都参加，演员们日以继夜地在排演，放假的几天都没有休息。每次排演，铜锣钟郎一响，老乡们就去了，一些剧情和台词都深深地印在他们的脑子里，这就是一种宣传过程。七月一日，在本村召开了军民纪念晚会，七月十日，又参加边区纪念大会，演出霸王鞭《锯大缸》《跟着共产党》（秧歌剧）等三个节目。后一个剧是反映河南人民在国民党统治下所过的非人生活，以及后来沦陷成敌占区后又为八路军解救了。演时，引起很多群众落泪，演员齐景云、郏禄田、杨淑琴诸同志也都哭了。工人们在群众大会上出演这还是第一次，竟想不到收到这样成绩，大家都异常兴奋。

  从这次宣传中，可看出工厂文艺活动的特点：（一）要发动群众，分散进行与统一领导结合起来。过去组织一次晚会，少数人唱独角戏，唱不起来，这次宣传，就造成一种群众热潮，《跟着共产党》一剧差不多用了工厂一半人上演，工人说："咱们是演员，又是观众。"会什么的就演什么、创造什么。这样就不怕闹剧本荒，不怕没有节目。（二）要反映工厂的生活，写起来既容易，又能推动工作。

如"五一"时排字组演赵运情形很逼真,一个落后工人亲自上演,给大家很大的教育。装订组演本组里的生活,排演中顺便折了几千页子。这次宣传前,好多人本不了解《论联合政府》的内容,为准备节目,就仔细阅读,有些在写词中提高了文化。在赵运中,每次总结都有文艺活动,可见文艺活动,在工厂建设中有着巨大的作用。

(三)干部应亲自负责,带领大家,如新年成立秧歌队,开始扭不起来,干部们就在排头扭,影响得一个五十岁的徐老工人也参加进来。这次宣传,所有干部都参加,《跟着共产党前进》一剧,行政与工会干部大都上了台,亲自动员说服一些情绪不高的人,才得克服困难。

(四)工厂里适合采用比较小型的东西,几场的大剧,在准备道具、选拔重要的演员上困难很多,不然用力大而收效小。今后工厂文艺活动,正需大大发展。过去边区反映工厂生活的东西很少,希望专业剧团今后深入到工厂来,开展工厂文艺,以配合新的工业建设。

(《晋察冀日报》1945年7月29日)

延安文抗决定文艺工作者到敌后解放区来

【新华社延安二十八日电】延安文抗日前选举理事会,共选出周扬、艾思奇、沙可夫、丁玲、艾青、吴晓邦、萧军、萧三、贺绿汀、古元等二十五人为理事,陈学昭、蔡若虹等八人为候补理事。二十六日理事会举行会议,共同推选丁玲等九人为常委,并决定目前中心任务是组织大批文艺工作者到敌后解放区,以便更好地与实际结合,反映人民、共产党八路军新四军的伟大斗争。

(《晋察冀日报》1945年7月31日)

帮助学习《论联合政府》　　晋绥组织文艺活动

【新华社晋绥二十七日电】为帮助理论文化程度较差之干部群众学习《论联合政府》，三分区宣传机关领导人，亲自动手指导一些艺术工作同志，根据文件编制大幅醒目的《中国人民抗日战争》连环画和秧歌剧，在干部和群众中进行宣传，深受欢迎。画前有宣传员讲解，从晨到晚经常有百余群众围着。

(《晋察冀日报》1945年8月1日)

看报纸做工作　　做了工作写通讯
——盂平一分区干部成功的经验

张文昭

盂平一区干部在去年九月□□□工作学习上的一个道路，提出了一个口号："看通讯，做工作，做了工作写通讯。"摸索到如下的经验：全区三十个区干部，能把日报较完整的看下去的有十二人，能看下日报的大部分和全部《群众报》的十四人，看不下报纸的四人；在写稿上，去年九月以前只有九个人写稿，提出这一口号后，写稿的增加到十八人。从三月份到现在，日报登出一区稿子七件，《群众报》上登出九件，共十六篇。干部的学习和写通讯换了一个新的面貌。多数干部已经认识了"看通讯，做工作，做了工作写通讯"是一个完整的工作过程和学习过程，也是对报纸的权利和义务的正确结合。看报纸，可以学习时事；吸取办法，做好工作，可以学好业务；做了工作写通讯，可以学习文化，总结经验。我们区干部中掌握这个武器最好的是张连芳同志,他是区社办事处的生产干事,他看了日报一七七八期第二版载《张瑞合作社新发展,整理业务成立村联社》的通讯后吸取了办法,在秋卜洞合作社,根据可能和需要将村社营业分作生产副业、会计、运销、医药四个股,克服了营业上的乱杂,发挥了分工的效力,并在营业上增设了一架织布机,组织了牲畜,变工服抗战勤务……做出这些工作以后,跟着他就写了一篇稿子叫《秋卜洞村社一点一滴为社员谋利益》,将村社织布、纺织、染房、组织包工、变工服抗勤、信用存粮等分门别类抓住特点作了报道。从三月份到现在他写稿在三十篇以上,日报和《群众报》上登出了他单独写出的四篇稿,与人伴写的三篇稿。区抗联工人部长卢小秃,是个新干部,工作上很努力,但办法却不多,过去念过三年书,眼睛只开了一半。到区以后学习上很努力,特别抓住了《群众报》,每期都不肯放过,来了就要细细地看,他看到《群众报》一百六十七期第二版"行唐通讯"北龙岗村《工人积极生产雇主增加工资》的稿子,他下乡到了外大河,他就召开了一个工人雇主座谈会,仿效那个做法,进行了工作。又看了《群众报》一百七十二期《阜平四区纪念"五一"展开工人生产竞赛》的通讯,他到小区下乡也照着那样布置了工作。他通过看报和写总结,三个月内识生字一百个,并将过去不了解的字闹清了二百多个,共三百个字。过去他一篇稿子也没写过,下了乡自动在村的黑板报上写稿三次,第一次写的时候手还抖哩。后来又在区的手抄报上写了一篇稿子,都很实际具体。在一区区干部中有这样自动地往村黑板报上写稿子的七个人。副治安员杨记太,看报抓得紧,文化水平不很高,硬看日报,这一段看不懂,隔过再看那段。他说:"看报能把思想闹通,过去我不安心工作,想回家(他是个新干部),看了《分局敌工部训练班学员读了毛主席报告后,打通思想安心工作》的通讯,我的心也安下来了。"现在他的工作很积极,这说明看报又能与整风密切地结合起来。除此以外，看通讯作工作又可将工作抢前一步，早获效果。如韩区长看了日报防旱备荒的指示，马上就出通知，往村里布置，按县的指示发下他们就早了一步。新闻通讯是具体的活的工作指示，根据报纸上新的通讯，新的经验、方法、作风和教训，就能有力地来改进我们的工作。武委会的战粮生产及各部门工作都吸取了报纸上的好方法，特别宣教部门的工作，离开报纸和通讯就等于取消了工作一样。

但是这个武器的运用，在我们一区干部，还是在开始，在三十个干部中只有十八个开始运用起来。我们要使所有干部都走上自觉，来运用这个武器，来推动我们的工作，提高自己的文化。

(《晋察冀日报》1945年8月5日)

北进剧社在繁应两川

许友滨

两个月来雁北胜利地扩大解放区，北进剧社也随之伸入到繁峙、应县的两川里。部队把敌人紧紧地围困在据点里，剧社便在据点十里至二十里的地区内猛烈地开辟工作。

在我们的工作方式上，重点在于宣传，把演出工作列为宣传工作的方法之一。凡我们到达的村庄，都有我们的墙壁画和大个字的艺术字标语，写画在宽阔的大街和明显的粉壁上。老乡们围拢在画者的身旁聚首谈天，讨论写的什么画的什么。每个我们走到的村庄和角落里，都有我们男女同志三三两两和老乡讲问题进行各种宣传工作。老乡们听得津津有味，有的说："没有八路军来，咱们还受着'警察'的气呢。八路军是咱们的救命人，咱们得见天日了！"

雨下过了，我们宣传赶快播种和准备收割。环境较安定的地区，我们宣传增加工资、减租减息和交租交息。在应县胡家岗，我们只用了一副锣鼓、两个提琴、胡琴三弦，便把未经通知的老乡们集合了来。在街头上，奏过了人民熟悉的《小二番》等曲子以后，便作政策的宣传，之后又是奏乐与讲话互相配合与反复着。正是日晒当头的时候，老乡们把午饭都忘记了。

在演出工作上，当我们初下川时，对川下环境的估计是很不够的，带着很多幕布和汽灯，一个很大的驮子，在开始演出的形式上也重于正规演出。但以后打破了这种形式，换成轻装的演出，因为战斗环境需要我们这样。同时，我们的动作也非常迅速，曾在一次演出中闹了情况（后来才知道是误会），在三分钟内便把舞台上的装置及所有物品收拾好而准备行动。在舞台的装置上最少时只用到前后两块幕布，这样，有了情况决不致因为物品的□□而受损失，十六次的演出中多数如此。现实环境不仅教育我们改变了工作方式，就在生活上、意识上，也给了我们很大的改造；过去的怪话篓子，受到了环境与工作的影响，也使自己改变好了。

每在开幕之前，我们进行十分钟至十五分钟的讲话，把观众的情绪鼓舞起来。随着讲话的精神，前幕拉开了，《张大嫂巧计救干部》《刘二姐劝夫》等小型歌剧与话剧演起来。这些东西地演出，获得了观众的欢迎与好评，收到了很大效果，我们曾听到看过戏的一个老乡向一个没有看戏的老乡叙说我们的演出："你没看见，真是好哇！"他把《张大嫂巧计救干部》的全部内容、人物、出入场甚至很多微小的动作表情都能说出来，像讲故事一样讲给别人听。

为着扩大工作范围，剧社又分成两个队，一个队在各地奔跑于演出与宣传，一个队由区里介绍分散在几个乡村，配合地方干部开展群众斗争。男同志协同地方干部组织与开展群众运动，增加工资减租减息，清算斗争，组织群众团体，进行政策教育。女同志参加组织妇救会的工作，说明这是妇女大翻身的时候，反对买卖婚姻，反对童养媳，妇女积极参加生产，妇女在社会地位上和男人平等，有选举权和被选权。小同志组织童子军，连我们十四岁的女孩子小桂英带着病都在坚持组织童子军与教歌的工作，儿童们像出了笼的鸟儿一样地欢呼跳跃歌唱着。

我们的剧团，配合着各种斗争的胜利，鼓舞了繁应两川的人民，而我们的剧团，在紧张的斗争中，也不断地获得了改造和进步。

(《晋察冀日报》1945年8月5日)

从盂平培养工农通讯员看到的几个问题

盂平县委宣传部

根据盂平开展爱报运动月和过去一个时期培养工农通讯员的初步经验，可以看到以下几个问题：

(一) 这个工作应该看成是贯彻全党办报方针和开展爱报运动的一个重要环节。爱报、读报、办报、写通讯等本是一连数环的工作，但这些工作中间一定要有中坚分子，有了中坚力量，整个办报才会有基础。过去我们的读报小组也曾在某些地区活跃过一时，但随后又消沉了，那时因为组织读报的人只是想为了把宣传工作搞起来，也多少是为了看到些经验，了解些问题，但究竟还没有感到这是与自己有多大切身好处，觉得需要了就闹闹，否则也□开了；但有些工农通讯员则不然。有些工农通讯员自己一经写了稿，就常常盼望看到报纸，特别是他们的稿子一发表了，那就非常高兴（四区工农通讯员座谈会上大部分同志这么反映）。塔上村通讯员周四的稿子在日报上发表了，塔上村老乡都急着找那张报看。因之，要使爱报工作有稳定的基础，培养工农通讯员是很重要一环。

（二）如果把工农通讯员和工农通讯小组培养好的话，则今天民校中文化学习普遍自流的现象，可以得到一定程度的克服。以四区对王村梁文耀的通讯小组，还有妇女组梁春莲的通讯小组等，他们三个通讯小组就是民校中的文化学习班，他们除读报、写通讯、办黑板报墙报外，还有识字计划。根据他们的经验，往往因为写稿子，字写不下来就跑着问，这种学与用一致的识字法，也会克服识字困难。所以，这种文化学习班与民校中所编的组有些不同，这是自觉的、自愿的。而今天的工农通讯员计划，也正是扫除文盲骨干分子的计划。一区一县要有成批的坚强工农通讯员，则对他们本身和影响别人两方面看来，扫除文盲运动也就有了具体的行动和方向。

（三）一个村子上要是有了几个工农通讯员的话，对全村工作的推动和领导方法的改进有很大意义。他们往往为了能经常反映问题，能成为一个好的工农通讯员，他们是努力推动工作的。梁文耀因为爱报运动的要求，以自己反省精神影响了其他村干部，克服了干部不团结的现象。龙华的《新解放区》手抄报一经办起，各村都有了工农通讯员，而且他们写了稿，干部的工作积极性和作风的纠正很快有进步。大坪工农通讯员张庆三、张治明因为叫他们写稿，他们就愁得慌，愁什么呢？愁他们村子上工作不好，他们说："咱们不能写假的，也不能老写坏的。"慢慢地他们也在力求改进本村工作。至于由于工农通讯员的增多，使上级能更好了解情况，这就更不用说了。

（《晋察冀日报》1945年8月5日）

《冀中导报》出版《城镇增刊》

【新华社冀中支社二日电】为适应新解放城镇（冀中现有解放的县城十二座）工商各业及各阶层人民的需要，《冀中导报》特出版铅印的《城镇增刊》以反映城镇人民的要求，推动城镇的建设工作，第一期已于八月一日出版。

(《晋察冀日报》1945年8月7日)

张垣广播电台决定充实内容改进工作

【本报讯】晋察冀张家口新华广播电台，自张垣光复后即开始播送国际国内边区及本市重要消息，对于恢复社会秩序、教育广大人民，起了重大作用。该台全体工作人员，积极紧张，情绪高涨。最近为适应社会人士普遍的要求，更继续改进工作，整顿内部。在广播内容上，力求充实，特约晋察冀军区抗敌剧社音乐组到台演奏，并拟敦请党政军民负责同志进行专题讲演。在播送节目中，现已废弃旧的唱片等类而代以新鲜活泼的大众的抗日民主的革命歌曲，博得听众的热烈欢迎。尤其是近日该台按时转播延安广播电台节目，更加博得广大群众的赞许。日昨该台复与延安广播电台试验直接对播，及时交换消息与意见，成绩甚佳，从此相隔千里之陕甘宁与晋察冀犹如咫尺，愈见其息息相通。目前全市收听该台广播者，为数日增，广播收音机恢复与新增者已达五千部以上，仍有继续增多之势，市民们都说："广播太好了，听了真叫人增长知识，懂得新道理。"他们都希望该台能够帮助他们增设与安装收音机，并设置街头广播机，以满足更大多数群众的需要。

(《晋察冀日报》1945年9月15日)

本报启事

本报为适应形势的发展,自本月十二日起在张家口出版,扩大篇幅,每日出版一大张,希读者注意,并希各地通信员源源赐稿。

(《晋察冀日报》1945年9月22日)

张垣日报社启事

当日寇败退我军解放张垣之际,为了急于供给各界新闻和反映各种恢复工作起见,出版本报。现在市面秩序大致恢复,各种工作逐渐走上正轨,因此,一方面本报使命业已完成,另方面原样续出,已不能满足形势之要求,故决定于九月十二日宣布停刊。

九月十二日

(《晋察冀日报》1945年9月22日)

解放了的宣化戏剧院

田野

宣化戏剧院是宣化城内唯一的旧剧院,在敌伪统制时代,也是宣化人民唯一的娱乐场所,(虽然另有一个相当近代化的小电影院叫公会堂,专门演日本片子,也不许所谓"下等"的中国人去看)连后台唱戏的,前台职员带全体家属共有百十号人。八年来,受着敌伪种种地剥削和压制,不得发展。

根据现有材料，这个旧剧院，原受本城公会堂日本主事村木节制，每天只给一万元伪蒙疆票子，本院的戏子职员的薪金、办公费箱钱等等开支在内还不算，连敌人专享的公会堂内的一切职员技师等十来个人的薪金办公费也在其内。除此之外，大家流血流汗，卖多大力气，赚多少钱全数交给伪"厚生会"；其外，每张票价三十元中还要抽五元的捐，还要开支许多应酬费、运动费等等费用，捐税更是无法统计。因此，戏子职员中，极少数挣钱较多的人，每天所得的钱，勉强可以维持生活，大多数演员职员们，辛苦一天，也难得维持最低的生活。至于打旗的、打杂活的每天只得伪票七元，虽然今年七月开始，加到二十元以上者，还不够一斤煎饼的价钱呢！于是就端起瓜子盘子到前场去叫卖，就这样，每天仍不得一饱。另外对于敌军、伪军、伪警察、特务汉奸们，哪个也是不敢慢待，一个不高兴，打架行凶，找人出气，也是常事，真是"整天价战战兢兢□□□□了！"

特别是敌军败退前，挣命似的闹得全城混乱成一团，戏院里更是不肯放过，不知死活的伪警察和伪军们，竟然在戏院里拼起刺刀来了。他们自己倒不怎么样，把戏院倒给□了个乱七八糟。从那天起，二十多天□□开着，日本鬼子、伪厚生会，都拍拍屁股提上大皮包跑了，剩下这一百多口人，有的当铺盖当行头，有的就和讨吃的一样，东家骗一顿，西家骗一顿，有时赶不对时候，也只有干干地挨饿罢了！

共产党八路军解放了宣化城，民主政府马上给他们拨了三百斤救济粮，并且由宣传委员会积极帮助他们筹备赶快开戏。特别是冀察区群众剧社来到之后，专门抽出两个同志，从各方面帮助他们解决了许多具体困难，十二日就正式开戏了。"在共产党八路军的领导下，一□都□□□的！"□□他们在□□□□□之前，就已深深体会到的。在过去，敌伪统治下，开戏可不是一件简单事，走门子搬窗子，东活动西联络，自己饿着肚子，也得当行头，预先交付大量的运动费；但是在共产党八路军领导下，不只完全废除了那一套，而且主动地找去给他们解除各种困难。在过去，敌伪统治下，戏园子上座从没有超过一千人，即便有一千人，其中也有四五百是敌军、伪军、伪警察和其家属们，不但不买票，还乱□事，捣乱的生意也做不成；但是在共产党八路军的领导下，没有任何的特殊，看戏的都要买票，军人、工作人员都是遵守纪律的模范！所有这些，真使他们念之不忘，逢人便讲："从来没有看见过这样的好军队，这才是真正保国卫民的军队呀！"同时因为部队、干部很少看戏，他们非常过意不去，总想抽时间专门为部队、干部演戏看，以表示他们对解放了他们的八路军和党政民工作人员的一片感激之心。十二日，第一天开□戏，就上了一千四五百人，比起敌伪统治时期中，任何生意最好的日子，卖票数目多三分之二，秩序也是出乎一般人所意料之外的好，每一个人都高兴，都说："共产党八路军来了，什么也变了！""可见人们都了解共产党八路军解放了他们，起心眼儿里高兴，谁也要娱乐呀！"正巧，群众剧社和本县宣传队合组的巡回演奏团，也在开戏前赶来演奏抗战歌曲，更加使人感到兴奋，又招来不少观客。

开戏了，前台后台文场武场都很卖力气，最后一出戏《甘露寺》，名角胡少安并自动地担任了三个角色，获得观客不少的掌声。

第二天、第三天……到今天是第五天了，每天上座仍未减少，有时还比第一天上座多些。演员们、职员们，以及市民们都安下心来了，说："共产党八路军干什么也有办法。"

每天散戏之后剧社的同志们总和他们谈到上床之后，现在他们提出的要求更多了："多给我们讲些政治吧，关于政治方面我们太差了！""没有政治可不能闹宣传哪！"

现在他们生意兴旺了，同时政府对他们也不抽什么捐税，赚的钱也比过去多得多了，生活都改善得多了，现在他们大家的一致要求是："教员职员们政府里都办了训练班，改造他们的旧思想，我们这些人可怎么办呢？"

近天，差不多每天散戏之后，剧社和宣传委员会的同志，都在帮他们开会。首先是初步解决了出差问题，同时，一个大型的旧艺人座谈会，也在酝酿中。

(《晋察冀日报》1945 年 9 月 22 日)

边区文协召开文艺界座谈会

决定迅速筹备建立张市文协

【新华社冀察支社十九日讯】中华文艺界抗敌协会晋察冀分会于十六日假新华社冀察支社，召集文艺界座谈会，商讨如何开展城市文艺工作，及建立文艺界组织等问题。会议中曾就目前文艺运动的方针、组织简章及目前工作的具体内容交换初步的意见。一致认为开展城市文艺工作，必须团结更广大的文艺工作者坚持为工农兵、为人民服务的方针，才能发展成为群众性的文艺运动。为了迅速建立张家口市的文协，开展文艺工作，当推定新华社冀察支社钱丹辉同志负责筹备工作，尽速召开张市文协筹备会。与文协建立同时，张市音协、剧协、美协亦将建立。

(《晋察冀日报》1945 年 9 月 22 日)

本报启事

自迁移张垣出刊以来，发行工作未臻完善，与各机关团体、学校尚未取得应有的联系，不知各机关团体、学校所在地址，发报时难免有所遗漏。迄今如有尚未收到本报者请即函本报发行科或派专人接洽，来函时务请详注机关、名称、住址、订阅份数，以便发送。为了工作方便起见，本报在桥东福寿街、桥西玉带桥下设分销处，负责本市之报纸发行工作，住在两地就近之各机关、团体、商号、住户请直接向分销处接洽为荷。

《晋察冀日报》社经理部

九月十九日

（《晋察冀日报》1945年9月23日）

本报编辑部启事

为了避免信件转递遗失，便利工作进行，各界投寄新闻通讯稿件请寄新华社晋察冀分社，其他有关出版、发行及广告启事等问题、函件，请寄本社经理部。此启。

（《晋察冀日报》1945年9月23日）

国际文化零讯

▲跟在郎之万教授和毕加索的加入法国共产党之后，一度曾为我们现代派作家们礼赞过的"超现实主义者"诗人保罗·爱侣尔，也在抗战中加入法国共产党而成为最热烈最英勇的反法西斯斗士了。在盟军进入法国之前，他写了许多反法西斯的小册子，主编了秘密发行的杂志《自由生活》，有一个时候为了避免德国秘密警察的追捕，曾经避在一所疯人院里。这疯人院的医生和看护们是常常秘密地疗治西

班牙共和军的受伤战士的。

▲《希望》和《人的运命》的作者——在我们中国颇有一些读者的左翼作家安特立·马洛在法国失败的年月中不仅写了一本长篇在瑞士出版，而且加内轴和西班牙共和党人在一起作战。他已经是一个正式的陆军上校了，受伤过，被俘过，直到盟军进入法国的前夜方才逃脱。现在，他还在前线作战。

▲另一个原来属于超现实主义者的戏剧电影作家琴·郭克多也成了反法西斯的英雄。当他的一出戏上演的时候，法奸们曾经在戏院里放出许多老鼠和流泪瓦斯来和他捣蛋。有一次他为了拒绝向亲德派的游行欢呼，被法奸们打坏了鼻子。

▲在全抗战过程中最努力的，当然是共产党诗人路易·阿拉贡了，他打破了一切写作的纪录——七本诗集、一本小说、一部传记、三本反纳粹的书，以及无数的传单、小册子、宣言。他最亲密的文艺上的朋友，如乔治·普利查、约考·戴古尔、但尼尔·索尔德、约考·苏鲁孟……据阿拉贡说，"都被枪杀了"。

▲美国影片《爱迪生》，五月十日起在莫斯科的十四个电影院同时放映。这个描述伟大发明家的生活的影片，博得了巨大成功，三天内，观众已经达到廿万人之多。观众对扮演爱迪生的演员，获得深刻的印象。苏联影片名导演爱森斯坦认为：导演与演员们，表演出了这位从人民中出来的伟大发明家的可信服和可爱的性格，作者没有集中去叙述细节而表明了爱迪生生活的主要阶段以及爱迪生的性格的主要点，因此，这是最好的传记影片之一。《爱迪生》还将在苏联的各城市继续放映。

▲苏联阿脱基诺电影厂出品的名片《莫斯科的天空》，二月间在百老汇斯丹莱大戏院上映，备受美国观众欢迎，目下仍在续映中。

（《晋察冀日报》1945年9月23日）

涞源新解放区的文艺活动

曹振峰

涞源川下,在七八年来被敌伪的统治奴役下的黑暗的生活里,鸡不敢叫,狗不敢咬,人更不敢吭声。

四月初,八路军来了,每个村庄都复活了,男男女女的坐在门口或戏台底下,谈着、笑着,青年、儿童们又把抗战初期的歌子收拾起来,如《大刀进行曲》《工农兵学商》等老歌子,和队伍上对唱,互相地欢迎着。在夜里还有二三十个青年、儿童们学着《没有共产党就没有中国》或《涞源英雄多》……新歌子,部队上的同志是他们的教师。

复仇的歌

十区寨沟门村（距从前敌据点金家井十一二里路）仅三十来家,坐过鬼子"木笼"的就有二十多个,这次围困战斗中他们特别卖力气。夜晚,有二十多个老乡集在不亮的油灯下编着歌子。

正月里来正月正,鬼子在涞源七年整,七年多,不见天,听我把黑暗日子言上一言。

二月里来是春风,鬼子出发破坏春耕,放牛拉驴泪涔心,村边挑死了耕地的人。

七月里来七月七,汽车道□青苗割了去,老百姓,真着急,哭哭啼啼没吃的。

在这些亲经苦难的人民,是说得真实而详尽了,有人提议:"咱们还得报仇哇!""呵!报仇!"又继续编下去:

四月里来四月中,困的敌人发了疯,喝干水,挖泥坑,颗颗脑袋活不成。

四月里来四月中,军队民兵全出动,打堡垒,拆炮楼,这几年的血债要算清。

这些报仇的歌子,很快在围困战斗中流传起来。

新的剧团

离城十一二里路的黑山村,因过去处在敌人的统治下,他们一个歌都不会唱。可是他们在这次围困战斗中组织了剧团及秧歌队,在庆祝欧战胜利大会上,演出了《建立联合政府准备力量进行反攻》的活报,收到很好的效果。当前边挂花的战士下来时,他们拿着鸡蛋,唱着《拥军公约》去慰问伤员。他们为了很快地把工作赶上老解放区,集体编出了《家庭会议》的剧本。为了使群众永远记着血的仇恨,还准备编出《替三个死难的中队长报仇》。

在涞蔚路上的中庄村,是涞源最大的一个村子,南面距狮子峪八里,阴历四月十六的上午才得到解放,他们很快就组织起剧团。吃过晚饭后,剧团的同志们集合到戏台上,商量把中庄受难的事演出来,点上灯就"拉场",导演告诉大家拿出真情形来演,一个人在后面记。一场拉完,台下就批评说:那老婆演得不像真的。有人就补充:伪军连长还是个大烟鬼呢。演员和导演接受了大家的意见,重新拉下去。因为他们都亲身经历了七八年的苦难,所以表演起来非常逼真而动人,像演日本指导官的那个,曾在敌人的大乡里,对日本人的一切举动都很熟悉,表演起来,学得非常像真的。

九区的西团堡,袁永村剧团早就活跃起来了,最近他们又重新健全了组织,决定要演出过去敌人压迫下的生活。六月十六日的上午,全九区的英雄们集合在区武委会的小屋里,把他们几年来斗争中的片断,编成了生动的剧叫《埋地雷》。

老头变青年

五区召开了一个小学教员训练班，多是四五十岁的老头子，他们学着新的教学法，和怎样开展乡村文化娱乐工作。□家庄村剧团的傅□同志作了临时的教员，把他实际的工作经验作了活的课本。有的教员年纪老了，唱歌很勉强，高不上去，低不下来。可是他们并不失望，非常高兴地学了一遍又一遍。有一个教员虽说他学了三天才会唱一句，但他非常用功，把小本贴在眼跟前，一点不疲倦地反复唱着，老头也变得年轻了。

大家狂欢地庆祝着，我们终于在四月十六的早晨把敌人赶跑。十几个村剧团、分区剧社，还有师范学校分别在四乡演了三天三夜。当天，上关的商民们坐在柜台边商量着：咱们也演《血泪仇》吧，人也够，文武场也全。不久，城关的新文艺活动也随即蓬勃地开展起来了。

（《晋察冀日报》1945 年 9 月 25 日）

重庆出版业一落千丈

【新华社延安二十四日电】重庆讯：渝市百货猛跌，书店的营业更是一落千丈，旧书摊上的书每日增加一折二折不等，已经到了不可再折的地步。一般书店的营业，在抗战胜利后与胜利前比较，是一与五之比，原来每日有一万元营业的书店，现在就只有二千元的收入了。各书店最近以来就没有出什么新书，现有新书也不知道将来怎样运走。书出不来，纸张、印刷也随之跌价，现在价格跌了三分之一。

（《晋察冀日报》1945 年 9 月 26 日）

为征求各种音乐专门技术人才及各种乐器启事

为发挥音乐艺术之作用，本社拟组织一较完善之乐队，及合唱队。特广为征求具备音乐艺术方面之专门人才（如能使用专门乐器技术熟练者，音乐艺术上有锻炼者）。并征求各种乐器，无论中外新旧（如钢琴、提琴、曼多林、日本乐器、蒙古乐器等凡能使用者）均受欢迎。工作问题及酬金或乐器之价格问题，一切面谈，应征者请自即日起至明德大街远来庄抗敌剧社接洽是荷。

晋察冀军区政治部抗敌剧社

九月二十七日

（《晋察冀日报》1945 年 9 月 28 日）

冀察军区政治部文艺工作干部训练班招生简章

一、宗旨

以培养部队剧社社员及一般文艺工作干部为宗旨

二、名额

一百五十名

三、资格

爱好文艺并愿为人民服务，年在十六岁以上二十五岁以下，具有初中程度及同等学力者

四、性别

男女兼收

五、报名

日期——九月二十三日—十月七日

地点——冀察军区政治部本部,张家口市女子中学、商业中学、师范学校,宣化城内军事政治干部学校

手续——随带一寸半身相片两张及学历证书亲到上述报名地点报名并填写简历表

六、考试

日期——十月九日

地点——冀察军区政治部本部

科目——政治常识、国文、文艺常识、口试

揭晓——十月十五日在《晋察冀日报》公布

七、训练

期限三个月

八、待遇

训练期间,供给宿膳、文具及酌发日用品,毕业后由本部征求本人同意分配工作

(《晋察冀日报》1945年9月28日)

张市庆丰戏院恢复营业收入大增

【新华社晋察冀分社二十七日讯】张市庆丰戏院,早已开演,收入大增。目前该院管事马岐祥,详谈该院敌退前后两个不同的景况,感慨颇深。他说:"在敌寇占领时唱戏的真是受罪受大了,这园子本来是我们自己的,自民国二十七年八月十七敌占张家口后,这园子便被高丽棒子霸占了,一切都听他的支配,受他的气。挣多少钱由他一个装起来了,分给我们多少就是多少,谁也不敢说。就拿去年说吧,主角一天才分一二

百块钱，怎够五六个人的花销啊，我们管事的才拿十几块钱，这够干什么的呢？何况我们都拉家带口怎么办呢？大伙儿只好都做小买卖，卖些烟卷和零食，特务们故意向我们要许可证，我们哪有许可证，说好了弄到局子里罚几个钱，说不好便是一顿毒打。现在我们也吃着白面了，那时候，别说白面了，白棒子面也看不见。这是我们男伴；女伴，更苦，受特务汉奸们的欺侮、蹂躏就别提了。自打八路军解放了我们，可不同了，高丽棒子走了，园子又归了我自己，一天演两场，一场能卖四五百座（每座四十元），我们的生活才好起来了。主角一天可拿一千七百元，我们管事的可拿二百来块钱，就是打旗的他们一天也可以分一百多块钱。现在白面才四十二块钱，都可以吃白面了。这一个月来，我们的脸拿镜子照照，都胖了。八路军对我们的好处可大了，光说不行，事情在那摆着呢。我们现在也受不着汉奸特务的气了，流氓也不搅我们了。以前后台时常特务们调戏我们的女伴，女伴们唱完戏，赶快回家躲藏他们，真像耗子躲猫一样。今天的民主政府更好了，真替我们办事。前两天我们没煤烧了，我们往区里一说，就买着了。我们的茅房脏得不像样，我们往区里一说，卫生局就来人打扫干净了。政府真能给我们解决困难。像八路军这样好的军队，可真是头一回见。八路军看戏都买票，我们不要票，他们还抢着买呢。说话都那样和气，像真一家子人一样。"

(《晋察冀日报》1945年9月29日)

重庆成都文化界的"拒检运动"

【新华社延安廿八日电】重庆成都文化界，自九月初起发动的争取新闻言论自由的"拒检运动"，在很短的时间内已得到了广大的效力。

九月初，重庆的《东方杂志》《新中华月刊》《民宪半月刊》《宪政月刊》《民主世界》《通讯半月刊》《中学生月刊》《现代妇女》等八大杂志发行了联合增刊,自九月份起拒绝将原稿再送审查。这个消息传到成都,立即得到该地《新中华日报》《华西晚报》《华西日报》《成都快报》,川康通讯社、自强通讯社,《开明少年》《现代周刊》《大学月刊》《天和年刊》《大义周刊》等十七种新闻杂志团体的响应。这些团体的代表们,在本月八日交换意见后,一致决定自即日(指报纸通讯社)、即期(指杂志)起,自动撤销检查制度。随后《成都周刊》《星期快报》《大国民周报》《新世界周报》等四大周报亦自十日起声明拒检。成都剧作者协会分会,乃至于基督教会的《福幼报月刊》、三台的文学期刊社也接着响应。至中旬重庆的"拒检运动"更为扩大,除上述八大杂志外,又再加上《中华论坛》《中山文化季刊》《文汇周报》《民主与科学》《再生》《国论》《战时教育》《学生杂志》等八家,共十六大杂志联合致函国民党中央宣传部、国民参政会驻委会及宪政实施协进会三机关,声明自本月份起,自动停止送审,以符"实现民主□□",接着还有《抗战文艺》《文哨》《文□杂志》《中□学生导报》《民众周刊》等起而响应。至九月十八日止,在重庆加入"拒检运动"者已达二十一家,成都燕京大学十一个壁报社也加入了运动,他们联合声明,自即日起撕毁统制思想的壁报检查制度,全国同学一致行动,打破思想统制任何一切的检查制度。这一运动的参加者,包括了代表各党派(国民党民主派在内)各阶层的极其广大的新闻界与文化界。特别是成都方面,现在继续送审的只有《中央日报》与《黄埔日报》(即国民党党军机关报纸)。

　　成都十七个新闻文化团体,为响应"拒检"致重庆八大杂志的信里说:"我们为了保卫人民的言论自由,有理由自动宣布检查制度的死亡……战争结束以后,同盟国乃至法西斯阿根廷与战败的日本都先后取消了检查制度,而我国政府还对弊端百出的检查制度多所爱惜,不肯宣布取消。在这样情形之下,我们认为采取拒绝检查的行动是非常必要的。

毫无疑义,时至今日,只有实际行动,才能使政府当局懂得人民何等重视自己的言论自由,何等厌憎束缚言论自由的检查制度,而对于检查制度的延不取消感到何等不耐……从今天起,我们和你们一样,将是言论自由的报纸,将是言论自由的通讯社,将是言论自由的杂志。我们将和你们以及全国要求言论自由的报纸、通讯社和杂志团结起来,共同举起言论自由的大旗,宣告检查制度的死亡,宣告一切压迫言论自由的制度的死亡。对于这个必须死亡的制度的挣扎,我们都将以联合一致的力量予以无情的打击。"

大后方人民所进行的"拒检运动"——自动撤销检查制度,只是争取全面的言论自由的一个步骤。关于争取全面的言论自由,《华西晚报》于九月三日《要求新闻自由》的社论中提出了如下六项要求:

第一,立即取消党政机关的出版特许权(这是一种成文的排斥非党出版物的办法)及邮电机关的检扣权。

第二,立即取消消息新闻检查。

第三,反对独占敌产分配,必须机会均等。

第四,过去被停止发行的杂志和通讯社应该立即解禁。

第五,立即释放被捕新闻记者。

第六,严惩附敌记者,严防他们混入报界为敌人服务。

目前还在扩大的"拒检运动",是大后方人民用具体行动争取民主的运动之一翼,因为正如《华西晚报》所说的,钳制言论乃是"在新闻(文化)上的一党专权"。自一九三〇年国民党当局颁布《出版法》以来,中国人民在这种高压专制的制度中,长期地失去了说话的自由。抗战后的头一年半中,虽然一度比较开放言论,使得人民的救国力量一度蓬勃起来,但旋即在"战时"的名义之下恢复了旧制。人民被压得没有声音的中国,曾是多灾多难的中国,经过了人民在过去八年中付出了重大血汗牺牲,才得到了抗战胜利,人民决不容许仍如过去一样,在多灾多难的不民主的制度下过下去了。

人们认为在人民压力下，政府发言人于本月十二日所说的"将自十月一日起，撤销新闻检查制度，但收复区例外"一节，仍然是拖延时间的，而以"收复区例外"恰恰说明了当局要在将来的政治经济文化中心的沿江沿海地区，继续执行钳制言论的检查制度。在所谓"收复区报纸之暂行办法中"，规定一切新闻文化资产均归政府接收及启用，乃是垄断新闻文化事业的行为。（九月十四日《新华日报》专论）实际上在抗战结束前后，当民主运动在全国普及高潮的这个时期中，新闻出版界中的党报、半党报垄断活动，是在猛烈进行着，特别是抗战结束后，党报、半党报方面准备一举独占沿江沿海大城市出版文化机关及器材，使人民在这些地区没有发表言论的可能。"首先是绞杀与埋没上海《新中国日报》，继之就有人飞上海接收《新闻报》，最近又有多人被分别派充南京、上海、北平、天津、武汉、广州、香港等重要地区的特派员，会同'地方政府'接管敌伪新闻出版、广播、电影及其他文化事业机构"。党报、半党报独占敌产的结果，"显系形成中国新闻事业寡头集团"的垄断。（九月十三日《华西晚报》）

（《晋察冀日报》1945年10月1日）

贯彻中央局宣传会议精神

冀晋四支队一面作战一面写稿

正人

【冀晋军区讯】在晋察冀中央局宣传会议之后，冀晋军区即指示部队加强新形势下的通讯报道工作。该部四支队于九月廿三日上午召集团主任,宣传讨论通讯工作。该部在七八月爱报运动中,曾获光辉的成绩,像"新生"部、"突击"部、直属单位都实现了"全军办报",除供给《子弟兵》《日报》稿件外,特别发展了情报、黑板报的工作。"新生"部的黑板报直接指导了"尊爱"运动,"突击"部的黑板报上了战场,用九块既小又薄的木板制成,能够流动、分散、集中,在战场上鼓舞了部队,爱报造成了群众运动。在大进军中,常行军作战,部队看不到报纸,听不到胜利消息,该支队政治部即适时出版了《大进军》小报。除一般征稿外,还有特约稿件作保证,政治部的同志及各团宣教干部,行军作战中随军搜集材料,晚上就搜整汇报,马上写稿。因此报纸逐渐加强了指导性,解决了来稿不及时的困难,并随军收听延安广播,印发时事新闻快报,活跃了行军作战中的政治生活,在巩固活跃部队,以及宣传群众工作中,起了很大作用。但他们的通讯工作还存在着零星、不系统、潦草的毛病,有许多生动的材料没有及时报道出去,有些工作经验也没有很好整理。这次会议上,首由边副主任,指出:当前部队本身的群众宣传巩固部队的许多范例和经验,值得报道,并要根据晋察冀中央局宣传会议的精神,活跃我们的报道和宣传工作。继而由军区参加宣教会议的同志传达晋察冀中央局关于当前宣传工作的方针及重点,会议中确定了健全一般通讯组织(如连通讯小组、营骨干小组、团以上中心小组)和"特约通讯员"、宣教干部的特殊撰稿的职责,踊跃为《日报》和《子弟兵》写稿,并改进《大进军》报和新闻台的工作,决定五天给《日报》及《子弟兵》送稿一次,特约者以新闻台拍发,贯彻中央局宣传会议的精神。会中分工突击关于巩固部队、群众工作的稿件数篇,分工写出,经审查修改后,立即送往报社。

(《晋察冀日报》1945年10月1日)

张垣音乐工作者发起成立音乐研究会

【新华社晋察冀分社一日讯】九月七号本市各中小学音乐教员王金波等十余人，应市府教育局之约，齐集于宣传大队，与该队音乐队全体同志共同讨论如何迅速解决各中小学音乐教育之方针及材料问题，并历陈在日本法西斯野蛮统治之下音乐教育变为敌人奴化教育的工具，而今天新音乐教育是为人民大众服务、为新民主主义政治服务，更是启发民族意识振作革命精神、鼓舞斗争意志的不可缺少的有力武器。到会者均以极大热忱表示愿为新音乐教育尽自己最大的努力。会上，对今后如何开展群众音乐运动，如何增加教育工具，及解决材料供给问题，均加以讨论。次日继续开会，由教育局秘书对各教员所提之材料教具等问题一一答复。宣传大队音乐队并赶印儿童歌曲活页歌片，分发各教员，以解决当前之困难，各教员咸表满意。

会上郑惠兰先生提出建立一音乐研究组织以交换经验、互相帮助、提高自己之意见，大家一致认为很有必要。当即推定王金波、郑惠兰、徐景全、郭振铎、李中立、供佩贤、刘振中为筹备委员，抗敌剧社张明如、挺进剧社王建中、战线剧社陶申、群众剧社徐明参加筹委会，共同进行筹备工作。筹委会开会两次，拟出简章草案，定名张垣音乐研究会，以开展群众音乐运动、研究新音乐教育、提高音乐理论与技术、革命歌曲之创作及普及为宗旨，凡愿为人民服务为新民主主义文化事业服务之音乐教师、音乐爱好者、音乐工作者均欢迎踊跃参加。现该会已开始进行会员登记，以俟会员登记告一段落，即将举行成立大会。

（《晋察冀日报》1945 年 10 月 2 日）

群众剧社在宣化公演《血泪仇》

【新华社冀察支社五日讯】群众剧社自来宣化工作后，即与本县学校教员、工厂职员等多人合组成宣传队，至工厂市场、戏院、小学表演抗战歌曲，颇得群众欢迎。各处都纷纷要求学歌子，该社即派人至各处教唱并教小学生打霸王鞭，愉快雄壮的歌声已开始在古老的宣化城各处传播起来。近日该社又在宣化人民剧场、前宣化公会堂，公演《血泪仇》，第一二天招待警备处及汽车大队等，观众十分拥挤，各方多纷纷要求连续公演，都说从来也没有看过这样的好戏，看了大后方反动派苦害老百姓的实况真是又难受又□□，看了解放区的情形又兴奋又喜欢。有的人就说：我们在毛主席领导下，宣化也一定会变成像陕甘宁那样好地方的。该社不日即将到各工厂、城内各区进行广场演出！让宣化的老百姓们都有机会看到。

(《晋察冀日报》1945年10月6日)

张垣音乐研究会筹备会启事

本会现已筹备就绪，自即日起，开始登记会员。凡赞同本会之宗旨，并愿为人民服务、为新民主主义文化服务之音乐教师、音乐爱好者、音乐工作者，均欢迎参加，共同为新中国音乐运动之建设而努力。凡愿参加者，请向下列地址索取简章及登记表格，并寄还原地。成立大会何日召开，另行通知。

本市第四区刘家大门第十女校郑惠兰先生。

本市第七区和尚□□第四小学校王金波先生。

本市第七小学校李中立先生。

本市明德大街远来庄抗敌剧社张明如同志。

（《晋察冀日报》1945年10月8日）

加强军事报道　分区组织前线采访工作

【新华社冀中五日讯】七地委为加强报道反攻的伟大胜利，指给各县组织一临时通讯组，由县通讯干事及县级各部门好的通讯员五人至七人组成，无通干的县份由县委宣传部一人负责组织，通讯组的人员均暂时脱离本职工作，专作采访。有军事攻势的县则随军活动，无敌伪点线者则只报道日寇投降后的新形势下根据地的各种情形。自本月十四五号以后各县已相继组成，开始活动。定南通讯组在刚一组织起，当天即到前方随指挥部活动，即组织了两篇通讯。同时分区也组织了一临时的专业记者到了前方。

（《晋察冀日报》1945年10月8日）

泰兴文化教育活跃

【新华社华中五日电】泰兴中学开学后，全市小学亦纷纷开学，废除伪化教材，中高级学生增加社会活动，采取大众书店出版的新课本，并由政府教育科编发补充教材。公立小学一概不收学费，私立小学虽收学费，但设有百分之四十的免费学额，使抗属及贫苦儿童得以入学。过去受敌伪骚扰而停顿的市郊各乡乡学，亦已逐渐开学，各处都可看到三五成群的学生唱歌识字、讨论国家大事。新成立的乡村剧团正深入各村宣传减租法令，黄桥俱乐部正积极筹备中，内设阅读书报处、剧团、运动部、民兵学校和大众讲座，该俱乐部将要成为全市二万多群众娱乐活动的中心。

（《晋察冀日报》1945年10月8日）

抗敌剧社宣传卡车业已开始进行宣传

【新华社晋察冀分社八日讯】经十余日的筹备，军区政治部抗敌剧社的宣传卡车业于十月七日开始在本市进行双十节宣传周的宣传。七日第一次在清水河边演出，第二次在张家口剧场演出（详见三版）。预定八日在本市一区作第一次演出，下午在二区演出，九日上午在六区，下午在四区，十日在双十节纪念大会上公演。

并且在宣传周中，每晚由抗敌剧社在新华广播电台放送广播剧和歌咏，希望诸位市民按日到一定时点看戏，每天下午五点半至六点收听广播剧。（羽山）

【新华社延安七日电】延安广播电台，于六日晚特请鲁艺文工团首次播送娱乐节目，内容为：（一）《庆祝胜利》；（二）《有事××》；（三）《东方红》；（四）《兄妹开荒》。按前三者为歌曲，《兄妹开荒》则为描写延安大生产运动中一个侧面的秧歌剧。自本月开始，每星期六下午六时半至七时（上海标准时间）将均有娱乐节目，希按时收听。

（《晋察冀日报》1945年10月9日）

宣传卡车的第一日

羽山

两辆红色的宣传卡车从远来庄驶出来了,这是十月七日上午十点半钟。卡车两旁挂着四幅大宣传画,车头上的红旗写着"晋察冀军区政治部抗敌剧社"几个白字。

卡车徐徐前进,锣鼓声随之而起,街上的行人都带着惊奇的目光,站立道旁,店铺里的人们也跑到街上来了。当卡车过去,人群便随着卡车赶来,驶过明德大街,卡车停下了,后面追上的人群和新市场的人们把车子团团围住。卡车上便唱起《没有共产党就没有中国》,听众静静地听着,会唱这支歌的孩子们已经去低声随和了。

唱完这支歌,演说的人从车里站起来:他说明为什么说没有共产党就没有中国。听众齐声叫道:"对!"掌声继喊声而起,第二个唱的《八路军进行曲》,在二部轮唱时,两部卡车一前一后又前进了。"乡亲们到清水河边去看戏吧!"咱们在那儿还唱歌,还演戏呀!稠密的人群跟来,直到演戏的地方。

塞外的风卷起黄土,两辆卡车并在一起,便合成一个临时的舞台。我们在大风中挂起幕布,当着观众布好了极简单的景。歌咏节目先开始,唱了三支歌,只要歌声一间歇,便是一阵热烈的掌声,唱完之后,就在我们旁边的几个观众便异口同声地说:"真好。"接着第一个剧《墙头草》开演,观众络绎不绝进来,黄包车夫把车子放在一旁来看戏,骑自行车的也扶着车子立在人群中,妈妈抱着孩子向台上指点,老先生□着胡须目不转睛地望着台上。看,那个姓金的警察,从前敌人在这儿他当警察,仗着敌人的势力欺压商民,今天八路军来了,他还用旧的一套在点心铺里买了月饼不按市价给钱,因为想白拿一包茶叶走,店里的伙计不答应,便假借清查户口来找碴儿，把铺子里的收音机当作军用品，把商民自己买的花布硬说是日本人的，还逼着要枪，但是商民们是明白八路军是公买公卖的，认识姓金的不是真正的八路军便报告了派出所，结果派出所杨同志把这个人绑走，并把月饼还给商店向掌柜道歉。当前边一段情节展开的时候，许多观众便不住点头说："这是真事，一点不假。"派出所杨同志来了，台下大声欢呼起来。掌声经久不息，而当杨同志说明今天民主政府对能够痛改前非的伪组织人员采取宽大、教育，对执迷不悟的却是镇压、惩罚的时候，台下却转入一片寂静，因为观众们都在仔细地听着他的话并且思索着。接着戏的闭幕，演说的人又跳上台来，他从戏的情节中又着重说明八路军、共产党、民主政府的宽大政策，台下不时升起"对！对！"和鼓掌声。演说之后又是三支歌，歌咏之后第二个戏《中秋佳话》。这个剧里用市民们亲身体会到的实业来说明民主政府的发展和扶持私人资本的政策，说明八路军、共产党的正确的男女关系，这些事实无情地粉碎了敌人及奸特分子污蔑共产党共产共妻的谣言。

许多行人本来都想看看热闹便走，结果都被动人的剧情留下了。人们越聚越多，从二百到三百到五六百，观众的情绪在随着剧的进展波动着。一位大约是商店经理说："简直和我们亲身经过的一样。"站在他旁边的一位戴眼镜的却补充了一句："还有比这厉害的事呢！"这位说："装得真是样。"那一位说："就和真人上台一样。"每当在戏里提出一个问题，台下就三三五五轻轻议论起来。之后便又鸦雀无声地听着台上在怎么解决这些疑难。

已经下一点了，最后唱了几支雄壮的军歌。我们便向观众致告别词，台下报以热烈掌声，许多观众看着我们把布景撤完等到我们的车开动了才散去。

因为风的影响，卡车驶过怡安街、宣化大道、解放大街，在张家口剧场做第一天的第二次演出，我们的戏紧接着刚演完的山西梆子开始。一切刚布置就绪，电灯突然灭了，我们便在漆黑的台上演说、唱歌，连续响起的掌声吸引住剧场外走过的人们，很自然的他们也进来了。经二十分钟的暗黑，电灯着了，观众欢呼起来。

第一个戏《枪》，第二个《看看再说》，第三个《李甲长》，这些剧本都是我们此次到区帮助工作所得到的材料来写作的，所以它们都紧紧地和张家口市当前情形一致，也能够打入观众的心坎。观众的情绪和掌声比我们第一次演出时还来得响亮、热烈。戏开始时，剧场里还空着一半坐位，最后却挤得满满的了。在告别词中，我们希望今天看过戏的诸位回去把戏里的情形告诉自己的亲戚朋友，并动员他们来看戏，告诉他们明天在一二区演出。

当我们走出剧场，在外边摆摊卖瓜子的还在学着唱《没有共产党就没有中国》。我们坐上宣传卡车，司机同志告诉我："今天的戏演得真好，说到人心坎里了。我在下边看，听见很多人都说，'嘿！把我心里的话也说出来了。'"

宣传卡车驶上归途的时候，夜幕已笼罩着张家口市，塞外的寒风还在呼呼地刮着。

（《晋察冀日报》1945年10月9日）

本 报 启 事

今日国庆节，本报休假一天，明日无报，十二日照常出版。此启。

（《晋察冀日报》1945年10月10日）

张市游艺界今日演戏劳军

军区政治部复函致谢

【新华社晋察冀分社九日讯】张市庆丰戏院、市立剧场、天凤魔术团职艺员捐款三万五千元（庆丰、长顺社各万元，天凤五千元）慰劳八路军伤病员，并定双十节免费招待解放军指战员。晋察冀军区政治部已复函致谢。兹将两函志后：

晋察冀军区各位干部战士同志们：

自从你们光复张家口市以后，把我们由苦难中拯救出来，在军民团结一致的奋斗下，很迅速地把全市市容整理得焕然一新。在过去我们每一个人民，均在敌人日本鬼子的压迫下忍气吞声，受尽了许多不可言语形容的罪行；如今不然，我们的民主政府给与民众言论、集会、结社、信仰等自由，我们现在已经是大翻身啦！光复本市之四、五日后，我们便完全开始营业了。现在我们的生意十分兴旺，我们的生活亦改善了。从今天起，我们不再受敌伪汉奸特务的欺侮了！当我们和你们会面时，待如自己之亲兄弟一般，尤其是共产党对于我们的关心，真如第二父母一样。我们全体职艺员不知怎样来感谢你们才好呢！所以愿将全体职艺员之一部余金三万五千元提出来，作为慰问为国为民而光荣负伤的同志（决非像敌人日本鬼子的命令性质来献金），以表我们的心意。我们诚心诚意地奉上，敬请查收才好！

其次，为庆祝中华民国国庆纪念日和再进一步慰问辛苦为中华民族解放而奋斗的英勇战士们起见，特定于十月十日（双十节）上演各艺员之拿手好戏，请同志们免票观看。希望各位战士和干部人员踊跃光临为盼！

庆丰戏院经理赵光斗及全体职艺员、市立剧场长顺社经理王和善

及全体职艺员、天凤魔术团经理杨筱亭及全体职艺员共同敬礼

庆丰赵经理、长顺社王经理、天凤杨团长暨各位职艺员：

来信及慰劳伤病员款三万五千元均收到。张市艺人对于我军之深切关怀，我们深为感奋，特代表我全体指战员，向你们致谢。

此致

敬礼！

晋察冀军区政治部
十月九日

（《晋察冀日报》1945 年 10 月 10 日）

抗敌剧社举办星期歌咏训练班

【新华社晋察冀分社九日讯】为了普及新歌咏运动，军区抗敌剧社决定举办星期歌咏训练班，每星期日上午九时至十二时在该社社址（远来庄）教唱，欢迎本市各界前往报名参加。

（《晋察冀日报》1945 年 10 月 10 日）

宣传卡车和市民们认识了

——宣传卡车日记之二

羽山

十月八日，宣传卡车出动的第二天上午，我们在一区火车站演出，就站台为舞台，两辆卡车为两面墙壁，演员在火车厢后面化装，观众站在后车盖的车皮上看戏，坐在铁轨上看戏，站在石椅子上看

戏，后边的爬在树上看。今天的观众有许多铁路员工。

我们在台上唱《没有共产党就没有中国》，看见台下孩子们的嘴也在动，这支歌已经在人们的耳朵里不生疏了。

第一个戏是《枪》，第二个戏《墙头草》。《枪》里的父亲是个铁路工人，戴着平绥铁路的黄臂章，穿黄呢上衣，一位铁路上的观众在台下轻轻地向身旁的同事说："他是咱们铁路上的吗？"那一位说："是吧！不过昨天他穿的不是这件衣裳。"下面有七八百观众，掌声和哄笑比昨天还稠密，比昨天还响亮。

一时许演完，五分钟我们把一切收拾完竣，卡车出发到第二个演出地点。这是二区宝善街口，在卡车上演出，开始观众只二百来人，渐渐增加到五百余，好几辆黄包车停在人堆外，车夫坐在车上看戏，卖枣糕的一边卖一边站在车架上看，有的爬上墙头。

我换了便衣，在没上场前到台下看戏去了，这时正是那个警察金先生要把月饼和茶拿走，一位观众着急地说："嗳呀，拿走了，拿走了。"当管账先生上场的时候，另一位观众却说："人家研究得真好。"金先生没有拿走茶叶很生气地说："好，咱们骑着毛驴看书本走着瞧。"我旁边戴礼帽的那位说了："你看，他等会就来找碴儿。"我问他："你看过这戏吗？"他答道："昨天无线电不是广播了。"我挪了个地方，正碰上一位观众往出走："演讲很是不错！"他有事要往别处去，似乎走时还很遗憾不能继续看完。他刚走旁边又来了两位，其中的一位往台上看后说："啊！昨天我看过，很好！"他却没有走，因为看不见，还到另一处高地方去继续看下去了。

最后，唱歌的时候，我看见那个戴眼镜的汽车大队的司机又在旁边，刚才在车站第一次演出时，他从头看到我们卡车一直离开。这时他又来了。

夕阳渐渐西沉，我们向大家告别。第五小学的同学们唱了歌

《没有共产党就没有中国》《小木枪》《生活在晋察冀真是快活》欢送我们,卡车通过怡安大街,许多群众跟来,我们的卡车停下唱了三支歌,并且告诉他们明天还在四区演出,唱完歌,大家热烈报以掌声。"佐佐木"照相馆慰问了一条烟卷,因为我们的宣传卡车是停在照相馆门口唱的歌。

(《晋察冀日报》1945年10月10日)

一区宣传队普遍出发街头活动

【新华社晋察冀分社讯】张市一区讯:这次双十节前,为动员全区群众,都热烈地庆祝我们的双十节,成立了宣传队,划定宣传站,有汉清桥、车站口、清真寺、解放大街、三太爷庙街等地。从八日开始,宣传队已开始活动。首先在车站口宣传的有抗敌剧社,共演出《枪》与《墙头草》两个剧。一二两级小学校的宣传队,到一甲公共剧场、清真寺一带进行活动,他们编有音乐队、秧歌舞及歌咏队等。在晚间又有钰甡、华胜、元田等工会的工人宣传队,一面喊口号游行,一面唱着歌子,也在街头出现。九号,一二两级小学校除详细地计划本日的活动外,并分三个宣传组分头做街头演说,以扩大宣传效果。扶轮小学,也准备把排好的话剧在街头演出。工人宣传队有寿和木厂、瓦匠工会等,也积极做游行准备。沙河路及黑石坝工会也在筹划自己的高跷队,准备在双十节演出。南北窑工会也都在学习歌咏,好在街头进行宣传。一个小学校教员说:"不但日本在时不敢庆祝双十节,而且在国民党统治时代也没有像这样庆祝过。"

(《晋察冀日报》1945年10月12日)

冀察军区政治部文艺工作干部训练班通知

（一）凡已报名而未来考试者，务于本月十一日、十二日、十三日三天来本市长清路冀察军区政治部考试。

（二）本训练班续招新生，名额不限，男女兼收，随到随考，地点同上。

（《晋察冀日报》1945年10月12日）

《工人报》复刊启事

本报在边区总工会领导下，一本工人写、工人看、全体工人办报的方针，为工人群众服务，已有半载，深得广大工人同志所爱戴。《工人报》是工人自己的报，是工人自己说话的地方和学习的地方。近因总工会迁移会址，本报也随之暂时停刊。现我解放区日益扩大，各区、各城市之工人的生产竞赛、清算斗争与控诉复仇运动，亦正蓬勃发展。为及时反映各地工运状况，交流各业各铁路、矿山、工厂、苦力、店员等工人运动的斗争经验，加强工人阶级的团结，开展工人的学习运动，本报决定于周内复刊，以响应各地、各业工人同志的要求。希各地工会，积极发动与帮助广大工人同志，建立通讯网，组织写稿运动，经常有计划地将工人的斗争经验、生活状况、学习情形、生产竞赛与模范事迹等，源源报道。刊期暂定五日一期，俟通讯工作开展后，再为缩短，此启。

晋察冀边区工人报社　十月八日

张家口东安大街晋察冀边区总工会转

（《晋察冀日报》1945年10月12日）

大会宣传卡车

柳荫

一

宣传卡车，在会场的一角，吸引着足有两千多情绪昂扬的观众。

台下有人提议："演戏时不要鼓掌！"

可是谁有这么大的耐性——不要鼓掌？除非你有本领能叫观众的沸腾的热血平静下来——这是绝对不能的。

当第一短剧《枪》演到末尾，一个奸细终于遭到破获时，把全场观众都"解恨"地呼叫起来了。

在这个戏里，有一篇话，是观众们听得顶痛快的：

"起来，起来。"演八路军同志的，对那个被破获后，吓得全身战抖，跪在地上求饶的汉奸说："不错，我们是实行宽大政策的，可是有些坏家伙不了解我们的宽大政策，以为为非作歹也可以得到宽大，更加明目张胆，胡作非为。告诉你们，对于那些死心塌地、不思改悔而仍然做破坏活动的汉奸特务，只有依法严办，决不姑息！……只有这样，才能叫老百姓心服，才能为民除害，大家才能过好日子。对于那些能够认识过去做错了，愿意改邪归正的人，我们决不处罚，我们给他机会，让他自新，决不是随随便便宽大的……"

还未来得及听完，好多观众，早已情不自禁地喊出："真把我们心眼的话都说出来啦！"

代表着全场观众内心的呼声的大鼓掌，经久不息，正如一阵横空划过的雷鸣。

二

第二个短剧《李甲长》上演时,在观众中,不断地起伏着"赞叹""激动"的声浪:……看,台上的那家伙,真像我们那个甲长,唉,那股阴险劲儿……穷老太太可敢是真人上台,不像是老八路装的……咱们那里没有户口的穷家主,上次也没有领到粮,统统是这群子甲牌长们出的鬼……《李甲长》这个剧的内容和人物,对于观众是太熟悉了——

在剧里面,李甲长应付我们的区长说:"用不着到每一户去……谁家怎么样,敝人都清楚……"这话倒是真的,过去甲牌长们,就是靠着熟悉地方情况,来充当敌伪的爪牙,极尽其搜刮压榨人民之能事的;但,同样的道理,我们广大的人民,对于所有敌人爪牙们的行径,也是"用不着到他那儿去……谁是怎么样,大家是都清楚"的,因为大家亲受这些坏蛋们的熬煎已八年之久,当年任你气焰再高,总归掩不住人民大众的眼睛。而这些罪恶昭彰的家伙们,如李甲长之流,竟在张家口市解放后,还敢于钻民主政府的空子,吾人无以名之,而只能名之曰:"不知死活!"

三

对于大会宣传卡车的主要节目,《枪》和《李甲长》这两个短剧,综合观众的反映如下:

(一)奸细被八路军带走了,到底是怎样处罚的他呢?李甲长做坏事,区长发现了,也未说怎么办他,使得大家看后感到不够完全满足。

(二)这次大家未看到表演伪警察的戏,感到很可惜:"过去,那些当伪警察的,仰仗着敌人,势派可真大啦,老百姓饿死在道旁,伪警察们是无穷的富贵,像戏里演的那个特务、李甲长这流人,过去也统统都是和警察们通□办事的……最好能再演个伪警察的戏,能让那些过去当过伪警察的一看到就头痛、就发晕才够劲,好好治治他们,永世不敢出坏!"

(三)另外,不少工人、老乡,也开始在希望给他们的工会、团体编戏演了:"演一出汉奸特务戏,再接着演一出咱们工会或别的团体的戏——让老百姓看看汉奸们过去怎么祸害老百姓,而今天咱们又怎么为老百姓出力,看大家看了喜欢不喜欢!"

我们应该重视这些观众的意见,作为今后创作、演出工作的参考。

(《晋察冀日报》1945年10月13日)

张市庆丰戏院经历三个时代

只有今天才"找到妈了"

何迟

【新华社晋察冀分社十二日讯】 记者为访问解放后的庆丰戏院,会见了该院经理赵光斗老先生。赵光斗先生已六十岁,从民国六年就经理这剧场,到现在二十八年了。他陪伴这院子从年轻到白发,他和他的剧院也经历了三个不同的时代。这就是军阀统治的时代、敌伪统治的时代及张市解放后的新时代。

在军阀时代,女演员,在旧社会所谓坤伶,是受人们轻视的,军阀们一向把她们当作玩物。民国九年奉系军阀张景惠手下的红人齐旅长,这个毫无人性的五十多岁的老畜生,叫一位十四岁的小姑娘小凤兰去陪酒,自然是不行的,陪酒一直陪到晚上,戏院要开戏了,央求了多少次不放,院子里的戏只好停演,这位年幼的姑娘就在当夜被奸污了。民国十二年张景惠走了,来了个察省主席张锡元,他的队伍来看戏,楼上的人每天拿一块石头,不顺眼就往下打,吓得演员谁也不敢出来。赵光斗先生说:"这类事情不是偶尔一两次,这么多年不论什么队伍三天两头闹，军阀的气我算受够了！"

张家口被日本人强占了。韩国浪人明海庵怀着阴谋找到赵老板，定了个骗人的合同："演员、院房、戏箱照旧交□开份儿，如盈利对半分，如赔本由明海庵一人担负，院子更名东亚。"开幕后，院子一卖钱，明海庵说："我一个铜子都没有，我吃饭都得由你管。"后来用买票抓彩的办法，收入增加了，赵经理又找他分红，明海庵只给每天廿元的箱分，红利概不分给，并且又想出新花样说："咱们另立新章，□照中国办法三年一分红。"即在矮檐下，怎能不低头？好容易熬过了一千一百多天，三年期满，反复无常的明海庵又变了卦："现在不但不能分红，房子已被逆产处没收，而且要备款买房，事关营业，如不设法你有被逐出院子的危险。"明海庵钱搂足了，又换了一个要命鬼来，他委派另一韩人金光作副经理，金光接办了，以前的红利一笔勾销，金光一上台就想了一个连根烂的办法索性拆卖院房。赵光斗忍无可忍，在一九四五年七月卅一日、八月一日的伪《蒙古新报》上登了一个启事，"声明如有人转售拆卖就依'法'解决"。但一面官司是难打的，金光又逼赵光斗在报上登悔过书，赵迫不得已，在八月四日在原报上登了一个声明："东亚剧场赵光斗于七月三十一日、八月一日在新报所登启事，今经人'调解'，该启事暂为停登。"庆丰剧院就这样被日本人的腿子霸占了七年多，八路军来了才物归原主。

七年来的气受够了，演员们的苦受尽了。高粱面难吃吧，但都吃不饱。日本人退走前白面八十四块钱一斤，而演员最高薪金才五十一元，场面上六个人才给二百九十元，扫地夫才两块钱，每日所得不够吸一根纸烟啊！演员们过着悲惨的饥饿生活，只好做小生意维持生活。卖纸烟的、卖肉的、卖衣服的、卖小吃的、卖麻饼的……干什么的都有。做小生意又没有许可证，警察看到就有被抓走的危险，郑双平不是被监禁了十几天吗！有的人身体好的另寻生路去了，没办法便只好忍耐着。

女演员不但受困苦生活的鞭挞，而且受一群警察地痞的欺凌。已枪毙的警赖赵智兴，曾无缘无故找花淑兰为□儿，因为伺候得不好吧，"好，连理我都不理，好大架子。"事情就忽然严重了，赵智兴居然鸣枪威吓，花淑兰的父亲托人花一千多块钱请客，花淑兰管赵智兴叫"干老"才算了事。这类的事发生得很多，警察特务没事就到后台串门找便宜，后台比前台人多，看年轻的女演员的就抱坐在腿上问长问短，女演员只得斟茶倒水招待，人们只得作揖请客赔礼。后台的化妆室宿舍从开台到散戏，堆满一群不三不四地人甚至深夜两点还有来的。这些人骂你、气你、打你、玩弄你，你也得满脸赔笑管他们叫□爷□。否则不知道什么时候就会出乱子。戏园子的人们，吃不饱、衣不暖、受窝囊气还不算，走路也受到很大的限制。车站就是鬼门关，女演员吴素平下车时警察不叫走，演戏的刀枪把子扣留了，戏院派杨老板去接，挨了无数的嘴巴！下车难走，上车难行，没有□千块钱就不能过磅，挨日本人打、韩国人打、特务打、警察打。车站上偏偏和女演员们为难，一律要脱了衣服检查。×××虽然花钱请了客，但在车站上还是脱裤子检查受到污辱，演员们行不安坐不稳，住也住不安，民乐馆丢了东西，警察们硬说是演员们偷了，搜了整整一夜。七年多的日子，演员们是含着眼泪过的。

八路军是什么样的队伍，这一月的光景他们已经了解了。八路军来了以后，没有人找坤伶陪酒，没有人用砖头打人，没有人欺侮演员们，相反的是对演员非常地尊重，平起平坐有说有笑，把演员们当朋友、当兄弟、当姐妹，不是把他们当玩物、当贱坯。八路军看戏挤着买票，戏园子为了慰劳八路军一定不要买，两方面时常为了票的问题善意地争执起来。演员们说："这都是新鲜事，后台不三不四地看不见了，工作也方便了。每人的收入增加了，物质生活得到改善。敌人在时八十四块一斤白面，崔万春才挣五十一元，今天白面四十多块钱，崔万春的工资每日三百五十元（连他弟弟）。因此用不着卖纸烟就能维持生活,不携家带口的职演员还多少有些盈余。因此杨长发也可以买几盆菊花陈设在屋里。"物质生活提高以后文化生活的要求加强了,演员们辛苦了一天,晚上在电灯底下常常集体朗读小说消遣,所以陈柏林对八路军说:"见你们好一比重见天日。"有的说:"你们不来今年棉袄都穿不上。"所以现在没有一个人不痛快的,每人都好像心里有了底,有了着落。一记者写这篇稿子念给他们听,许多人都说:千万不要忘了把我们感谢八路军这点意思写上。有一天一个旧警棍在院子里发横,要拿出日本人在时那个劲头来。马岐祥(一个打板鼓的)对他客气地说:"你别横,今天不是以前的派头儿,我们有妈啦!"(指共产党八路军)

现在园子日入四万元左右,除挑费外盈利不少,老板心里高兴,演员干着起劲,他们都愿意跟共产党走,力求进步。目前正筹备组织剧协,成立自己的组织,为进一步改善生活,提高社会地位,为新民主主义的新社会服务。

(《晋察冀日报》1945年10月13日)

六区工人热烈庆祝斗争胜利

【新华社晋察冀分社讯】十月九号六区全体工人庆祝普丰面粉公司及十甲工人斗争胜利大会,工人们以主人翁的资格庆祝自己的胜利。时间虽然还是很早,但是工人们一队队地打着锣鼓,同举着大旗,走着轻快的步子赶到会场。当他们看到火红的彩牌楼及飘扬的彩旗时,他们心中简直说不出是多么高兴。十二点钟,全场已集合了三五〇人,共去十三个工会单位。主席简单地报告了开会的意义后,四区工会余主任讲话。他号召工人们团结起来。现在六区的洋车夫工会已发展了一百多人了,并且改善了生活。现在我们翻身了,但不要满足,我们还没有得到彻底解放，我们要巩固扩大我们的工会组织，积极建设新张家口。随后有普丰面粉厂的组长王有福讲话。他讲：过去敌人在时生活没法过，但是八路军到了后，生活改善了，能吃大米、白面，并且在共产党八路军的帮助下，建立了工会，工人们团结斗争的结果得到了胜利。我们工人永远忘不了共产党八路军。理发工会会长杨庆生，讲话时说："现在的工会和从前的工会不一样，现在是给工人谋利益的，过去是帮助掌柜的压迫工人，我们所以得到这些利益，都是共产党八路军给我们的。我们工人们永远和八路军生活在一起。"洋车工会代表许振之谈王海过去怎样压迫工人。别人车租都是两角，而他提成三角，虽然有的人不是租他的车，但是也受他的害，因为他一提高车租，别人也就提高了。现在咱们要和他清算，你们说可以不？下面工人们报以热烈的吼声响应着。总工会同志讲话，台下掌声雷动，他说："我代表总工会庆祝你们的胜利，总工会包括各地各种工会，现在已去□万多会员，现在工会是工人天地，过去工会是统治工人的人参加。现在我们工会就是工人的，我们一定要把他们消灭出去。很多厂主，对我们工人利诱或恐吓，我们不要上他们的当。工人们要互相帮助建设、巩固和保卫张家口。"最后由□长讲话，讲完话举行游艺节目以示庆祝。首先是二完小表演霸王鞭，他们唱着《生活在晋察冀真快乐》，博得全场掌声。抗敌剧社又演了两个剧，一是《看看再说》，一是《李甲长》。大家非常满意，阵阵掌声接连不断。直到黄昏才演完，工人们怀着激动的情绪散了会，在途中还是三个一群五个一伙地兴高采烈地议论着。

（《晋察冀日报》1945年10月13日）

冀中前哨剧社继续公演《王秀鸾》

西恒

【新华社晋察冀分社讯】《王秀鸾》已经连续地公演了四次，每次演出均需要八小时。剧社的演员们虽然在极端的疲劳中，可是他们为了□覆市民和政府团体的要求，决定仍在第一电影院出演，以使我们张家口的同胞们都有机会看到老解放区内在敌人据点密布的环境下，大生产运动的热潮和劳动战线的英雄事迹，并且从这一戏中更可以了解到贫苦的王秀鸾怎样在共产党和民主政府的帮助下把光景过好起来。

(《晋察冀日报》1945年10月13日)

挺进剧社在宣化首次公演

王犁

【新华社冀察支社十一日讯】十月十号国庆日，冀察军区挺进剧社，为了配合双十节宣传周工作，在宣化人民剧场进行首次公演，是日免费招待各界及各机关的节目是歌咏及《墙头草》《看看再说》《枪》《李甲长》《糊涂人》。当日观众看了，反映极为良好，每剧闭幕后，大家都议论说："这都是咱心眼里的话呀！"在□□的评论中引起他们无数的悲凄的回忆和讲不完的敌伪敲诈欺侮他们的故事。一个市民说："那时候他们把咱们欺侮死也不敢说一句话呀！""今天我要找到敲诈我的那个坏蛋非拉着他到咱抗日政府里讲讲道理不可，现在可是咱们说话的时候了。"挺进剧社为了满足各界的要求，准备继续公演，自今日（十一日）起每日两场。给市民演完后，即将去工厂专给工人同志们演出云。

(《晋察冀日报》1945年10月15日)

《血泪仇》演出盛况

王辛

【新华社晋察冀分社十四日讯】《血泪仇》这个被热盼已久的名剧，终于在十二日于张家口演出了。市民们兴奋地传说着，纷纷地打听演出的时间和地点，唯恐看不上。当人民生活逐渐改善后，两个电影院四个剧院已经不能满足市民们的要求，人们对宣传卡车和广场演出反应很好，都说："只有八路军才会这样做，八路军共产党是最看重老百姓的。"

今天是演出的第二天，人们接受了昨天的经验，早已就来了。离演出还有一个多钟点的时候，这么大的广场上，已经占了小一半，足有五千人的样子。队伍、学校、团体互相热烈地欢迎唱歌，《没有共产党就没有中国》《团结就是力量》……唱了一个又一个。四周二十来处小贩也都摆开摊子，水果点心、小吃样样都有，还带着灯，准备晚上做好买卖，有的要求警察能允许他们摆在四沿的扩音机下面。"咱夜里做了好买卖，没看上好戏也是不上算，看不上得好好听听……"那个卖葡萄的老头诉说着。这是一幅新的画面，一个小贩可以和警察商量着办，警察又是那么和颜悦色笑嘻嘻的。

刚到四点，八个扩音器在会场里同时响起来，声音是那么响亮，歌声是那么地悠扬，台上指挥队伍的人开始说话了："……同志们，今天我们的戏主要是给老乡们看的，请武装队伍一律向后退三十大步。"号令一下，队伍立刻移到了后面，老乡们都从后面移到了前面，两边像围墙似挤满了观众。今天来的人太多了，到开演的时候已有一万多人，从最后面看台上已经看不很清了，只能看到大的动作，只能凭借扩音器听着剧中人的唱和对话，但人们还是挤得那么紧紧的，眼睛吃力地集中在舞台上。有几个拉洋车的和赶大车的索性就站到车子上去看了，有些人来得太晚，只能一堆堆地簇拥着最边沿的扩音器。幸好，扩音器是播送得那么清楚，连一点杂音都没有，但有时由于台上演员的走动，声音时大时小，人们必须凝神地细听着。

演出中，人们小声地谈论着剧情，有些战士、工作人员自动地小声地向群众解释，"老乡，你看懂看不懂？听得清吗？""怎么看不懂，句句都听到心里了，这是坏家伙们欺侮咱穷人哩。"有的不断地询问着，"这都是真事吗？那穿灰军衣的是什么队伍？"有的则似乎都看懂了，叹息着王仁厚一家悲惨的境遇。但每当演到紧张的场合，台下一点声响都没有，只能听到笛声、梆子胡琴声和清脆的板鼓、梆子声和着唱词。

每当演到王仁厚一家逃难和到龙王庙的时候，总有不少人哭得抬不起头来，不忍再看台上，尤其是妇女们、老太太们。但当王仁厚带着孩子一进边区，人们就都破涕为笑了，不断发出最挚真兴奋的轰然的笑声，夹杂着鼓掌和叫喊声，台上再也阻止不住了。

看完这全部戏，要在土地上坐六个钟点，但人们不觉得疲劳，坚持着到演完，特别最后几场边区军民自卫击退反动派的战斗场面，人们还帮着喊叫："好！打他狗日的！"大幕一落，戏完了。灯光刺眼地扫向台下，人们似乎还不想走，纷纷谈论着戏里的情节，纷纷到台前询问："明天还演不演？还让咱们看不？"直到给了他们满意答复的时候，才慢慢散去。

（《晋察冀日报》1945年10月15日）

九月以来冀察区通讯工作

新华社冀察支社

自日寇投降以来，解放区所有党政军民干部，都投到反攻的浪潮之中。因此，通讯工作不能不受到若干的影响。支社自到达张家口时开始，就一方面派出记者进行采访，一方面即着手整理与建立本市通讯组织。从九月初直到现在为止，在工作上得到成绩是：第一，及时报道了冀察前线的情况及张家口、宣化等城市解放后的情况；部分地反映了老根据地的动态。第二，建立了张家口市的通讯组织，帮助宣化县整理了城关各区的通讯组织，并依据各区实际情况具体布置了各区的报道重点。第三，在通讯指导工作上，除以电报联系及通过记者协助工作之外，并建立了书面联系及复信制度。自九月二十七日至十月七日，除区党委发出三次自各分区的指示电报外，支社共发出联络信件三十一封，信件内容大体不外以下三种：（一）对来稿提供意见；（二）指定连续报道之内容；（三）鼓励积极通讯员，并告以新的报道重点及应注意的问题。这一工作，已得到部分通讯员的反映，他们认为这对他们进行通讯工作及提高写作技巧上是颇有帮助的。

这一时期工作上的困难与缺点，最主要的有以下几点：第一，自整个形势变化以来，各地工作更趋繁忙，干部调动很大，通讯网的组织陷于紊乱，交通困难，支社和分区又在相当长的时间内失掉联系，无法了解情况指导工作。第二，基于上述原因，各分区来稿数量大见减低，在九月份内各分区来稿统计如下：如平北支分社仅来稿四篇，十三分区仅来稿七篇，许多生动英勇的斗争事迹，均无只字报道。第三，支社本身在九月份前一时期，对自己组织采访及事务工作上用力较大，对整顿与推动通讯组织，抓得不紧（这种情形最近已经改变）。

在最近时期的来稿中，存在着以下几个严重的缺点：

第一，一般化，这主要表现在报道新解放区人民反映时，总是像公式一样地写着"八路军是人民的救星""热烈拥护八路军拥护共产党"而没有用群众翻身的具体事实、群众自己的话语，来真切地反映群众内心的呼声。产生这种偏向的原因，是采访工作不能深入。

第二，不能很好地通过具体事实来说明党的政策，因而有牵强附会的现象。

第三，粗枝大叶过于简单。最典型的例子是×分区报道庆祝抗战胜利大会的消息，其中除了"热情""狂欢"之类的字句而外，只写了一件事，即两个农民要求拍电慰问毛主席和斯大林元帅，此外大会的一切动态，完全没有提及。

第四，不精练，常常是把新闻的材料写成通讯，文章拖得很长内容却不很充实。不能抓住一件事件的特点，很突出地表现出来。例如××中学在怀安召集一个学生座谈会，有个通讯员写了个通讯，在通讯中对吃括子、喝茶水插写得不少，却没有反映出座谈会之内容。

本社记者的采访工作，这一时期写稿数量较多，内容也较充实系统，在反映张家口及宣化动态上，起了一定的作用。目前所存在的缺点，主要是：

第一，政治锐敏性不够，个别稿件阶级立场不够明确，加上记者采访时间较短，政治斗争经验不足，在个别事实上不够真实，有时只看一些表面的表现，而没有很好地听取群众的意见。

第二，采访中有时只注意在领导人那里进行采访，所得材料虽比较全面，但不够具体生动；有时，只注意下层群众，所得材料不免片断、零碎。这两种偏向都需要纠正。

依据目前情况在通讯工作上应更加明确我们的报道方针，大量发展和建立通讯员组织，在通讯工作上使农村和城市更加密切结合，加强记者、通讯员的业务学习，采访写作要深入慎重，走群众路线，克服粗枝大叶、走马观花的作风，要与实际斗争相结合，抓住每一运动、每一事件的特点与发展规律，发现与研究典型，加以具体明确的报道，□之指导与推动工作。

（《晋察冀日报》1945年10月15日）

双十节前后张市宣传活动

一

十月七日至九日三天中，华北联合大学宣传队在本市三区除配合区里发动群众控诉和帮助建立了两个学校的歌咏组织外，并演出《枪》和《墙头草》等剧，每次演出时观众都达千余人。当宣传队在××剧院演出时，每到一个节目的空隙时间里，观众都报以热烈的鼓掌声。尤其是在九日的晚间正当本市公安局逮捕了一批汉奸犯之后，演出《枪》时，观众都说："八路军太好了，像这样的坏人就该这样办。"一位老先生无限感叹地说："现在可给咱们老百姓出了气了，我们永远忘不了八路军和共产党的好处。"演完时，《没有共产党就没有中国》的歌声一起，台上与台下连成一片。三天中宣传队共演出三次，观众达四千余人，写标语二十四条。（公昭）

二

双十节的前一天，高庙堡召集了十几个儿童学跳秧歌舞，编了几句词，插在歌舞中，排成了简短的《咱们拥护共产党》的秧歌舞剧。

学跳秧歌舞时，孩子们过去都没见过，感到极大的兴趣。参加跳的开始只十来个人，后来增加到三十多个，有四个女孩子也自动要求参加。因为急着突击，只挑了几个较大的孩子学习，准备双十节出演，但其他儿童仍不愿离开，在旁边一边看着一边扭。（续桂峰）

三

十一日，四区三完、七完、第十女子完小、回民高小，联合组织了宣传队，千余人排成了四路纵队出现在街头。他们分歌咏队、化装秧歌舞队和两个讲演小组，所到之处锣鼓喧天，群众热情地追随着他们。

上午九时，在武城街北口、新华街西口等地演出了。数百个观众围绕着。首先由七完的儿童表演霸王鞭，他们轻快地跑成"共"字形，唱着《没有共产党就没有中国》，他们继续变化着队形，在歌声里告诉群众解放后的愉快与自由。继由区青联干部讲演，他指出敌伪顽合流，残害人民，夺取抗战胜利果实的阴谋，群众由不得愤怒地高呼："反对敌伪顽合流的阴谋！""保护我们胜利的果实！"讲演后三完、七完合演秧歌舞，化装表情均极逼真，群众禁不住欢呼了。女子完小表演秧歌舞，当她们唱到动人的地方，一个老乡眼里掉下泪珠。表现了人民渴望着团结、和平与民主。最后唱了十几个新歌后，十二点各自回校。但观众们还贪恋地追随着他们。一个老年人说："这些孩子们演得真好，也成了小八路了。"一个教员说："这些孩子也变得聪明了。"当日下午他们又在河沿街与惠民里出演二次，观众达千余人。（于金科）

（《晋察冀日报》1945年10月16日）

延安广播电台增播歌咏成绩良好

【新华社延安十四日电】延安广播电台昨晚特请鲁艺文工团播送歌曲与歌剧，节目为（一）《民主进行曲》；（二）《全国一致要求和平》；（三）《胜利的消息到处传》；（四）《七枝花》；（五）《刘二起家》。前两个歌曲表达出了人民渴望和平、民主、团结的心情。《民主进行曲》原是聂耳的《义勇军进行曲》，系陶行知先生最近填写的词；《七枝花》，用各种美丽和实用的花来描写解放区值得赞美的人物和事情，感情丰富极为动人。写实的秧歌剧则系描写陕甘宁边区的二流子——刘二在大生产运动中经过民主政府和群众的劝导，如何改邪归正、努力生产，过着富足的生活。按此次该台广播音乐节目成绩较首次为佳。该台呼号为XNCR，每日广播时间为上海时间上午十一点半至十二点半，下午十八点至十九点。经常节目有时事新闻、解放区消息、时评、记录新闻,并将增加名人讲演,每星期六均有音乐节目。本星期六预定联政宣传队播送,希望各界注意收听。

(《晋察冀日报》1945年10月16日)

关于提高稿件质量问题

——关中通讯工作经验

当农村通讯网广泛建立、通讯员写稿热情提高之后,如果我们不经过一个较长时期的培养、教育,在原有成绩的基础上逐步使其进步,而主观地希望通讯员的来稿质量,能很快地达到报纸的需要,那是不可能的。事实上,根据关中去年八个月的统计:二千八百多篇来稿中,经《关中报》和《解放日报》采用的各约为七分之一。今年七个月的来稿,《关中报》采用仍保持七分之一,而《解放日报》则降到十一分之一,《边区群众报》采用的仅七十一篇。但对一般通讯员提出"有闻必录"的写稿态度,则又是不适当的。我们认为,评定一篇稿子的好坏,不应该就文字技术的观点来论,而应从稿子报道的实际内容来评价,那么,目前通讯稿件所存在的毛病是什么呢?大家的共同感觉是:内容的一般化,大都是现象和数字的罗列,缺乏深入的调查研究,缺乏锐敏的采访能力。因此,在今后对所有通讯员写稿的指导方针上,应注意如何帮助通讯员到群众中深入采访,帮助所有通讯员,特别是基干通讯员增强采访能力,(配合具体政策的当前步骤选择报道主题,选择群众最迫切需要知道或需要解决的主题,并从各方面收集材料,发挥主题)与实事求是的采访和写作方法(实事求是的调查研究),因此对一般通讯员简单地提出"有闻必录"的最低要求,是会助长我们干部简单化的工作作风,或草率从事的写稿态度。

前面这种要求,无论对基干通讯员,无论对普通通讯员,就是对报社职业记者都是适用的,这是一个共同的、最低的基本要求。在这种认识下,关中指导通讯工作的同志就特别重视《每月写稿纲要》拟发的工作,确定对基干通讯员要拟定最具体最详细的采访大纲。在可能时,并发给关于报道某一特定问题的一季或半年的采访计划,给予他们主动采访的便利。记者下乡采访时,也尽可能得到协同通讯员采访,或提供反映某一问题的采访提纲,特约他采访报道。例如新正雷庄村有六个搭工组,三个组在锄草和收麦都搭在一起,另外三个垮了,对照地研究这六个搭工组,总结出经验,即可作为指导平地组织劳动互助的参考。过去有一个记者把他准备采访的提纲,交给乡文书去搜集材料,文书同志读了两个搭工组的材料后,就感到这次较过去收集材料有趣、深入。他说:"如果是过去,就把现在搭工组做的成绩作为主要的收集部分了。"

我们处在农村环境中,存在着农民居住分散、交通不便和一般干部文化水平低下的特点,这都影响着新闻报道的迟缓及其质量,指导通讯工作如持着操之过急的态度,就不容易把事情办好。只有把通讯网建立在组织的基础上,真正由各级党委负责领导,并配合报社同志的经常业务指导,使采访通讯与改进业务、干部提高文化相配合,通讯工作就可以获得发展与坚持。否则,只由报社少数同志的力量去组织推动,就一定得到相反的结果。关中分区的通讯工作,就是遵循着前一种道路发展与坚持下来,在今后的组织领导工作上,尚需解决下面几个问题:

第一,地委宣传部、分区报社、县宣、县报、区委宣传科在培养通讯员上,必须进行明确分工。区委领导的通讯小组应参考赤水五区的经验,首先把给通讯员修改字句的工作列为任务之一,地宣、县宣、县报、分区报纸应分工选定一批积极通讯员培养为基干通讯员。《解放日报》再从中选择基础较好的基干通讯员加以培养,《解放日报》的通讯工作只有在地方通讯工作巩固的基础上才能有提高的可能。

第二,《关中报》现在确定的基干通讯员名单共有二十九名,就报社人力看来，还有来不及帮助的困难，似应重新调整，集中力量，认真培养若干进步较快的通讯员。基干通讯员分工报道的典型，应与其业务联系，如新宁一位做经建工作的通讯员，分配他负责报道模范卫生村的材料，就易流为形式，只有与本身业务密切联系，才能对问题能"专"、能"精"，这样，稿件质量提高了；另方面，也只有这样的典型材料，才能给予党政领导上具体的帮助。

第三，分区及县管理通讯工作的同志，最好不经常调动。他的工作应有相当长时间的固定，管理通讯工作同志与采访同志应有相对分工，不应经常流动，赋予他们以长期培养基干通讯员的专职。为了使他具体帮助通讯员，了解和熟悉运动的具体情况很重要，因此管理通讯工作的同志应有参加分区党政领导机关的一般会议，或阅读书面报告的机会，过去关中报社记者采访回来的汇报制度，坚持下去，很有好处。此外报社编辑亦拟参考《太行新华日报》的经验：（一）利用工作间隙，直接参加驻村工作，从中发掘问题、研究问题，以利于工作的指导；（二）各找对象，开始和一个县的负责同志、基干通讯员和农村通讯小组，发生经常联系，从中研究该县的实际工作，协同管理通讯工作同志，指导该县的采访工作。

第四，在农村环境办报，对新闻报道过于强调"时间性"原是不恰当的，但各地如能建立"随收、随看、随转"的制度，当可使报社方面较快地收到稿件，不致像过去有些稿件要经过一月多才能收到。

（《晋察冀日报》1945 年 10 月 16 日）

边区及张市文化界明日举行鲁迅纪念会

【新华社晋察冀分社十七日讯】十月十九日是鲁迅先生逝世九周年纪念日。晋察冀边区及张家口市文化界决定于是日下午五时假东安大街华北联合大学大礼堂举行盛大纪念会，现已由边区文联负责筹备就绪，分别通知各有关机关团体。

(《晋察冀日报》1945年10月18日)

新的战斗的开始

李青

九年前的今天，鲁迅先生永别了他终生热爱的中国人民。

他的死，给中国人民带来了无限的悲痛。然而，中国人民并没有因为自己伟大导师的逝世而松懈了自己的战斗意志。鲁迅先生的葬仪，成了中国人民战斗大进军的庄严仪典。

虽然时间已经过去了九年，我还清楚地记得这个仪典。

每天，成千成万的人来到上海万国殡仪馆。他们中间有工人，有学生、职员、店员、文化人，也有生前反对过他的人。除了别有用心的侦探们之外，每一个人都异常庄严地走到先生的灵前，向他做最后的告别和敬礼。许多人的眼睛，被眼泪湿得抬不起来。人们站在那里，一直到后面的人都站满了，还不愿离开。有许多人不只是来过一次，每次都是恋恋不舍地站在那里许久还不愿离去。一直到街灯亮了，臂上缠着黑纱的人，还不断地走进来。

人们很少说话，却都被一个思想联系着，这就是战斗下去，举着鲁迅的旗子战斗下去！几万人的送葬的行列集结起来了，护送着先生的灵榇走向万国公墓。这是一个战斗的军队，他们唱着战斗的歌曲，在墓前作了庄严的誓言……

就是从先生的墓地出发，中国人民掀起了反日运动的新高潮，不久，抗日战争的烽火燃烧起来了。被鲁迅精神所鼓舞的中国人民，开始了延续八年的英勇斗争。在八年战争中人民英雄的队伍里，到处可以看到鲁迅的战斗精神。

今天，我们是胜利了。我们战胜了鲁迅先生生前最仇恨的日本法西斯强盗，完成了自己的誓言。

当我们获得战争胜利的时候，来纪念鲁迅，特别感到胜利的获得是多么不容易啊！胜利的果实是多么珍贵啊！我们一定要用一切力量来保卫已得的胜利的果实。受过欺骗的中国人民是不会再上当的了。不管是对打倒了的日本法西斯也好，或者对他在中国的走狗也好，一定要像鲁迅所教导的，"倘是咬人之狗，都在可打之列，无论它在岸上或水中"。对落水狗仁慈，等他爬上来的时候，"就要花费更多更多的气力和生命"，我们一定不能让日本法西斯残余及其走狗再爬上岸来咬我们！

鲁迅先生生前受尽了种种迫害。而今天，除了在解放区，人民已经获得了充分的民主自由，新民主主义文化获得了充分发展的条件之外，在中国其他地方与鲁迅先生生前所受的种种迫害，仍然压在那里的人民和文化工作者身上，使他们不得抬头。帮助大后方文化工作者，和全国人民在一起，争取和平民主团结的完全实现，这个责任还严重地摆在我们面前。让我们把鲁迅先生逝世九周年纪念当作新的斗争的开始吧。

(《晋察冀日报》1945年10月19日，《鲁迅逝世九周年专刊》)

边区暨张市文化界隆重纪念鲁迅逝世九周年

羽山

【新华社晋察冀分社廿日讯】十月十九日是中国新文化运动先驱鲁迅先生逝世纪念日，晋察冀边区文化界联合会特假华北联合大学礼堂召开盛大纪念会。与会的有坚持敌后抗战八年的老解放区文化界同志，有张市教育界、文艺界、梨园界诸位先生，并有新从冀热辽来的四位人民代表和北平来的几位教育界先生参加，共千余人。

下午四点钟，礼堂里便挤满了人。老解放区文化界的同志和张市文化界人士亲切地在一块交谈，互相介绍着自己地区文化运动情形，谈着鲁迅先生的思想和生平，庆幸着今天的自由愉快。六时大会在纪念歌声中揭幕，全场起立向鲁迅先生遗像致最敬礼，主席冯宿海致开会辞，他很简短地说明鲁迅先生一生和中国人民在一起和人民的敌人斗争，直到闭上自己的眼睛。鲁迅虽然死了，他的伟大精神却永远活在中国人民的心里，他具有中华民族最宝贵的性格，是中国新文化运动的旗手，是伟大的革命家、思想家、文学家。继而主席谈到今天抗战胜利了，我们得到解放，文化活动有充分的自由，但大后方及平津等城市，人民仍受着压迫，文化事业仍受着摧残，今天我们在胜利中来纪念鲁迅先生是有伟大的意义的，今天纪念鲁迅先生应为和平民主团结的方针奋斗到底。

文联代表邓拓同志讲话

我们应本着鲁迅的方向继续奋斗，
在任何时候决不放下我们的机枪！

主席致辞后，文联代表邓拓同志讲话，他说鲁迅逝世九周年了，他死在中国人民饱受灾难的年代，但他生前为中国人民的解放事业竭尽了无限的忠诚，他对中国人民有伟大的贡献，也给中国人民做了伟大的榜样。邓拓同志引证了中国人民领袖毛泽东同志的话，说明鲁迅先生是代表着中国人民的最大多数向敌人冲锋陷阵的最正确、最英勇、最坚决、最忠实、最热忱的空前的民族英雄，因此他不但是一个伟大的文学家，而且是一个伟大的思想家与革命家。邓拓同志说鲁迅先生给予我们的教训是很多的，他有"横眉冷对千夫指"的勇气，又有"俯首甘为孺子牛"的决心，这代表着他的战斗精神和战斗作风，代表着他为千千万万人民服务的精神，他之所以有这样坚强的战斗力，完全因为他有最坚决的为人民服务的心。他愿为人民的马前卒，而不愿高踞于人民之上自称为人民的先生或导师。我们纪念他，应深刻地检讨我们为人民服务够不够。另一方面，鲁迅先生是爱憎分明、敌友分明的，没有中间的立场。今天中国的反动派仍在用着一切阴谋想夺去人民解放斗争的果实，想把人民继续踏在脚下。今天我们纪念鲁迅，应明确地辨别出谁是中华民族的优秀儿女，谁是人民的叛逆。鲁迅先生反对折中的、虚伪的、妥协的态度，他告诉我们"要打落水狗"，而且要打到底，对民族的败类和反动势力要最后解除他们的武装。邓拓同志接着以高昂的声音说道：八年抗战中我们看到不少的优秀儿女为人民解放事业奋斗、流血牺牲，但也看到许多为鲁迅所憎恨的民族败类为敌人服务、蹂躏自己的同胞，在纪念鲁迅先生的今天，我们对这些民族败类要大张挞伐，叫他们跪在鲁迅先生的像前忏悔。至此，台下报以热烈的掌声，继而他说明八年来我们解放区的文化工作者是走着鲁迅先生所指示的方向，也就是毛泽东同志所指示的民族的、民主的、科学的、大众的新文化的方向。由于解放区文化工作者的努力，虽处于残酷的斗争环境中，仍创造了很大的功绩，比如轰动全边区的阜平高街村《穷人乐》的戏剧创作，这是一个人民自己创造的艺术作品，这是抗战八年来边区人民的一个代表作，这是鲁迅先生的方向的实现。他如普遍全边区的村剧团运动、乡村黑板报、民办公助小学、屋顶广播，又如在张市演出的《王秀鸾》，群众剧社的《过光景》，以及普遍到解放区每个角落、人人会唱的抗战歌曲、照片、木刻、文学等都是循着鲁迅先生指示的方向创作出来的。虽然还有缺点，但却应该给以很高的估价，解放区的人民在对敌斗争中表现了英勇坚决、不屈不挠的意志。不可否认的，文化工作者在文化思想战线上的工作是起了一定的作用的。最后邓拓同志着重提出：今天我们应本着鲁迅的方向继续奋斗下去、创造下去，在斗争中把人民组织起来，在文化领域中让敌人倒下去。今天我们应有很大的决心和信心为新的文化事业坚持到底，为人民服务。在任何时候不放弃我们的笔杆、我们的武器，因为它是鲁迅先生给我们留下的宝贵而锐利的"投枪"。在抗战前这个"投枪"只有少数的几支,抗战中已有百支、千支、万支、千百万支,和战士们的枪在一起进行着对敌斗争,今后我们还应继续努力,把敌人消灭干净。

边区参议会于副议长讲话

接着是边区参议会于力副议长,他带着兴奋的面容在掌声中走上台去,他讲道:在张市开这样的会是头一次,今天参加会的人有卖力气的、有耍手艺的、有教育界的、有政府的、有文艺界的,还有梨园界的诸位老板、有八路军的同志,这些人之所以能凑到一起,说明了鲁迅先生和我们大家都有关系。继而他指出:由于人民的斗争彻底粉碎了封建的、贵族的、虚伪的、一切非人民的艺术,代之而起的是民族的、民主的、科学的、大众的新民主主义的文化,也是鲁迅先生的方向,这是一。第二,鲁迅先生死后虽已九年,他的方向并未中断。这因为有中国共产党的领导,解放区的文化运动正方兴未艾,八年中解放区所执行的方向是为工农兵服务的方向,在今天的张市也要建设这种新文化。第三,新民主主义文化是为劳苦大众服务的,要打破那种文人独占的文化,那种为少数人享乐的文化的旧传统。第四,我们的文化是以工农兵人民大众的生活为主体,如《穷人乐》《过光景》《王秀鸾》这些都是为人民大众所喜欢的,张市最近演出的理发工人对张子清的斗争剧本也是这一类的,这种文化艺术不是供人消遣而是能够鼓励人民大众积极向前的。第五,今天我们来纪念鲁迅先生,应庆幸我们不是他那样环境的。今天人民的力量壮大了,有一万万以上人民已经明白了解反动派这种阴谋了,中国人民已找到自己的领袖毛泽东,他领导着我们走向独立自由民主统一富强的新中国,走向鲁迅先生的新文化方向!在掌声中,于副议长结束了他的讲话。

吴善甫先生说张家口艺曲界要为群众服务

自由讲话第一个上台的是张市艺曲协会主任吴善甫先生，他说过去他们这种做艺的人不被人重视，今天张市为八路军解放，他们能和大家在一起参加这个盛会，感到很高兴。他介绍了敌人在时不许可他们在河滩摆摊玩意儿，必须请求警察局许可，但许可证二个月也下不来，于是一些艺人只好挨冻受饿，说到这儿，他很感动地高声说道："今天我们解放了，任何人都自由了，但回想二个月以前，我们能够吃上白面吗？如果敌人还不走，我敢武断地说，今冬张市的布会卖六千元一尺，张市的人民非光腿子不可。"台下热烈的掌声和他表示同感，他说他们今天也参加了文化界，思想也要为群众服务，希望文联帮助他们慢慢改造，他们已在努力着，如两位说相声的，把本市工人斗争郝凤桂的事编写在广播电台广播、在街头说唱，"能得到这种自由，我们应感谢八路军，我想明年纪念鲁迅先生逝世十周年的时候，我们的生活一定会更强"。

张市教联会孙主任表示张市中小学教职员愿自我批评进行反省

接着是张素兰讲话，因为她住在市区外的乡村里，她表示自己愿在农民群众中宣传民主政府和八路军共产党的一切主张。之后，张市教联会主任孙铭箴先生走上台来，他表示他代表本市中小学教员，要本着鲁迅先生的方向前进，应打破过去那种"万般皆下品，惟有读书高"的旧思想，没有农民我们吃不上饭，没有工人我们穿不上衣，我们知识分子是和工农兵一样，应很好地跟工农兵学习，充实自己不知道的知识。他昨天看了《毛主席在延安文艺座谈会的讲话》，他指出知识分子应客观看事物，发扬自我批评的精神。他代表张市中小学教职员表示愿以自我批评作为"座右铭"，在鲁迅先生面前进行反省。项柏人先生在自由讲话中说明鲁迅先生之所以伟大，是因为他和人民在一起，知识分子应先做群众的学生，然后再做群众的先生，他提出今天张市文化界、教育界也应展开对旧思想的斗争和清算。

振华毛织工厂工人代表讲话

鲁迅先生地斗争和作品，在工人阶级心中引起了深刻的共鸣

最后是振华毛织工厂的工人代表讲话，他说：鲁迅先生从来敢说一般人不敢说的话，敢做一般人不敢做的事，鲁迅先生的斗争和作品在工人阶级心中引起了深刻的共鸣。今天张市解放了，在共产党领导下我们可以自由行动了，我们应继续贯彻鲁迅先生的精神，把新文化的事业从点扩大到线，从线扩大到面，使新文化事业在全中国展开，使全中国人民都得到自由。

在临时动议项中，联大代表提出以大会名义通电全国文艺界，内容包括：一、声援大后方文化界的拒检运动；二、要求国民党当局给人民的言论、集会、结社、出版等自由；三、号召全国文艺界继承鲁迅先生的方向斗争到底。并提议这个电文由郭沫若先生转给大后方文化界。文联代表提出由文化领导机关负责组织"附逆文化人调查委员会"，并宣布原来的鲁迅奖金委员会继续在张市工作，希文化界人士送来作品应奖。第三位同志提议打电报给中国民主同盟，争取联合政府早日实现。最后一位女同志提议以大会名义给毛主席去电，欢迎他回到延安并庆祝国共谈判的重大成就。这些提议，全场一致通过，交由文联拟定送发。会议至此已八时许，休息二十分钟后，由抗敌剧社演出《兄妹开荒》《墙头草》《参加八路军》三短剧及歌咏，结束大会。

大会致毛泽东同志电

毛泽东同志：

当我们边区和张家口市文化教育界千余人，开会纪念鲁迅先生逝世九周年的时候，我们全体对于你亲自参加国共谈判所获得的重大成就，感到万分高兴。你为了全中国人民的利益，不惜辛劳跋涉，今日重返延安，我们谨代表边区文化界遥电慰问。今后我们一定紧跟着你，为中国的和平民主团结，为鲁迅旗帜标示的新文化亦即新民主主义的文化，继承鲁迅精神，努力工作，永远前进！

晋察冀边区暨张家口市文化界纪念鲁迅逝世九周年大会

十月十九日

（《晋察冀日报》1945年10月22日）

戏剧为人民服务

本市第一电影院改组为人民剧场

艾

【新华社晋察冀分社二十一日讯】本市原伪公会堂影院是张家口设备最完善能容纳数千观众的一家娱乐场所，自从张家口解放后，即由市政府接收，改为市立第一影院。塞声剧社的《日出》、冀中前哨剧社的《王秀鸾》等大剧都先后在那里演出，观众极为拥挤，这说明了人民是多么爱好着新的戏剧。为了使戏剧为广大的人民服务，现决定由军区政治部抗敌剧社去接管该影院，并改名为人民剧场，今后演出以话剧为主。现在一切接收手续已经办妥，正在整顿组织，装修一些演话剧的科学设备，最短期内就可以完工。据说：他们首次将要公演的节目，将是反映边区军队人民积极生产、英勇战斗，说明着边区的人民和人民的子弟兵的血肉关系的五幕大剧《子弟兵和老百姓》，届时定有一番盛况。

(《晋察冀日报》1945年10月22日)

边区暨张市文化界纪念鲁迅逝世九周年致全国文化界电

新华社转郭沫若先生并转全国文化界诸先生：

当中国新文化运动的伟大旗手——鲁迅逝世九周年纪念日的今天，适逢国共两党之间的谈判已获重要成果，战后的和平建国的基本方针已经确定，并对政治民主化、党派平等合法等作了初步协议，这是全国人民要求和平、民主、团结的坚强意志的表现，我全国文化界对此莫不表示极大的欢欣和鼓舞。

没有政治民主就没有和平建设，而文化上的民主——保证言论出版的自由，将是最低限度的政治民主的表现。国民党当局执政以来在文化上的一党专政，种种钳制言论出版及一切文化自由的法令和制度，使中国人民陷于死相，政治陷于纷乱，国运濒于危殆，因此，彻底废止文化新闻上的一党专权与全国政治的民主化乃是目前首要的任务。最近重庆成都等文化界的"拒检运动"，自动宣布不合理的新闻检查制度的死亡，并进而组织联谊会提出七大主张，乃是中国人民在文化上以断然的实际行动要求民主的正义行为。我们完全同情并将以全力支援这一运动，并在此向成都重庆文化界同仁致以亲切的慰问与敬意；你们的斗争必将获得全国人民的援助与最后的胜利！同时我们还要求全国文化界一致行动起来，要求国民党政府履行还政于民的诺言，彻底修正一九三〇年国民党当局颁布的《出版法》，废止种种钳制言论出版自由的法令与制度，解除敌伪一切文化机关团体，惩办与通缉投敌附逆文化人，反对独占敌产分配，过去被停止发行的杂志书报及被封闭的出版通讯机关应立即解禁，被囚禁的抗日文化人和新闻记者应立即释放，政府须切实扶助民营文化事业的发展，并保障各抗日民主的文化团体与文化人的自由与安全。

我们对于在大后方坚持人民的文化事业而英勇斗争的文化界诸先生寄予无限的同情与慰问，并热切希望诸先生继续坚持斗争到底，我们在北方的解放区的文化工作者愿永远在鲁迅先生的旗帜下，追随全国文化界之后共同奋斗。

晋察冀边区暨张家口市文化界纪念鲁迅逝世九周年大会叩

十月十九日

（《晋察冀日报》1945年10月23日）

附逆文化人调查委会成立

工作原则业经确定

吴江

【新华社晋察冀分社二十日讯】十月十九日，在鲁迅逝世九周年纪念会上，边区文联发起组织"附逆文化人调查委员会"已在会上通过。现该项组织已经建立，推定于力、邓拓、冯宿海、刘皑风、林子明、康濯、吕剑明、吴砚农为委员，并已确定工作依照下行原则进行：（一）一切文化界的汉奸特务战犯，必须用国法制裁，务使敌我分明，忠奸明办，有罪抵罪，欠债还债。（二）把甘心为敌人服务和执迷不悟、口是心非者与一般失足分子和胁从分子加以区别。（三）根据情节之轻重，适当处理，帮助其坦白悔过、洗心革面、重新做人。此外并通知出版界拒绝为其发表作品，建议文化团体不得加以任用，以及要求政府加以依法处理。预计在该会领导之下，助敌为虐的文化界败类，将被群众锐利的眼光所搜捕，他们所欠于民族国家的血债，将一文不爽地拿出来。

(《晋察冀日报》1945年10月23日)

本市简讯

△抗敌剧社举办之星期歌咏训练班已于本月廿一日（上星期日）开始，参加者有平绥铁路管理局总工会领导下之各工会、汽车大队、汽车修理厂、公大榨油厂等十余单位廿余职工。上午九时至十二时，学习情绪颇为高涨，一小时内即学会《张家口是我们的家乡》一歌。该训练班为了培养歌咏干部开展张市歌咏运动起见，除教歌外，并将学习识谱、指挥及如何组织歌咏队等课目。仍希各机关工厂及爱好歌咏工作者继续踊跃参加。

(《晋察冀日报》1945年10月23日)

张市艺曲协会举行选举大会

何迟

【新华社晋察冀分社廿二日讯】张市艺曲协会于十月十二日举行选举大会，到会一百二十七人，选出主任委员吴善抚及常务委员邓海松、王凤林、张永溪、刘柏林，大会并有边区行政委员会教育处代表、市政府教育局代表、剧协代表莅场讲话，指出今后工作方针与改善生活，提高社会地位，创造为新社会服务的艺术作品并在大会上通过了简章。由于艺曲界同仁在对恶霸李明的斗争中认识了自己的力量，感觉有组织起来之必要。会议过程中，大家对选举及简章通过都非常严肃，从早十时至午后三时，会议进行五个钟头，大家情绪一贯饱满,会中有抗敌剧社的同志做小型式表演。

(《晋察冀日报》1945年10月24日)

介绍 XNCR

你愿意听到人民大众的呼声吗?你愿意知道民主中国——解放区的情形吗?你愿意了解国际国内时局的动向吗?……要是你愿意,那么就请你找 XNCR,他的真姓名是"延安广播电台"。但他常叫自己 XNCR,他每天有两个时间跟大家讲话,一次是上午十一时半至十二时半,用的波长是四二·五米,千周是七〇四八;一次是下午六时至七时,用的波长是四〇米,千周是七五〇〇。他使用的是上海时间,很遵守时间,也很热心,无论下雨刮风,一定出来,你只要把收音机开开,这么一找,就可以听到他的声音——XNCR。

延安广播电台是今年九月诞生的。说起他的诞生,真是好不容易,不知道经过多少困难曲折,也不知花了多少心机汗血。这里特别要感谢延安的无线电工作者,他们在日本宣布投降以后,在极端困难的物质条件下,自己设计试验,孜孜不倦终于有一天说行了,现在可以请 XNCR 出来说话了。这样好大的事,好令人欢欣。中国人民向来没有人代表他说话,后来出了一个人民的政党,创造了人民的军队,建立了人民的解放区,出版了许多人民的报纸,这才有了人民自己说话的自由机会和工具,但无论怎样,他讲的话还是有许多人听不到,尤其是沦陷区和大后方的同胞,这该多么遗憾。现在好了,我们不但有了报纸,有了文字广播,而且有了自己的无线电口语广播,这就使得更广大地区的同胞,可以听到自己代表的讲话。无线电口语广播,在世界上已经出现了好几十年,但中国人民真正得到它,能够经常地使用它,可以说还是第一次,这的确是值得好好纪念的。

XNCR 的讲话对象(听众)很广泛,宗旨在于使得不了解人民的政党军队和解放区情形的人士,都能知道他的主张和事业。它每天的节目有：（一）时事新闻——这是经过人民的立场和观点整理过的国际国内重大消息。特别有世界各国工人运动和民主运动的介绍，也有沦陷区和大后方动态的正确报道。（二）解放区消息——报告抗战军队的在前线和后方的作战和运动，民主政府的施政情形，解放区人民的生活行动和创造，这是每天广播的主要项目。（三）评论政策和建设介绍——这一栏内容很多，包括（A）评论：有《解放日报》的社论、时评、述评以及各种专门问题的论著；（B）世界舆论：世界各国正确的进步的舆论介绍；（C）政策讲座和政策问答：通俗地系统地介绍民主政府的各种政策，听着有什么疑问，一定尽可能解答；（D）解放区介绍：准备先介绍各个解放区的概况，然后分门别类报告解放区政治、军事、经济、文化、教育、民运等等各种建设的情形，使听众对于解放区有个概括的了解；（E）故事和报告：准备先报告一些精彩生动的敌后游击战故事。（四）纪录新闻——这是时事新闻、解放区消息和评论三者的摘要，扼要具体，专备各地抄收。听众只要花费半句钟时间，就可以抄到一千五百字的重要新闻，可在地方报纸刊载，可用以出版墙报、黑板报，也可供亲戚朋友传阅。XNCR 很愿意在星期六举行一个小小的晚会，演奏一些民间乐曲秧歌，以与听众同乐。上两星期已经举行了两次，以后只要条件允许，准备尽可能布置这样的晚会。此外大家一定很愿意听到人民领袖和民主人士的讲演的，只要一有机会，XNCR 就请他们来和听众叙谈。

　　XNCR 出世以来，已经有一个多月，大家对他都很关心，都很爱护。据新华通讯社各地分社调查，全国收听得很好，南至广州，北达张垣，都说声音还相当清亮。现在许多新解放区的城市，如张家口、宣化、邢台、长治、焦作、淮阴，凡有群众集会场合，都架置收音机收听和放送延安的广播，请他来动员和宣传群众，这是一个好办法。XNCR 就是欢迎大家听的，听的人愈多愈好，因此希望各个解放区对于收音机作一个调查、登记、动员，作合理的配置，每个县城或重要市镇，最好能至少购置一架，安放热闹街口，按时开放让老百姓大家听到。军队的团部和地方的县政府，要是能有一架收音机，就可以每日听到延安的新的言论和消息，把握时局的动向，而且开会过节，随时都用得到，不妨设法购置。还有 XNCR 既然是人民的喉舌，民主的呼声，那么就应该大家来管理它、利用它、掌握它，有什么话要 XNCR 代说的，有什么新闻要 XNCR 报告的，可以寄给新华通讯社。说得明白些，就是 XNCR 希望各界多多投稿，广播电台有些地方同报纸差不多，它要求有各种稿件，新闻、文章、故事，希望大家以办报纸的热忱，来办广播。

广播一定要使听众听得清楚，听得满意。因此各地收听情况如何，是 XNCR 最关心的。昆明有许多听众很热心，最近他们写了一封信经过《新华日报》转给 XNCR 提出许多意见，有些是关于广播内容的，有些是关于播音技术的。这些意见都很宝贵。XNCR 正在力谋改进。希望大家都能随时贡献意见。大后方的可以写信给《新华日报》，各个解放区的可以经由新华社各地分社转告，延安的可以寄给《解放日报》或新华通讯社。

XNCR 举办不久，经验缺乏，毛病一定很多，唯一的志愿是在实际工作过程中，不断改进。人民的号角要人民大众来鼓吹，写这篇文章的目的，无疑是想使大家知道 XNCR 的事情，群策群力，共同来建设无线电广播事业。

(《晋察冀日报》1945 年 10 月 24 日)

本市青联会开办霸王鞭训练班

儿童们争着去学习

续桂峰

【新华社晋察冀分社二十五日讯】为了展开全市的文娱工作和宣传工作，根据儿童们的要求，张市青联会特定于十月二十二日开办霸王鞭训练班，学习的内容主要是霸王鞭，附加秧歌舞、唱歌，每天下午两点开始到五点为止。第一天参加训练者约有三百多人，但因教师太少，照顾不来，所以确定每个学校只留五人，其余仍回校学习。但是叫谁下去谁也不愿意，给他们解释，告诉他们："回去还要教你们，你们也会学会的，不过就是迟几天。"这样才得到解决。今天因组织动员工作，虽然没有正式的学习，但是儿童的情绪是特别高涨的。

(《晋察冀日报》1945 年 10 月 26 日)

《救亡日报》移沪出版

【新华社华中二十四日电】抗战的号角之一——《救亡日报》已改名《建国日报》，于双十节在上海发刊，销路甚畅。

(《晋察冀日报》1945 年 10 月 27 日)

本市艺术活动简讯

何迟

庆丰剧院前部《血泪仇》准于十月二十七日晚场作首次公演，延安新编京剧《蔺相如与廉颇》亦在排演中。新新剧院准备排演描写群众斗争事迹的京剧《苏州城》，张家口剧院亦在排演晋剧《血泪仇》，不日即可上演。公共第二电影院、天凤魔术团一两天内即将演出独幕喜剧《糊涂人》，曲艺界已有《郝凤桂》（数来宝）、《张家口重见天日》（太平歌词）、《新拉洋片》（相声）等新内容的节目经常演唱，此外并闻有评剧《枪毙杨小脚》《苦尽甜来》、京剧《李自成》正在创作修改中。

(《晋察冀日报》1945 年 10 月 28 日)

本市儿童学习霸王鞭很踊跃

各工厂童工参加的还少

华江 田华 小李

【新华社晋察冀分社二十七日讯】为了使霸王鞭这个儿童群众文艺活动形式在张市迅速地普遍地开展起来，由抗敌剧社、市青联共同组织举办之霸王鞭训练班已于本月二十二日开始。参加者有扶轮小学、师范附属小学，市立一校、二校、三校、四校、五校、六校、七校、九校，回民一校、二校、三校、高小；市立八校因参加本校的斗争会，于二十四日才来参加；市立十校因收到通知较晚也于二十四日参加，每个学校的学生都非常愿意学跳霸王鞭。第一天，有的学校竟有四十人来报名参加。为了使大家很快学会回到学校，很快把霸王鞭队组织起来，使张家口市的文化娱乐工作活跃起来，也为了便利教学，确定每校只参加五人（三男二女），但因大家的学习情绪很高，谁都愿意学，所以有的学校有六人或十人的，共有十六个学校八十余学生，地点在市青联的大操场上，时间下午两点至五点，两天已学会六个动作，和《成立联合政府》一歌的两段。市立六校的学生学会了回去立即教他们的同学，这样一面可以练习自己的动作，一面又很快地教给了别人。为了使这些人回到学校能够把本校的霸王鞭队组织领导起来，除学动作与适合霸王鞭唱的歌曲外还讲怎样组织领导一个霸王鞭队，怎样创造动作，霸王鞭性质、内容、化装、服装、乐队与队形变化等，希没有收到通知的学校和愿意学习霸王鞭的各工厂的童工，也派人踊跃参加。

（《晋察冀日报》1945年10月28日）

伦敦举行近代英国文学讨论会

会上讨论苏联文学之强烈影响

【新华社延安三十日电】塔斯社伦敦电：英国作家在伦敦和另外八大城市中举行近代英国文学讨论会，讨论苏联作家西蒙诺夫、里昂诺夫等八人对英国作家们提出的问题，会议是在英苏文化协会主持下进行的，讨论纪录将送到苏联。在伦敦举行的讨论会中，出席的有六百余人，讨论者和听众对苏联作家提出的问题感到很大兴趣。女作家波文谈到俄罗斯作家托尔斯泰、屠格涅夫、契诃夫对近代英国文学的强烈影响，英苏作家间建立密切联系和合作的问题，引起与会者很大关切。女作家波文与诗人马克纳斯，要求把苏联作品尽可能大量译成英文，作家鲍特尔希望英国剧院能上演更多苏联戏剧；作家布利安特要求英国各学校把俄文列为必修科，引起了听众的热烈鼓掌。伦敦会议在巨大成功下结束。听众中有英作家剧人摩夫生、苏驻英大使古赛夫及苏大使馆人员多人也列席旁听。

（《晋察冀日报》1945年11月2日）

十五分区前线上演《血泪仇》

【新华社冀热辽支社二十五日电】十月十五日的夜晚，十五分区长城剧社在遵化前线的炮火声中演出《血泪仇》。遵化城内敌人提心吊胆恐慌异常，而我前线上的军民却在战斗的歇息中间安静地看戏。观众看了这个剧，无不感动得流下泪来，老大娘们低头哭泣，不少干部亦落泪，战士们在回来的道路上议论着："看这个可叫我伤心了！"

对于这个剧的演出,观众对国民党反动派益加愤恨。

(《晋察冀日报》1945年11月2日)

星期歌咏训练班明日举行第三次

【本报讯】本月四日(星期日)为抗敌剧社举办之星期歌咏训练班之第三次学习时间,上星期日因下雨,学员多有未到者,本星期日为了适应目前形势需要,将教授新歌及识谱法。深望全体学员按时前往,并希各界继续踊跃参加。

(《晋察冀日报》1945年11月3日)

新华书店晋察冀分店营业简章

第一条 本店为开展边区文化出版事业及便利各界读者订购书报,特制订本简章。

第二条 本店于各军区设有支店,军分区设有办事处,县设有总销处,区设有分销处,各市镇设有代销处。

第三条 本店发行范围,以冀察区所设之支店、办事处、总销处,冀晋、冀中、冀热辽各区所设之支店,及沿交通邮政路线之办事处、总销处,张家口市各代销处为主。

第四条 营业办法

(一)各地读者、代销者,订购本店发行之书报,应与其所在地之发行机关接洽。本市所驻之各机关、部队、团体、学校等及各代销处,可与本店发生直接营业关系;至本市各界读者私人购买书报,可到本店门市部或各代销处接洽。

（二）推销订购本店发行之报纸：

1. 须预先交足报费。其推销订购之优待办法如下：支店七折，办事处七五折，总销处八折，分销处九折，代销处八五折，报贩八折，订购超过一百份者九折。

2. 订阅报纸，须将地址、机关、名称、收件人，书写清楚，如误写不明因而不能寄到者，本店恕不补发。所订报纸于收款后之第二日起发送，以前各期概不补发。

（三）推销订购本店发行之书志：

1. 凡推销者，须经本店同意，并有县以上之机关或殷实铺保担保，方可为本店之批发单位，书费按时结清。交款期限，则根据里程交通速度，另行规定。

2. 本店之一切书志，推销者不得私自加价。

3. 各地订购书志，须斟酌推销情形，确定数目，本店一经发出，概不收退；此外，并须接受本店工作指示，按月作推销报告。

4. 零星购买者，一律现款。

5. 推销书志之优待办法如下：支店八五折，办事处八八折，总销处九一折，分销处、代销处九五折，零星购买一律实价。

第五条　本店出版物未经本店许可，不得翻印。

第六条　本店愿代为出版一切社会科学、文学、自然科学等书志；但内容须以不违反抗日民主政策法令为原则。其出版手续，与本店面议。

第七条　凡委托本店发行之书志，本店酌收发行费百分之二十。

第八条　本简章自公布之日起施行。

一九四五年十月廿日

本店地址：张家口市解放大街

（《晋察冀日报》1945年11月4日）

庆祝十月革命节本市各工会首批表演

欧阳焰

【新华社晋察冀分社讯】张市工人及其他机关为扩大热烈庆祝十月革命节，决定从明日起开始庆祝。新□毛织工厂、印刷厂、铁路公会、汽车大队、联大预备班五个单位，于四日下午七点在联大礼堂举行首次盛大晚会，到会千余人。首由总工会胡家华同志宣布开会，各单位代表讲话后即开始娱乐：有各工厂和联大之歌咏队唱《国际歌》《团结就是力量》《工人歌》等歌曲，魔术由铁路工会出演，最后由联大演出活报《参加八路军》。受到观众热烈欢迎，至夜十点半始尽欢而散。

(《晋察冀日报》1945年11月6日)

群众剧社、挺进剧社为代表会议连续公演

宣化剧院亦热诚为大会服务

【新华社冀察支社讯】为了庆祝察省人民代表会议的召开及慰劳各方人民代表，冀察群众剧社及挺进剧社均热心地为大会服务，群众剧社为大会公演《血泪仇》，各代表及来宾，均深受感动，挥泪哭泣。蓝公武先生见到剧中王东才被国民党部队抓走与父分手痛哭时，联想到其子蓝铁年抗战前参加反帝大同□被国民党省党部捕去受到的残酷刑罚，说："我见到的国民党比戏里头的还厉害，尤其是宪兵第三团！"这时蓝夫人的眼也哭得通红了，说到傅作义在绥远大同一带屠杀人民之事，蓝先生骂出声来："混蛋、混蛋，简直是混蛋！"刘仁恕先生认为演员对国民党特务的表演，还应当更毒辣些。他说：

"事实上,他在平津最近所亲眼见到的比这也厉害得多!"瓦窑工人代表田克明说:"哎呀!要不是共产党救了老百姓,我这老头子得受一辈子压迫!国民党要是进攻宣化,我们工人用工具也得打跑他!"

【又讯】三日晚,群众剧社、挺进剧社举行联合公演。他们演出了特为大会创作的献花舞,当跳舞的女孩子们手捧花篮向全场代表撒下彩色纸屑时,全场涨漫着花斑□点,代表们都面呈喜色,发出愉快的笑声。还演唱《民主的察哈尔》及《墙头草》《李甲长》等短剧,最后还有宣化一区完小学生演出献给大会的霸王鞭。解放了的儿童们,在自由民主的光辉下,跳跃着、歌唱着,为人民代表祝福。

【又讯】宣化戏剧院全体艺员职员开会一致决议□曾为大会演出《群英会》,此外还□为大会演出边区名剧《李自成》,现正赶排中。按这一剧院,自我军解放宣化复业以来,生意兴隆,生活改善,因而热诚追求新艺术,已演出过反映边区人民生产的《李国良回家》,还排着延安快板剧《全家福》。他们两次演剧及捐款万元劳军,最近女演员们更做了被褥十条,捐给前方战士。

(《晋察冀日报》1945年11月6日)

抗敌剧社去陆军医院慰问伤病员

石凉

【新华社晋察冀分社九日讯】在一切为了前线的战斗任务下,抗敌剧社一部分男女同志,于十月廿八日,携带了一些娱乐器具,冒着蒙蒙细雨,赶到距离张市十三里地的陆军医院,伤病员高兴地问他们:"你们是来给我们演戏的吗?""欢迎你们唱一箍音(段)!"即时一个伤病员同志拖着行动不便的腿,去给同伴报告好消息!

次日,他们为回答伤病员们的要求,准备了几支歌子和小唱留声

机，到各病房慰问，从早八时开始直至傍晚才进行完毕。

第三日，有部分同志即亲身下病房，帮助重伤病员盛饭、搀扶伤员、讲解时事新闻、讲故事和唱歌，颇受伤病员欢迎。现每个同志均计划以后多下病房，体贴照顾伤病员，真正做到为士兵服务，为伤病员服务。

(《晋察冀日报》1945年11月11日)

张市霸王鞭训练班结束

华江

【新华社晋察冀分社八日讯】市青联和抗敌剧社共同举办之霸王鞭训练班，于十月二十二日开始，到十一月三日结束，进行了两个星期。参加的十六个学校、八十余人，共学会十二个动作，还学会了《成立联合政府》《民主之花》《团结就是力量》三个适合霸王鞭唱的歌。为了使同学们不耽误学习与配合我们的中心工作，由市青联负责同志报告了时事及儿童所要做的工作，现已起到它的作用，如有好多学校热烈地去慰劳伤兵。学员学习的情绪都很高，不论是刮风下雨都能按时到，路很远，每天跳三个钟头很累，但大家来得很早，并坚持到底。今天学会了明天就教给了别人，在各个学校里很快就组织起来了，并配合了中心工作，如这次察省人民选举代表，霸王鞭队起到了它的作用，霸王鞭队活跃在每个群众大会上。今后霸王鞭这个儿童群众的文艺运动，在张市将普遍地活跃起来。

(《晋察冀日报》1945年11月11日)

张市旧剧界联合会第一分会正式成立

老板演员决为人民服务

郑佳

【新华社晋察冀分社十日讯】九日，在张家口庆丰戏院，旧剧界联合会第一分会正式成立了。这是张市梨园界头一次令人兴奋的盛会。在这次会上，解决了不少旧剧向前发展所必要解决的问题。最重要的，关于旧剧今后应该走的路，大家一致同意要循着庆丰演出《血泪仇》和庆丰演员自编自演的实事报道剧《枪毙杨小脚》的道路前进。这两个戏的演出，得到市民的热烈欢迎，《枪毙杨小脚》连演八天，场场满座，使人们对戏剧的看法已不再是供人娱乐。庆丰戏院老板和演员的收入增加了好几倍，生活改善了，社会地位也提高了，正如老板所说"名利双收"。会上，市政府、二区公安分所、边区抗联、军区政治部、抗敌剧社代表及边区文联、剧协、人民剧院代表，都一致鼓励老板和演员，要为人民服务，才有出路。并指出这两个戏的成功，与演员的严肃认真是分不开的。如花淑兰无论在演技上、在化装上，都一丝不苟；饰敌特张立胜的崔万春，不但表演认真，在创作剧本上和排戏上，他也是最积极的和主要负责人之一，这种积极认真精神，应该高度地发扬，这也是"为人民服务"的艺术工作者所必备的条件，也是旧艺人改造所必经之路。之后，由分会副主任崔万春报告分会的会员工作公约，共计：排戏不得敷衍了事，后台禁止设局赌钱，不得吸用毒品（慢慢地戒），不得擅离职守等十三条。奖励的办法有：上场奖、名誉奖、奖章、实物奖等。关于戏院组织形式根据庆丰具体情况，通过这样的办法：采取院长制，由赵老板（他又是股东）任院长，下设营业委员会，赵任正主任，分会主任任副主任，有生活改善三委员，账房先生管账，十天算工资一次，分会代表有检查账目权，并在分会领导下，决定组织学习小组（学习艺术、文化、时事）和创作小组，并设生活检讨会、演出检讨会，帮助大家"由旧人变新人"。在戏院老板赵光斗讲话时，算了一下账，他说："从前打旗的赚二十元，前台赚两块，白面七十元一斤；现在打旗的能赚四百元，前台赚三百元，昨天白面四十六元一斤，打旗的能买九斤面，庆丰戏院真是丰衣足食，名利双收。"庆丰戏院这样的成绩，是和军区政治部抗敌剧社的同志，花费了数十天的时间，给予庆丰戏院各方面（编剧、演出、组织……）的帮助分不开的，从赵老板到每位职演员，都发出衷心的感谢："共产党把戏剧界看得高，共产党处处让我们学好。"（崔万春语）"亲生父母不过如此。"（赵老板语）最后通过临时动议：一、慰问毛主席。二、到伤兵医院去演戏慰劳八路军。大会结束后，分会会员和来宾合照了一个"全家福"的相片，把大会团结愉快的情绪永远保留下来。接着是会餐。晚会由庆丰戏院和抗敌剧社各演拿手好戏，还有来宾多人贡献绝技，尽欢而散。

（《晋察冀日报》1945年11月12日）

大同成立文化协会

【新华社冀晋支社三日电】被敌寇与汉奸阎锡山奴役多年的大同县很多村镇被我解放了后，许多知识分子深感幸福、愉快，他们纷纷要求读毛主席的著作，要求受训、参加工作。一位高师毕业的四十余岁的王先生，亦要求参加教育建设工作。他们很感动地说："世界规律是向前的，只有跟着共产党走才有出路！反共者亡，拥共者存！"现该县已有十多名知识分子自动参加工作。最近以王琴等六个知识分子，发起成立大同文化协会，团结全县知识分子，现已有会员七十余名。

（《晋察冀日报》1945年11月12日）

边区文艺界大集会　欢迎华北文艺工作团

柳荫

【新华社晋察冀分社十一日讯】华北文艺工作团，一行四十九人，分写作、戏剧、音乐、美术四个组，于九月下旬，由艾青同志领队，自延安出发，经过五十多天的长途行军，横跨黄河、吕梁山脉、同蒲铁路和拒降敌伪的重重封锁，已于本月八日下午，平安到达张家口市。九日略事休息，十日上午，全体出席由中共晋察冀中央局宣传部、晋察冀日报社、新华社晋察冀分社、边区文联、军区抗敌剧社所召开的盛大的欢迎会。到会除各文化机关团体代表与华北文工团全体同志外，前往别的地区工作路过本市的塞克同志、劫夫同志等亦被邀参加。在全场一百余人中，有的是久别的老战友重得相遇，有的是相互读过作品不曾认识的，今天得到见面，大家热烈地交谈着前后方情况、工作经验。正如邓拓同志在欢迎辞中所说的，是边区八年来少有的一次文艺界大集会。边参会于副议长、军区政治部丘岗同志也相继代表边区人民、子弟兵和政府致以衷心的欢迎之意。最后由汪洋同志报告反攻以后，边区新解放区的文艺工作。报告中指出：过去在后方从事文艺工作的同志们，在党中央毛主席的文艺运动方针的随时指导下，所有的文艺活动，一向是前方的先锋和模范；今天后方有这样许多优秀的文艺工作同志，都亲自跑到前方来了，一定能够帮助我们很好地总结经验、充实阵容，奋力为老根据地的文艺运动之进一步提高、新解放区的文艺运动广泛开展而奋斗。

艾青同志讲话

会上由艾青同志代表华北文工团讲话。艾青同志的讲话，充分地表现了华北文工团为我边区广大人民服务的热情与决心。艾青同志说：

"我们华北文艺工作团到达张家口市，今天才第三天，蒙中共晋察冀中央局宣传部及各文化机关团体热烈地欢迎我们，感到异常兴奋；又听到了邓拓同志、于副议长和一些同志很多的指示和希望，不过其中有许多的话是使我们感到惭愧的。晋察冀边区的文艺工作，根据过去在延安从前方得到的消息，我们认为是各解放区成绩最好的。在文艺与实际斗争结合这一点上，在全国范围内，是起了光荣的先进作用。听到有很多文艺工作同志，亲身参加群众斗争、军事斗争，亲身参加武工队，深入到敌后之敌后去，长时期奋斗不懈，以致战死，这在中国文艺运动史上，也是起了光荣的先锋作用。在党中央毛主席号召下，文艺工作者要立即与实际斗争相结合，今天我们已实现了毛主席这一号召，赶到这斗争最尖锐丰富的前方来了，立即就要和在前方久经战斗的同志们在一起，参加斗争，并在斗争中来学习、改造和锻炼自己。我们华北文艺工作团全体同志，绝大部分是小资产阶级知识分子出身的，和实际结合很差，面对着中国革命的需要，是有着很多问题的，这些问题，要不是循着毛主席的与实际结合的方针走，一辈子都不要想去解决它。在这一方面，晋察冀边区的文艺工作者们，就是我们的好榜样，在参加实际斗争、通过文艺发动群众的各种工作上，定能给我们很大的帮助……

"这次行军，经过许多老根据地，也经过不少新解放区，它们是给人以截然不同的鲜明的印象。一种是广泛的贫困，女人穿不起上衣，下雪了布片都披不上，男人女人都呈着苍白的脸色。在敌寇用血手制造过的所谓'无人区'，情景更加凄惨，没有鸡叫，没有牛羊，没有完整的村落，甚至不少村庄没有一间完整的房子。现在这些地方，虽已成为我们的新解放区了，但敌寇在那里造下的孽，敌寇所遗留下的洗劫的痕迹，还等待我们去消灭。另一种则完全相反，强悍的农民，大声地歌唱，大声地说话，健康而愉快，谈起来就是民兵、战斗和生产的故事，这就是我们在老根据地所得到的印象，农民已组织起来，自己掌握了武装和政权。这虽然仅是一些路上的见闻，了解得非常不够，但是我们总可以想像出，在今天我们广大的新老解放区内，是在存放着多少艰巨的工作，等待我们去参加；是在蕴藏着多少丰富的现实宝库、现实生活，等我们挖掘、创作……

"在临到张家口市的前一天，我们便开始无上兴奋起来了，一路高唱着《进行曲》，来到张家口今天已第三天，还一直保持着兴奋的情绪。我们许多同志，在过去原都是到过比张家口要大得多的城市的，有的就是上海、武汉生长起来的，为什么这次进城竟是这样感到特别的兴奋呢？原因乃是由于过去所在的城市，那是处在国内外反动派的镇压下面，过着吐不过气来的生活，无论那里怎样繁华、怎样壮观，也是不能令人愉快的；今天不同了，张家口已是我们人民、我们劳苦大众自己掌握的了，所有的烟囱、铁道、马路、楼房、工厂，都是由我们子弟兵、我们的老百姓用殊死的战斗解放出来的。由无产阶级领导广大人民来管理城市，已开始在中国史上出现了，这是值得大书特书的事，我们的兴奋的确不是徒然的呵！……

"几年来，农村是我们的母亲，今天城市又成为我们的根据地，前方的同志们，给我们打下了天下，今天让我们来参加工作，我们是感奋不尽的。以后我们要决心跟本地文艺工作者在一起，在中共晋察冀中央局指导下，使文艺与工农兵革命斗争相结合，为保卫自己的根据地、城市、政权、工厂、学校斗争到底。"会后举行聚餐晚会，由华北文工团介绍陕北民歌十余种，并演出秧歌戏《夫妇识字》，尽欢而散。

（《晋察冀日报》1945 年 11 月 13 日）

冀晋开通讯工作会议

号召学习阜平全党办报

【新华社冀晋支社十月二十八日电】（迟到）冀晋区党委为克服

目前通讯工作与现实斗争严重脱节的倾向，特召开通讯工作会议。到会同志对于阜平认真执行全党办报的方针极为满意。二十一日，《冀晋日报》以社论《学习阜平认真贯彻全党办报方针》为题，指出该县通讯工作三特点：（一）各级领导将新闻报道工作看作领导工作不可缺少的一部分，负责同志一般均能注意这一工作，县委书记李国庆同志下乡时，亲自采访与整理通讯组织。九月份，十个区即有八个区书、三个区长写稿子。（二）通讯工作与当前斗争密切结合，把通讯工作随中心工作布置下去，通讯员外调的缺额，能随时补充上，及时发出采访要点，利用通报表扬模范。（三）领导上走群众路线，培养了大批工农通讯员。通讯组织已开始在乡村中建立，并涌现了高街、铁岭口、下庄的支书、抗联主任、妇救会主任等有成绩的工农通讯员。区党委除号召各地区向阜平学习外，并指出冀晋全党对党报的作用认识不够，全党办报思想尚未很好树立，必须将忽视报道工作的思想彻底纠正。会议并具体决定：（一）各分区成立通讯社，统一分区通讯工作力量。（二）十一月底前，各地务将通讯干部配备齐全，并进行普遍整理通讯组织。（三）加强写作指导、编辑出版指导、通讯的刊物出版，开展城市通讯工作。

（《晋察冀日报》1945 年 11 月 13 日）

大后方文化新闻团体联名致书美国人民

吁请制止美当局干涉中国内政

【新华社延安十一日电】据十月十五日《华西晚报》载，当美海军陆战队在华北登陆帮助国民党发动内战后，中国文艺界抗敌协会成都分会、《华西晚报》、燕京新闻、新世纪学会、大学月刊社、成都世界语协会、《青年园地》、天风周刊社、现代周刊社、《成都周刊》、大义周刊社、《自由画报》、诗垦地社、诗与音乐社、新中出版社、大地文艺社、水都诗社、平原诗社等十八个文化新闻团体曾联名致书美国人民，吁请美国人民督促美国政府对华政策上不要违背中国广大人民的意志，兹将该函择要介绍于后：

"……在中国沦陷区内的敌伪得到允许'合法'地横行无忌杀戮人民的事实，我们没有看到美国盟友有希望纠正的表示。我们读美国二十一位知名之士上杜鲁门总统书，其中有'美国人民不会支持美国对中国类似英国在希腊的政策'一语，不能不要问为正义与和平而苦战四年的美国盟友是否将在胜利降临以后背弃中国人民？这是否合□在太平洋逐岛前进当中倒下去的美国英雄们的意愿？"继该函列举上述廿一位先生所主张的美国对华政策是应该防止中国内战，不阻止敌人向爱国的军队就地受降，并鼓励中国组织民主政府及《纽约时报》所主张的联合国必需不干涉中国的团结谈判，不帮助任何一方去进行内战等主张后，表示对美国民主人士这种态度"永远是感佩的"。并称："我们希望坚持民主合作的原则的美国朋友能督促你们的政府，能就其对华政策上不要违背中国广大人民的意志，也希望贤明的美国政府能就□对华政策有具体而清楚的解释，以释中国人民之疑。"该函结语称："任何错误的措施均将导引世界于大屠杀的灾祸。"

(《晋察冀日报》1945年11月13日)

中国名音乐家冼星海在苏病逝

延安及张市日内举行追悼会

【新华社延安十三日电】中国著名音乐家冼星海同志因患肺病不治，于十月三十日在莫斯科逝世，享年三十七岁。星海同志系广东人，自幼勤苦求学，后于一九二九年出国至巴黎音乐院深造，专攻作曲指挥部并兼习提琴，三五年回国后即在上海积极参加救亡音乐运动，抗战后随救亡演剧队第二队到各地工作，对中国新音乐运动的发展影响极大。三八年底来延，任鲁艺音乐系主任，四〇年五月去苏联。生平创作极丰，其中为广大青年所熟悉爱好者如：《青年进行曲》《救国军歌》《热血歌》《黄河大合唱》《生产运动大合唱》等，另外著有管弦乐曲、民族交响乐及歌剧《军民进行曲》。星海同志去苏联后，亦有创作数部，其中两部深受苏联音乐界之赞赏，将在苏出版。星海同志逝世后遗有妻子钱韵玲同志及六岁女儿妮娜，现住鲁艺。噩耗传来，延安文艺界同志莫不悲痛异常，闻日内将假鲁艺礼堂举行追悼大会。

【新华社晋察冀分社讯】张市音乐界及文化界惊闻星海同志病逝，深为悲痛，日内将举行追悼会。

（《晋察冀日报》1945年11月15日）

张北将成立文化补习学校

并设大众文化教育馆

【新华社冀察支社十日讯】为了加强干部的文化学习，提高文化水平，察北宣委会，拟于最近在张北城成立文化补习学校，时间在早晨或晚上，全体干部（分区、县、市）齐集该校，由在职干部中抽调适当人，先担任上课。内容包括历史（特别是中国近百年史）、地理（各国及本国）、自然常识、国文等课程，现在正筹划准备中。预计此校的成立，对该地区工农干部文化水平的提高，将有莫大补益云。

【又讯】张北地处察北，比较偏僻，文化一般很落后，该县领导机关，为加强本市群众教育，活跃人民生活，决定成立大众文化教育馆，设置于市的中间。内分图书室、展览室、文娱室，现已派出干部专门筹备，不久即可正式成立进行工作。

（《晋察冀日报》1945年11月15日）

延安各界举行冼星海同志追悼会

【新华社延安十六日电】中国人民的音乐家冼星海同志追悼会于十四日在鲁艺大礼堂举行，到会者有林主席、吴玉章同志、徐特立同志、罗迈同志、姚尔觉先生等及延安各界代表七百余人，会场隆重肃穆，礼堂正中悬有冼星海同志的巨幅画像。旁高悬毛主席所写的悼词"为人民的音乐家冼星海同志致哀"。追悼会于中午十二时开始，在哀乐声中，主祭吴玉章同志，陪祭周扬、柯仲平同志就位，由谢觉哉同志朗读哀词，会场扬起低沉的哀悼歌声，全体肃立向这位中国人民伟大的歌手致敬礼。由吕骥同志报告冼星海同志生平，谓冼星海同志广东番禺人，曾肄业于法国国立巴黎音乐院及歌唱专科学校，一九三五年夏末返国，历在百代唱片公司新华影片公司及陶行知先生办的山海工学团等工作，成为当时汹涌澎湃之国防音乐运动的专家，三八年来延安任鲁艺音乐系主任，三九年六月加入中国共产党。报告毕，由鲁艺戏音系演唱冼星海同志的作品，演唱歌曲有《救国军歌》《太行山》《青年进行曲》《保卫黄河》等，这些歌曲在抗战前和抗战中都曾起过巨大的影响，现在在星海同志栩栩如生遗像前演唱，更使人倍加感奋。至此，由吴玉章、徐特立、罗迈等同志相继讲话，一致认为作为一个伟大的音乐家，冼星海同志有三点值得我们学习：第一，热烈的爱国精神，要求民族解放的精神；第二，他对于广大人民的热爱；第三，是正确的艺术路线方针——为政治服务、为群众斗争的路线方针。讲话毕，追悼会乃在哀乐声中散会。

(《晋察冀日报》1945年11月18日)

张市八、九区青联会召开霸王鞭训练班

续桂峰

【新华社晋察冀分社十八日讯】为了开展市外的文娱工作和便利宣传工作起见，特定于本月十六日为张市八、九区霸王鞭训练班的开学日期，并决定每天的上午九点开始学到下午三点半为止。当天到训练班的学生、儿童、青年，达一百余名，他们都很高兴地在希望着把霸王鞭赶快地完全学会，并且还要学会许多的新歌子。经过这次训练，市外的文化娱乐工作会有一个新的开展。

（《晋察冀日报》1945年11月19日）

芦家庄的黑板报

张文芳

行唐县，芦家庄，早在二三年前，村里就有墙报。当时办报的只是几个干部，登载内容是从报纸上摘录下来的新闻消息，人们谁也不爱看，办的情绪也不高，常常是："写了不擦，擦了不写"。一直到去年秋后，才转变了。他们村里生产工作做了总结，人们都有吃有穿，红光满面，而刘法子依然披着破棉袄，他们就登了一个《懒汉刘法子》，内容是："法子法子你再懒，到了秋天瞪了眼；积极生产打满囤，你的打了不大点，叫你饿着没人管！"这个消息立刻传遍全村，男女老少都挤着去看，他们由此发现了黑板报应走的道路。于是召开会议实行改组，村长刘福聚亲自担任编报委员会的主任，他是个忠厚的农民，三十九岁，识五十多个字，他自己虽然不能写，但每月总结老是他投稿最多。他常告诉别人说："我和小学教员，是好伙计，我知道的事多，他认识的字多。"另外四个编辑委员：一个是村剧团长，一个是童子军队长，还有小学教员和合作社会计。编委会很注意采纳群众的意见，经常研究群众的反映，他们更关心选登工农通讯员的创作，下面就是其中的一篇：

不讲卫生的张葱妮

张葱妮，真不行，
衣裳脏了她不洗，
真是"窝囊"不卫生。
人人见了都"格腻"。
她的衣裳"各渣"一大层，
脸上的糟真是多。
黑得好像个"合折锅"，
她的手，更邋遢，
脏得好像个拾粪叉。
她的头，也不梳来也不刮，
好像一棵沙蓬蒿。
不卫生的条件实在多，
做活上头是懒婆；
她家里，刷不净碗，刷不净锅。
一做饭屋里好像熏狼窝。
有人要是不"待听"，
见了她的面就证明。
因为这样不卫生，
她那年也要害上几回病。
咱大家谁像这样都要改，

谁也不要像她这样不卫生。

这是两个初小程度的通讯员——刘尊和刘哲编写的,他们充分地使用了乡土口语,采用群众最熟习的形式。无怪乎这篇作品,很快就流传开来,而张葱妮也在群众的劝导下转变了。"七七"那天,他们召开了第四十二次通讯员大会,会上公布了几个基本数字:有通讯员二十人,共出版了四十六期,发出一百四十八篇稿子(内不识字的写了六十四篇,识字的写了四十八篇)。

芦家庄的黑板报,又向前发展了;他们把黑板报上的优秀作品选出来往冀晋《群众报》和日报投稿,他们把自己的通讯员,组织成大报的通讯小组,实行集体创作,工农和识字的结合,这样就把上边的报纸和村里的"报"结合起来了。《群众报》有了更雄厚的广大群众性的通讯基础,村里的通讯员也有了写作兴趣。从不断习作中,成为工农提高文化有效方法,给培养工农通讯员、发展农村通讯开辟了一条新的道路。芦家庄的人们称自己的黑板报为"小群众报"。《群众报》和日报上的东西,有时他们也转载,而当他们的稿件在报纸上披露了时,他们总是马上召开会议,研究怎样再写几篇稿子送去。

(《晋察冀日报》1945 年 11 月 19 日)

六区成立通讯小组

决定经常及时写报道

陈英

【新华社晋察冀分社二十一日讯】为了贯彻全党办报的方针,为了将生动活泼的工作情况和各种工作成功失败的经验教训及时地报道出去,六区干部自动组织通讯小组,由区公所、合作社、工会、妇会、武委会各部门都有人参加。在第一次的小组会上，决定了如下的几个问题：（一）通讯小组要起核心推动作用，除自己经常写通讯外，还可以帮助和推动别的干部写稿。（二）提出"做了工作写通讯"的口号。（三）有些问题需要大家讨论研究写出的，可以集体写稿。（四）有写作能力的同志，要经常地帮助写作能力差的、文化水平低的同志修改或提意见，鼓励他们写作的兴趣和信心。（五）大家愿以负责的精神，对待这个会议的一切决定，一定要贯彻执行，为了使通讯小组真能起它应有的作用，决议从通讯小组成立起，就把各种工作及群众活动经常及时地报道。最后特别讨论了干部在通讯工作上的思想问题，最大的毛病是写了稿不登，即灰心丧气，再不愿写了，经检讨反省后，大家一致认为这种想法不对，了解到写稿是每个干部应有的责任和义务。

（《晋察冀日报》1945 年 11 月 22 日）

给张市本社通讯员的一封信

本市全体通讯员同志们：

最近来稿日渐增加，稿件内容亦较前充实，这是很好的现象。为了使稿件更进一步地提高，有几个问题应提起大家的注意：

（一）要多写新闻，少写长篇大论的通讯，尽量把写通讯的材料，压缩成新闻，稿件越精练越明确，给读者的影响才会越深刻。

（二）少做一般的描述，多做具体的典型的报道。例如在整个民主选举运动中，要把群众在斗争中高涨的情绪和整个斗争中复杂的变化通过具体人、具体事报道出来，用多种多样的方法反映整个的斗争，避免新闻稿件的一般化。

(三）稿件不要过长，一般新闻三五百字，最多不要超过一千字。稿件太长不仅失去了报道中心，而且会使读者看得厌倦。

（四）写稿要快，当天事当天写，字要写清楚（不要两面写，并请留出修改□位），减少编辑和印刷的困难，人名、地名、时间写明白，以免混乱，来稿一律请寄本社采访通讯科。需要第二天见报的稿，请在信封上写明"急稿"。

新华社晋察冀分社　二十二日

（《晋察冀日报》1945 年 11 月 23 日）

新形势下的阜平通讯工作

阜平的通讯工作，历来是比较好的。特别是分局提出全党办报以后，更前进了一步。

县委在领导各种工作中，深刻地体验到加强通讯工作也就是推动了各种工作。例如：去年胡顺义的报道，带动与培养了不少的英雄模范及创造了皂火峪、高街的综合性合作社。当在报上看到陕甘宁的防旱备荒指示后，二、十区对这工作就引起了注意。同样二区关于进行防旱备荒的指示新闻报道，也带动了六、九区迅速地布置了这个工作（当时县委尚未发下该项工作指示）。由于这样，县区遂将通讯工作，列成领导上的一个重要部分。

在新形势下，阜平的通讯工作也曾一度垮台，但和其他一般地区所不同的，就是它能够迅速地恢复了常态。

日本投降后，干部盲目乐观的思想相当严重，再加上干部外调（通讯员被调走七十一人），所以通讯工作也垮台了。轰轰烈烈的人民参军运动没有一个全面系统的报道，从八月十一日至二十五日，半月工夫只收到二十余篇稿件，关于支援前线的报道未见一篇。县委连发三次指示，均未见行动起来，像其他工作一样，通讯工作也遇到了严重的障碍。

县委看到此种情况，同时又接到区党委八月二十日关于通讯工作的指示，于是在八月廿九日的区书和区长两个联席会上，向盲目乐观的思想作了严格的清算。紧接着，县委书记李国庆同志及宣传部长又在区书会议上具体地布置了通讯工作，并强调区书亲自下手。县长也在布置公粮公债的扩干会上布置了通讯报道工作，并号召所有干部实行；做了工作必须写通讯，如只做工作未完成通讯，工作就不算全部完成。随即开始普遍整理通讯组织，在重新登记通讯员中又发展了七十三个通讯员。但当时干部们对通讯工作有很多地方是怀疑的，他们说："写也不顶，咱们这里又不是前线。"针对此种情形，县委宣传部制定了一个采访要点，指出阜平只要能将参军、公债、公粮、生产、运输、做军衣军鞋、拥军优抗种种活动报道出来，也同样是支援了前线。虽然知道写什么了，但由于工农干部的增多，很多通讯不知怎样写，为克服这一困难，即采取了工农干部与知识分子合写、伴写的办法。拿干部们的话来说，这叫"写作联盟"。同时县委又出版了一个通讯学习的指导刊物，内容着重介绍了一些写作上的基本知识，发到各区后，工农干部学习很起劲，同时并实行有重点的突击。一区区书是说什么也不写稿子，但通干具体帮助他，他说："能保证登出来我才写。"通干就挑了可能登的材料与他合写，后来果然发表了，他就非常高兴，接着又写了两件，还帮助模范工作者张树凤同志写稿。由于他的亲自下手，一区的通讯工作就跟着活跃起来了。

阜平通讯工作在此时期所以能够迅速恢复，负责同志亲自下笔真正做到了以身作则是起了很大作用的。县委书记李国庆同志在推行公债过程中，亲自下乡采访与整理通讯组织，并在九月九日报上发表了《阜平全县掀起普遍认购公债热潮》。只上过二年学的县委副宣传部长也经常为党报写稿。县政府秘书刘耀汉同志在一个月内写稿七件，他的《团结互助战胜灾情》一稿，还曾经县委通报表扬。实业科长张佐文同志、县联社主任李更新同志，都是为党报写稿的积极分子。十个区即有八个区书和七个区长写稿，区委宣传也大部动笔。抗联主任、办事处主任半数以上参加了通讯工作，党、政、民、合各主要负责干部来稿占百分之六十。由于通讯工作有了积极工作，因此一、二、五、六等七个区都作了全面系统的报道，有很多干部作了工作连夜写成通讯，有关公债的报道，全县即达六十二件。

  为什么阜平通讯工作有比较普遍的基础，这种重要的原因就是工农通讯员在阜平形成了通讯工作的主力。有人又问起阜平的工农通讯员是怎样开始写作的？一句话，这就是和工农同志的利益紧密结合。譬如九区区书是工农出身，他过去对自己的认识就是：人家会说会写，咱们将来前途只能□个事务事儿。区宣热心地请他写通讯，他说："这碗饭俺们吃不开。"后来区宣又把旁的工农同志与知识分子合写的稿件念给他听，并且帮他找材料，有一次果然登出来了，这样提高了他的写稿情绪，现在他已经是一个通讯工作很热心的人，还学会了搜集材料和写报告。由于他亲身体验到通讯工作的好处，所以他做什么也忘不了写通讯，据他自己说："不仅在写作上有了很大进步，而且在工作、学习及思想上都有很大进步。"目前涌现出大道、龙门的支宣，高街的支书，炭灰铺、铁岭口的抗联主任，下庄的妇救会主任都为报纸写稿，这说明通讯工作已初步建立起来。乡村中建立通讯网的经验，最好就是和读报工作相结合，在读报中发现积极分子，吸收为通讯员。三区神台村将近一年以来，读报工作始终不懈地坚持着，老乡们能记得《中苏条约》的内容，使区干部如对时事学习没有准备就不敢下乡（怕被群众问住），该村并注意普遍地发展黑板报，许多农村通讯员的稿子，在黑板报上登出来了，在这样的村庄建立通讯组织，显然是能够比较巩固的。

  阜平通讯工作有着今天的成绩，在阜平负责通讯工作的同志也有可贵的贡献。阜平通干刚做通讯工作不久,缺乏经验,但他却认真负责,安心积极,在县委领导下很快就把通讯工作熟悉起来,认真综合改写,稿件改后或登出随时告知通讯员,五十天内就复信四十余封,他和通讯员有比较密切的联系。

全党办报的方针,在阜平执行虽有成绩,但我们还需更加切实地来贯彻这一方针之实行。例如县的中心小组很长时间没有开会,影响通讯工作的领导火力,英模的报道很薄弱,尚未被引起应有注意。同时通讯工作的开展还是不平衡的(如十区在一个月内仅收到稿件一篇),这些都是今后阜平通讯工作应该改进的。

(《晋察冀日报》1945 年 11 月 23 日)

边区青联、文联发布
关于纪念"一二·九"运动十周年的通知

(不另行文)

各战略区、专区,市、县青联会文联会:

抗战胜利后第一个"一二·九"运动纪念日即将来临,十二月九日,是中国青年界与文化界继"五四"以来一个空前伟大的爱国与卫国纪念日!

十年前(一九三五年)的"一二·九",由于国民党当局□□其对外妥协不抵抗、对内高压人民的错误政策,招致东北沦亡、平津危急,全国人民急起呼吁停止内战,一致对外。但国民党当局仍不以民意为重,一方面由汪精卫、何应钦等亲日派头子出国与日订立《塘沽》与《何梅》等丧权辱国的协定,一方面继续在"先安内而后攘外"的反动口号下,进行对中国人民的大屠杀,国势危殆,达于□□。北平广大爱国青年学生及文化工作者,激于忧国义愤,在中国共产党领导之下，急起于十二月九日，发动了盛大的游行示威，向国民党当局请愿：反对日寇侵略者兵驻平津，反对汪精卫、何应钦之流与日寇签订秘密的卖国协定，要求外交公开；紧急呼吁国民党当局即速放弃其"不抵抗"错误政策，即速停止反共反人民的内战，出兵东北收复失地。虽遭国民党当局以军警、皮靴、刺刀、大刀、水龙、步枪与机关枪的屠杀镇压，但这一星火不数日即燎及全国大城市、乡村；由青年学生、文化界的爱国运动而扩大到全国各界各业各阶层的爱国人士中去，中国到处飞舞着抗日救亡的星火，而这些星火滋蔓开去、深入下去，才有"一二·九"运动以后全国各界抗日救亡运动，才兴起后来"七七"抗战的烽火。

当我们今天来回味与纪念这一伟大节日及当时情景的时候，目前中国又处于怎样一个情况呢？八年抗战胜利了，全国人民正待举手欢迎国内和平、民主、团结的出现，独立自由富强的新中国到来，不料正在这个时候，仍然是国民党反动派当局，仍然是何应钦之流，一只手签订《双十协定》，一只手散发《剿匪手本》，"复员""受降""恢复交通"等烟幕弹放之于前，一百七十万敌伪顽合统军继之于后，且以美国魏特梅耶之流的帝国主义分子作掩护，□□□□，昼夜兼程，杀奔解放区而来，企图夺取人民八年抗战胜利的果实，血洗解放区的城市与乡村，挑动内战，扰乱和平，梦想将光明已在□□□的今日之中国，再拖回到"一二·九"运动以前的黑暗重重血腥冲天的绝路上去。

国民党反动派的此种包天野心，今已□□见诸实行，光明在闪摇中！和平在动荡中！全中国人民今天已面临着一个严重的任务，起来，保卫和平，保卫八年抗战胜利的果实；起来，为制止国民党反动派所蓄意挑动的内战而进行坚决的自卫！已经在八年流血牺牲的抗战中觉醒与团结起来表现有志气有力量的中国人民，是一定不允许任何反动派进行其□心的。

为此,我们特通知与号召各地各界青年和文化工作者同志们:紧急动员起来!八年抗战前我们站在抗日救亡运动的前线;八年抗战中,我们站在民族自卫战争的前线;而当八年抗战胜利后的今天,我们应当继续站在保卫和平保卫民主的斗争的最前线!今年的"一二·九"运动纪念日,应当成为我们检阅自己的力量和进一步组织自己的力量,以走上保卫和平与保卫民主的斗争前线的一个日子!

为了达成这一任务,我们要做以下的许多具体工作:到处开会(大会小会)讲明白中国目前的事情,和平的重要与保卫和平的途径,当时当地我们的具体任务等;到处揭发国民党反动派破坏和平玩弄假和平的阴谋罪行;到处庆祝我们已得的利益和保卫和平的胜利,组织慰问团上前线;到处举行盛大的示威游行,反对国民党反动派进攻解放区,查办何应钦、阎锡山、何思源、傅作义,反对美国帝国主义分子武装干涉中国内政;反对国民党片面决定的所谓"国民大会",要求国民党当局实践《双十协定》诺言,立即收回"剿匪命令",撤退进攻解放区的军队,公平划分受降地区,解散伪军,承认解放区人民自治和军队!要求国民党信守《中苏友好同盟条约》,停止一切反苏宣传!

我们要以全力支援"重庆反对内战协会"所发起的保卫和平运动!这是国民党统治区全体人民的正确道路。我们号召国民党统治区的全体青年及文化工作者起来,继承"一二·九"运动的爱国传统精神。罢工罢课罢市拒绝纳税反对征丁,以制止国民党反动派的内战行动!号召那些被国民党反动派欺骗驱使到内战泥坑中的青年及文化工作者,及早醒悟回头,学习高树勋将军的义举,站到人民与和平方面来!青年军官与士兵立即放下内战的武器,青年军立即要求办理复员,三青团团员立即拒绝国民党反动派的特务训练。而对于一切不愿受国民党反动派欺骗自愿跑到解放区来的青年与文化工作者,我们则应给以热诚的招待，负责介绍他们工作并照顾他们的生活。

我们要呼吁全世界爱好和平的青年及文化工作者，特别是美国的青年及文化工作者，援助中国人民的和平民主事业，要求立即撤退美国的驻华武装干涉军，立即收回对华租借物资，保卫远东和平与世界持久和平！

我们还应该整饬自己的内部，特别在广大的新解放区，要教育挽救那些失足的青年和失足文化人，使其坦白悔过，重新做人，为人民服务，努力保卫和平事业，将功赎罪，巩固与扩大我们的团结！

如果说，一九三五年的十二月九日，我们青年学生及文化工作者曾经响亮地向全国人民发出救亡图存的战斗号音，则一九四五年的十二月九日，我们更应当百倍响亮地向全国人民发出保卫和平与保卫民主的战斗号音。和平民主一定要保卫，胜利果实也一定是我们的！

此致

敬礼！

晋察冀边区　青年联合会
文化界联合会
十一月二十三日

（《晋察冀日报》1945年11月25日）

美报著文抨击赫尔利对华政策

郭沫若、茅盾等致函赛珍珠　呼吁反对美军武装干涉我国内政

【新华社延安二十四日电】纽约讯：《下午报》与《芝加哥太阳报》于不久前撰文痛斥赫尔利的对华政策，并认为中国必须实行革命的改革。《下午报》遗憾地说："我们很严重地自缚于蒋介石与重

庆政府。"接着强调指出："中国需要革命的变革，尤其是土地改革，而蒋介石氏之拥护者则只要他们还能反对土地改革一天，他们就将坚持反对。这些改革不实行，中国是不能健全的。"《芝加哥太阳报》说："美国苏联与全世界所需要的不是一个右派的国民党独裁的政府，而是一个民主的联合战线的联合政府的公平代表一切党派的中国。"

【新华社延安二十四日电】重庆讯：中国著名作家郭沫若、茅盾、洪深与老舍等近致函美名作家赛珍珠，呼吁反对美军武装干涉中国内政，信内称："我们极希望美国朋友停止将损及中美友谊的任何行动。"

(《晋察冀日报》1945年11月26日)

边区青联与张市青联联合出版《民主青年月刊》

真

【新华社晋察冀分社二十五日讯】为了解决广大青年学生的文化食粮，提高其政治文化水准与各方面的修养并交流各地青年工作、学生工作的经验，边区青联与张市青联决定联合出版一《民主青年月刊》。内容有论文、时事常识、青年修养、名人故事以及各种文艺、游艺等，主要对象为高小以上之学生，计划于"一二·九"正式出刊，现正积极筹划编辑中。

(《晋察冀日报》1945年11月26日)

陕甘宁文讯

一、陈伯达同志最近在《解放日报》上发表了一篇历史论著

《介绍窃国大盗袁世凯》，长约两万字，把中国近代史上第一个大独裁者怎样玩弄手腕、假造民意、排除异己、只想集中大权于一身的史实发挥得淋漓尽致。本社不久还要作详细地介绍。

二、延安□□剧团根据郭沫若先生的历史论文《甲申三百年祭》编了一个新剧，叫《人心归闯》。第一部、第二部已经公演了五十多场，现在正试排第三部。

三、陕甘宁边区文协主办的"说书人训练班"已经训练出了六个说书的□子，他们在训练班里都□□□□□书，每人都试说了一本，如《张玉兰□民主》《纺纱记》等，□□还有目前时局、边区的普选运动、生产运动等等。

（《晋察冀日报》1945年11月27日）

《民主青年》征稿启事

一、为适应广大青年学生的迫切要求，解决广大青年学生的文化食粮，提高广大青年学生的政治文化水平及各方面之修养锻炼，以及交流各地青年工作、学生工作的经验，经过边区青联与张市青联的共同决定，出版一定期月刊，名为《民主青年》，并成立"民主青年社"专门负责编辑出版这一刊物。

二、本刊是一综合性的刊物，凡有关青年修养、学习指导、时事新闻、社会科学、常识（自然常识、科学常识、政治常识）、名人故事、工作指导，以及各种文艺游艺之论文、小说、故事、散文、日记，各种图画、漫画、木刻、照片、诗词、歌咏、寓言、短剧、谜语、笑话、组字、游戏、智力测验、经验报道、专载译文等只要适合高小生以上程度的稿件，均极欢迎。

三、来稿希望字迹清晰，并书明作者姓名、年龄、性别、在何处学习（校名班级）或何部门工作，以及通讯地址，以便联系。

四、来稿后,本刊编辑有删改权,不愿删改者希预先说明。来稿一经采用,均报以薄酬。

五、来稿寄晋察冀边区青联(张市长清路)张市青联(长清路)转"民主青年社"。

民主青年社　十一月廿四日

(《晋察冀日报》1945年11月27日)

张市各界开会追悼人民歌手——冼星海

【新华社晋察冀分社二十五日讯】为中国人民歌手冼星海同志逝世,张家口市音乐界及各界人民代表千人,特于今日,假人民剧院,举行追悼大会。

上午十时,祭台前面的蓝色的长幔,在哀乐声中,徐徐地升起了。映在蓝色霓虹灯下的星海同志的遗容,仍然如生前那样,诚挚而严肃地凝视着到会的每一个人,凝视着悬在四壁的挽联和放在台前的花圈。可是星海同志确已不在人间,确已与我们永别了。一千颗心,都为悲痛所充满。当大家静静地听过杜矢甲同志在祭台前面报告星海同志一生如何献身艺术,如何为祖国和人民服务,而不畏惧一切困苦的事迹,再联想起摆在今天中国人民面前新的形势和新的斗争,更加引起人们无限新的悲痛。正如在"哀辞"中所陈述:"……啊,星海同志,在我们党和人民的力量无比壮大的今天,在祖国神圣抗战最后胜利的今天,在国民党反动派大举进攻解放区的今天,祖国的人民是多么需要你啊。然而,然而你竟离我们长眠了。啊,星海同志,你长眠吧!你的歌将永远流传在祖国广大的城镇和乡间,你的伟大的精神永垂不朽!"

刚从延安归来的边区参议会议长、中国文化界前辈成仿吾同志主祭，邓拓同志、林子明教授陪祭。献酒、献花后，成仿吾同志向大家讲话。他指出，星海同志是我们中国人民最忠实的歌手，是一个伟大的艺术家，他有高尚的革命的品质，他，和《义勇军进行曲》作者聂耳同志，同是我们中国共产党的优秀党员，是中国革命艺术工作者的最好榜样。他号召大家向聂耳和星海同志学习，对祖国和人民做更大的贡献。

继由边区政府教育处刘皑风处长讲话，他指出要积极向星海学习和马上就要起来做的，有三点：（一）在星海同志遗留下来的每一首歌子里面，都是充满着战斗的精神的，令人听后勇气百倍。这种精神，不仅在民族斗争中需要，即跟任何敌人斗争，也都必不可少。今天我们音乐家的任务，首先就是要写出千百首给人以百倍勇气的歌子，为争取和平民主团结，争取新中国的实现服务。（二）星海同志一生喜欢接近青年学生，尤其喜欢到工农中去，他能把工农的感情，吸收到作品中，给作品以新的生命力。这种精神，我们音乐工作者，过去也已开始在把握了，今后还应当更加努力。八年来，我们边区人民和子弟兵，不知道用他们的英勇行动，描绘出多少不朽的画面，用他们的血泪写下多少伟大史诗。用他们的欢笑和呼喊创造出多少感人的交响乐，无数宝藏还未能完全被我们的音乐家艺术家所掌握，需要日以继夜去挖掘、去创作。（三）看到星海同志一生遭遇，由于他不肯把音乐当商品出卖，由于受人监视不能发挥天才，自归国后，从上海到武汉，只能寄哀号于悲鸣；到延安后，生活有了保障，政治和创作都获得了自由，成为他一生创作的黄金时代。由此可见，只有在中国共产党领导下的区域，在我们民主解放区，一切天才和文化艺术才能真正充分成长起来。在国民党统治区，这些都是极□困难的事。最近国民党统治区的文化界人士，已忍无可忍，开大会反对内战争取民主。这，我们是寄予无限同情的，我们一定要自卫，来对他们做有力的支援。

边参会驻会参议员安泽仁先生发言。他说,这次到会,听到星海生平的艰苦奋斗,看到会场悲痛的情景,我虽然一向不能讲话,也一定要讲几句,正如感动得哑巴也要讲话一样。最后,安老先生联系到国内形势,激愤地说:目前国民党反动派正在阴谋发动大规模内战,国外反动派也正在无耻地干涉中国内政,正需要星海同志来参加这次激烈地斗争,不幸他却离开了我们!可是相信我们全体文艺界的同志,一定能继他的遗志,把一切创作作为武器,打退国内的进攻者和国外的干涉者。

诗人萧三同志发言时,他不能抑制自己的悲痛,许久低头站立,讲不出话来,久之,他才以低沉的调子,指出星海一生为祖国人民服务的精神,"我们可以骄傲地说,中国人民有这样优秀的歌手,中国共产党有这样优秀的党员,是值得光荣的事!"用这样的话作为他的结语。

"星海同志,在那遥远的亲爱的莫斯科,您静静地安息吧!祖国与人民为您同声哀悼——祖国与人民是这样地需要您啊!星海同志,您的精神,您的歌声,鼓舞着我们的战斗意志,我们要继承您的遗志,继续战斗,把敢于向人民进攻的反动派,干脆、彻底地打垮它!"这是最末边区音协代表的讲话。无疑的,这也是代表着千万个中国人民的呼声啊!

临时动议时全场通过下列事项:(一)为抗战以来边区死难的音乐工作者致哀,计有抗敌剧社的赵上午同志、今歌同志、凌明同志、西战团的金戈同志、新世纪剧社的洛品同志、挺进剧社的齐世超同志、彩均同志、战线剧社的王洪同志。(二)慰问星海同志的家属,他的在延安的夫人和女孩,在上海的老母。(三)成立聂耳、星海、吕骥三同志所走的音乐道路的研究会(这三位同志,早在抗战以前的上海,就共同以为中国人民地斗争服务为其音乐创作的道路)。(四)支援国民党统治区参加反对内战的文化人。最后由星海同志的弟子——华北文工团及抗敌剧社歌咏队同志,演唱星海同志抗战时期

大型歌曲杰作——《黄河大合唱》。当晚并假张家口新华广播电台演播。（柳荫、郑佳）

星海同志哀辞

没有想到，没有想到啊，星海同志！在祖国抗战最后胜利的今天，在中国人民的力量无比壮大的今天，在国民党反动派大举进攻解放区的今天，你竟离开了祖国和人民，离开了我们，与世长辞了。

没有想到，没有想到啊，星海同志！没有想到今天我们会无声地站在你的灵前，而不是与你握手言欢，促膝谈心；而不是在你指挥下歌唱祖国和人民解放的胜利，这是多么使人惆怅；多么使人哀痛啊！

从敌人无条件投降的那天，从祖国欢呼着胜利的那天，你的朋友，你的学生，就天天在盼望着你回来，回来领导我们建设新民主主义的新音乐，你的爱妻钱韵玲同志，你的六岁的女儿妮娜就天天在计算着你从莫斯科到延安的行程。"啊！星海同志也许已经在道上走着了吧！"我们热烈地怀念着，猜度着，妮娜也带着欢欣的心情对她妈妈说："爸爸快回来了吧！"但是，但是就在我们深切而诚恳的盼望中，突然得到你逝世的消息，我们始而面面相觑，继而沉入不敢确信地怀疑，唉！怀疑又有什么用处呢？我们希望这不是事实，而消息却是发自□□呀！啊！星海同志！我们真的就这样和你永诀了吗？

今天，我们沉痛地站在你的灵前，记起你为了要把自己的力量贡献给多难的祖国，为了要挽救祖国于危难，挽救同胞于流离失所、饥饿死亡，你竟决心地放弃在巴黎继续研究的机会，而急急地回到祖国的情景。

你回到祖国来了，已经半殖民地化的祖国，使你感到耻辱、愤怒，但是，正因为这样，回到祖国不久，你便开始大量地创作救亡歌曲，为受难的祖国和受难的同胞而呼喊。腐败的当局，没收和打毁了你歌曲的唱片和底片，你并不灰心，仍旧想法弯弯曲曲地来说出你心底的话，把你的怒号寄之于悲鸣。影片公司的老板为了投机取巧，迎合低级趣味，强要你写《新毛毛雨》，你竟愤然地辞去一百五十元月薪的职务，宁可去穷困中挣扎，宁可不要分文地给救亡运动服务，为祖国服务。

在你和许许多多爱国者的长期艰苦奋斗中，热情勇敢的大声疾呼下，祖国终于卷入了神圣的民族解放战争。"八一三"全面抗战爆发了，这时你更加热心的为祖国奔走，从上海到武汉，把救亡歌曲带到内地来，带到工厂、商店、农村、学校里面去，你和同伴们到处组织歌咏队，为祖国的抗战呼喊，为神圣的民族解放而歌唱。但，你的热情又一次地被压制，腐败的统治者对歌曲漫无标准地检查，对救亡工作加以无礼地监视，把你亲手组织起来的几十个歌咏团体分化、合并，对你的创作胡乱地修改、限制，于是在大后方，不得不使你感到没有什么抗战的气味了。

就在这个时候，新的一群，新的伙伴和新的力量向你召唤了，你来到了创作和行动可以完全自由的延安，这个新的环境使你愉快，你很快地便克服了生活上的许多困难，热情专心的学生使你异常兴奋，你给他们讲课，从天黑讲到天明，在这生活安定和无干涉无拘束的环境，使你创作了几个成功的大合唱，创作了《民族交响乐》。在延安，你走上自己创作的黄金时代，你为抗战中的祖国和人民贡献出更大的力量。你这种热烈的爱国主义的精神，急切地为民族解放而战斗的行动，是使祖国和人民永远不会忘记的。

今天，我们沉痛地站在你的灵前，记起你坦白真挚地和工人农民在一起谈笑，为广大人民工作时的愉快□情。你喜欢接近学生，尤其喜欢□□人和农民；你愉快地把自己算作"半个"工人，你为工人集会演奏提琴，你在工人歌咏队里教歌，到乡下教歌；你从工人、农民群众的喜怒中，从劳动呼唤中找到了新的创作源泉，吸取了新的力量到作品里。你亲身到煤矿井的底层去体验劳苦大众悲惨的生活，倾听他们在劳动中愤怒的呼号;你专门为工人、农民写了不少号召他们起来反抗的歌曲,为士兵写了许多号召他们勇敢战斗的军歌。正因为如此,你的歌得到他们热烈的欢迎,得到他们直爽真诚的批评和鼓励。你的歌曲你的歌从来是为广大人民所欢迎,从来是非常普遍地流传在祖国的乡村和城市,同样也从来是引导着祖国和人民走向光明与胜利的。你这种热爱广大人民,为广大人民服务的精神,的的确确堪称为祖国一切爱国知识分子和艺术家的楷模。我们记取你这种伟大精神,将为文化发扬光大而努力不懈。

今天,我们沉痛地站在你的灵前,记起你刻苦求学于巴黎的几个年头,你常常在失业与饥饿中,常常陷于求救无门的境地,但你却没有片刻放弃上进的决心。你做着各种各样的苦工,当餐馆跑堂,理发店杂役,做看守电话的佣人和各种被人视为下贱的跑腿,成天在繁重琐屑的工作里,有时竟从早五点忙到晚十二点,但你仍旧想方设法地抽出时间来学音乐,抽出时间去上课。你因为求学劳累,给主人端菜上楼时晕倒了,这样你挨了一顿骂被开除。你不止一次地失业,有几次竟因又冷又饿软瘫在街头,你为了不间断你的学习,竟忍辱含羞地拿着提琴到咖啡馆去拉琴讨钱,借以度日啊!星海同志,你过着这种悲戚的苦日子,没有白费,你被各音乐家器重了,你学到真实的学问,也就是去遥远的异国巴黎,你就曾用音乐写下你对祖国的思念、感触、隐忧和焦急。回到祖国你是更热切地为多难的祖国和广大人民而呼唤,你没有迎合影片公司老板的投机心理,因为你刻苦求学,从来就没有想到用自己的本领去换得高官厚禄。你已经成为中国人民伟大的音乐家,但你依然是那么虚心,朋友问起你的创作经验,你却说:"我还谈不上什么经验,因为我现在也还在学习中。"你这种刻苦坚定的精神,这种虚怀若谷的品质,是伟大的革命家的性格,是我们应该学习的榜样。

啊!星海同志,你安眠在社会主义苏联的首都,今天,我们追悼你于祖国新解放的城市里,在你离开祖国的五年中,祖国已经大大地变了。特别是在胜利的今天。啊!星海同志,你所怀念的三千万东北同胞,所曾寄予莫大同情的祖国肥沃的东北土地,已经从十四年的奴役下解放了。你常常同他们一起谈笑和教他们唱歌的祖国的工人和农民,已经建设起强大的人民军队和民主的解放区。人民的军队解放了无数的城镇和乡村,并且正在着手建设它们,使它们繁荣起来,你的歌曲也正在这些新解放的城市和乡村流传着。啊!星海同志,松花江、黑龙江,已经不再呼号,而是在狂欢着了,黄河口已经听不见失掉丈夫和儿子的女人的怨声,听不到那些流离失所的人们地对唱了。不过,黄河还在怒吼,因为那些祖国的叛逆还在向人民进攻,他们想独占胜利的果实。叛逆的队伍曾经大批地渡过黄河。但是,星海同志,人民是知道怎样保卫你所歌颂的黄河的!

啊!星海同志,在我们人民的力量无比壮大的今天,在祖国神圣抗战最后胜利的今天,在国民党反动派大举进攻解放区的今天,祖国的人民是多么地需要你啊!然而,然而你竟离我们长眠了。

啊!星海同志,你安眠吧!你的歌将永远流传在祖国的城镇和乡村,你,我们的人民音乐大家也将永远活在祖国广大人民的记忆里,你的伟大的精神,永垂不朽!

(《晋察冀日报》1945年11月27日)

清理处干部开座谈会 批判"李自成"检查自己

康旭 杨文元

【新华社晋察冀分社二十七日讯】张市敌伪资产清理处干部,于本月二十二日在首长的号召下,集体去看历史名剧《李自成》。二十三日晚上,俱乐部召开了全体干部座谈会,首先由主席介绍了

《李自成》的全部剧情后，提出了下列题目让大家讨论：一、李自成为什么失败了？二、你对他失败有什么感想？三、进了张家口你有无自满自足的倾向，具体表现在哪里？

发言开始了，有的说："李自成的很快到北平是因为走群众路线，但李自成到北平后，由于背弃群众错误的干部政策，及对部下的自满情绪不加制止，所以很快失败！"有的说："李自成是农民革命的领袖，但成功后，胜利冲昏了头脑，就产生了盲目的乐观主义！"有的说："李自成是一面镜子，我们不要走李自成路线！"紧接着以"李自成"为镜子来检查个人自己，有的说以我走了刘宗敏路线，以为自己有抗战七八年的历史，多享受些"理所当然！"有的说："自己日用物品要闹得尽善尽美，反正不往自己家中拿，就不算错误！"有的说："我到张市很少学习，有时以为天下太平了。"有的说："我有时以为自己特殊，可以多享受些！"有的说："我有平均主义，别人享受什么东西，我也有才好！"大家的发言很热烈，散会时赵处长提出"愿大家少看或不看电影，再去看一次《李自成》，作进一步的研究，联系到目前时局，用典型人物，检查自己的错误思想"。座谈会九点钟始散。会后，同志们除上级发给的东西外，把所有东西（不管来路如何）全部交还了公家。

（《晋察冀日报》1945年11月28日）

重庆东北文协呼吁立即停止进攻东北

【新华社延安二十八日电】重庆讯：东北文化协会前日（二十四日）假中苏文化协会举行第二次筹备会，到周鲸文、杨晦、徐仲航、刘寅、沈杨、姚奔、骆宾基等数十人，除拟定会章讨论会务外，并决议：(一)呼吁立即停止向东北人民进攻；(二)主张东北地方自治；(三)请求政府释放张汉卿(学良)先生暨全国政治犯；(四)要求增加人民代表出席政治协商会议名额。①

【新华社延安二十三日电】重庆中国论坛、文艺杂志、希望杂志、中学生、民主世界、青年知识、中苏文化、民主星期刊、东方杂志、中山文化教育季刊、民主与科学、现代妇女、中国农村、民主教育、国讯旬刊、中原、民宪半月刊、新中华、中国学生导报、再生、宪政月刊、文汇周报、自由导报、学生杂志、文哨、抗战文艺、职业妇女等二十七家杂志于十一月八日联合呼吁"不要内战"。

(《晋察冀日报》1945年11月30日)

新新戏院成立旧剧界联合会三分会

实行"共和班"制经营得好

柳荫

【新华社晋察冀分社二十六日讯】今日，本市新新戏院正式成立旧剧界联合会第三分会。这个分会的特点，是在它正式成立以前，已在开始尝试一种新的管理剧院的方法：由院长制改为"共和班"制。这种改变，首先是由原剧院经理赵步桥自愿提出的，当时全体演员和剧协同志，为了尊重原经理在剧院的固有地位，曾再三考虑，未便立即实行。后经原经理郑重声明，这种改变可以促进剧院全体演员职员的积极性，可以动员大家一块起来关心剧院，只能对管理有好处，对剧院营业有好处，营业发展，对于经理和全体演员职员都大为有利。既然是这样，在二十九天以前，大家便开始以尝试态度，试办"共和班"式的管理剧院的方法。选举分会委员会和正副主任时，一

---

① 此处原文部分漫漶不清，据1945年11月27日《解放日报》同题消息校补。

致公推原经理为正主任，剧院一切事宜，统由分会民主管理，每日票价除付剧场租金及各种开支外，按各职演员股份大小分批。剧院营业好坏，从此便不仅是经理一个人的事，而是和大家的利益都联系起来了。试办的结果，近日来，营业颇为发展，特别是由于演员的积极性大为提高，原唱梆子戏的也可以改唱京戏，原唱京戏的也可以改唱评戏，当武生的在台上翻筋斗，也特别卖力气，有时演过角色后，又马上到前台帮助检票；同时，创造新内容的戏的热情，也在演员中开始热烈地酝酿着，在新戏未创造出以前，他们已开始把一出旧有的较有社会教育意义的戏，名叫《戒毒强国》的，略加修改后演出，亦颇为观众欢迎；每日票价收入大大提高，从过去一天两三万元，一直逐日增加到一天六七万元不等，昨天收入竟增加到九万元之多。全体职演员的生活大大改善了，剧院设有公共伙食，每日两餐粗粮，每人每天除饭费外，现款收入比过去增加一倍至两倍。营业真的发展了，大家今天在正式成立分会时，也就异常兴奋，在一致通过剧院十三项工作规则以后，到会各来宾、边区剧协、抗敌剧社、人民剧院、宣化剧院、市政府教育局各代表，及帮助新新戏院工作的刘流同志均起立讲话。大家一致指出，想使新新剧院更进一步发展，必须首先加强民主团结，今天的"共和班"制，并不是新的东西，以往就有，所谓"破锣班"的就是，但是以往的"破锣班"，是很少有一个不失败的，意见分歧、营私舞弊、七零八落，结果只有散伙，今天我们开始试办成功了，原因是我们有组织、有民主、能团结，有事由分会领导大家商量，合力去办，这是过去所没有的；剧院管理问题解决了，还要加紧改造旧戏、创作新戏的工作，下苦功夫，提高技术，加强政治文化学习，洗去旧艺人的恶风恶习，决心为人民服务，关于这几点，庆丰戏院已走到前头，新新戏院要努力赶上去。新新戏院全体职演员，今后异常兴奋，纷纷表示，决心愿与庆丰戏院比赛。

（《晋察冀日报》1945年11月30日）